T0247172

Chicas bailarinas

Margaret Atwood (Ottawa, 1939) es una de las escritoras más prestigiosas del panorama internacional. Autora prolífica traducida a más de cuarenta idiomas, ha practicado todos los géneros literarios. Entre su amplia producción destacan las novelas *Por último, el corazón, Alias Grace, El cuento de la criada, Los testamentos, Oryx y Crake, El año del Diluvio, Maddaddam* y *Ojo de gato*, la colección de relatos *Nueve cuentos malvados* y el ensayo *Penélope y las doce criadas*. Ha recibido, entre otros, el Premio Príncipe de Asturias de las Letras, el Governor General's Award, la Orden de las Artes y las Letras, el Premio Booker (en dos ocasiones), el Premio Montale, el Premio Nelly Sachs, el Premio Giller, el Premio Literario del National Arts Club, el Premio Internacional Franz Kafka y el Premio de la Paz del Gremio de Libreros Alemanes.

Biblioteca

MARGARET ATWOOD

Chicas bailarinas

Traducción de
Víctor Pozanco

DEBOLS!LLO

Título original: *Dancing Girls*

Primera edición en Debolsillo: mayo de 2024

© 1977, 1982, O. W. Toad Limited
© 2013, 2024, Penguin Random House Grupo Editorial, S.A.U.
Travessera de Gràcia, 47-49. 08021 Barcelona
© 1998, Víctor Pozanco, por la traducción
Diseño de la cubierta: Penguin Random House Grupo Editorial
basado en el diseño original de Megan Wilson para Anchor Books
Imagen de la cubierta: © Ben Wiseman

Printed in Spain – Impreso en España

ISBN: 978-84-663-7743-0
Depósito legal: B-5.943-2024

Impreso en Novoprint
Sant Andreu de la Barca (Barcelona)

P 377430

Chicas bailarinas

El marciano

Hacía rato que Christine iba caminando por el parque. Aún llevaba puesto el equipo de tenis. No había tenido tiempo de ducharse ni de cambiarse y llevaba el pelo recogido hacia atrás con una cinta elástica. Sin el flequillo que le dulcificaba las facciones, su cara rechoncha y enrojecida le daba aspecto de campesina rusa. Pero si se quitaba la cinta, el pelo le caía sobre los ojos. La tarde no era demasiado calurosa para estar en abril, pero como en las pistas cubiertas hacía calor le ardía aún la piel.

El sol había devuelto a los viejos a la calle desde dondequiera que hubiesen pasado el invierno: había leído hacía poco un relato acerca de un anciano que vivió tres años en una alcantarilla. Unos estaban sentados desmayadamente en los bancos, y otros echados en la hierba, con la cabeza apoyada en periódicos doblados. Al pasar, sus agrietadas caras de seta se ladearon hacia ella, atraídas por los movimientos de su cuerpo, pero enseguida volvieron a dejar vagar la mirada, indiferentes.

También las ardillas habían asomado, en busca de alimento; se le acercaron dos o tres en avances rápidos seguidos de pausas, con los ojos fijos en ella, expectantes, con los ratoneros carrillos abiertos para mostrar sus incisivos amarillentos. Christine aceleró el paso, no tenía nada que darles. La gente no debería alimentarlas, pensaba; les produce ansiedad y se vuelven sarnosas.

En mitad del parque se detuvo para quitarse la chaqueta. Y, al agacharse para volver a coger la raqueta, alguien tocó su brazo desnudo. Christine rara vez gritaba; se irguió de golpe empuñando la raqueta. No era ninguno de aquellos viejos, era un muchacho moreno de unos doce años.

—Perdone —dijo—. Busco la Facultad de Económicas. ¿Está por allí? —añadió, señalando hacia su izquierda.

Christine lo miró con mayor detenimiento. No se había fijado bien: no era un chico, sino un tipo bajito. Le llegaba justo por encima del hombro; ella era muy alta, «estatuaria», la llamaba su madre cuando dio el estirón. El desconocido era lo que su familia llamaba «una persona de otra cultura»: sin duda oriental, quizá no fuese chino. Christine pensó que debía de ser un estudiante extranjero y le dirigió una sonrisa de bienvenida oficial. Cuando iba al instituto, fue presidenta del Club de las Naciones Unidas; ese año eligieron a su instituto para representar a la delegación egipcia en la Asamblea Imaginaria. El nombramiento no fue muy bien recibido (nadie quería ser árabe), pero lo aceptó y pronunció un buen discurso acerca de los refugiados palestinos.

—Sí, está por allí —dijo—. Es aquel edificio de tejado plano. ¿Lo ve?

El hombre le sonreía, visiblemente nervioso. Llevaba gafas con montura de plástico transparente, a través de cuyos cristales se veían unos ojos protuberantes que la miraban como a través de una pecera. No siguió la dirección que ella le indicaba, sino que le plantó delante un pequeño bloc de hojas verdes y un bolígrafo.

—Hágame un croquis —pidió.

Christine dejó la raqueta en el suelo y trazó un detallado plano.

—¿Ve? Estamos aquí —dijo, esmerándose en la dicción—. Siga usted en esta dirección. La facultad está aquí —añadió, marcando el itinerario con una línea punteada y una X.

El tipo, que olía a coliflor hervida y a brillantina barata, se inclinó hacia ella y observó con atención el trazado del plano. Cuando hubo terminado, Christine le devolvió el bloc y el bolígrafo con una sonrisa de despedida.

—Espere —dijo él.

El oriental arrancó la hoja del plano, la dobló bien y se la guardó en el bolsillo de la chaqueta, cuyas mangas le eran demasiado largas y estaban deshilachadas. Empezó a escribir algo y ella reparó, con cierta repulsión, en que tenía las uñas y las yemas de los dedos tan mordisqueadas que casi parecían deformes. Tenía varios dedos manchados de azul de tinta de bolígrafo.

—Este es mi nombre —dijo él, tendiéndole el bloc.

Christine leyó una extraña sucesión de ges, íes griegas y enes, claramente escritas en letra de imprenta.

—Gracias —contestó.

—Escríbame ahora usted su nombre —le pidió, acercándole el bolígrafo.

Christine titubeó. Si se tratara de una persona de su misma cultura, habría pensado que intentaba ligársela. Pero, la verdad, los de su propia cultura nunca intentaban ligársela; era demasiado alta. Solo lo había intentado el camarero marroquí de la cervecería a la que a veces iban después de las reuniones, y fue muy directo. La abordó al ir al servicio, se lo preguntó, ella le contestó que no; eso fue todo. Pero aquel hombre no era un camarero sino un estudiante, y no quiso ofenderlo. En su cultura, cualquiera que fuese, aquel intercambio de nombres en hojas de papel era probablemente una fórmula de cortesía, como decir gracias. De modo que cogió el bolígrafo que le tendía.

—Es un nombre muy bonito —dijo él, que dobló la hoja y se la guardó en el mismo bolsillo en el que había guardado el plano.

—Bueno, pues... adiós —dijo Christine, creyendo haber cumplido con su deber—. Encantada de conocerlo.

Se agachó a recoger la raqueta, pero él se le adelantó, la cogió y la sostuvo con ambas manos, como un estandarte capturado.

—Se la llevo.

—Oh, no, por favor. No se moleste, tengo prisa —dijo ella articulando las palabras claramente.

Sin la raqueta se sentía indefensa. Él echó a caminar por el sendero, tranquilamente, sin exteriorizar el menor nerviosismo, con absoluta desenvoltura.

—*Vous parlez français?* —preguntó para darle conversación.

—*Oui, un petit peu* —contestó ella, que no hacía más que darle vueltas a la idea de recuperar su raqueta sin ser maleducada.

—*Mais vous avez un bel accent* —dijo él, mirándola con sus ojos desorbitados a través de las gafas.

¿Estaba coqueteando con ella? Ella sabía perfectamente que su acento era penoso.

—Mire… —dijo, sin ocultar que ya empezaba a impacientarse—, tengo que irme. Deme la raqueta, por favor.

El hombre aceleró el paso, sin el menor amago de devolverle la raqueta.

—¿Adónde va usted?

—A casa —contestó ella—. A mi casa.

—La acompaño —dijo él en tono confiado.

—No —dijo ella, y pensó que tendría que ponerse seria. Alargó el brazo, asió la raqueta y, tras un leve forcejeo, logró arrebatársela.

—Adiós —se despidió Christine. Y, ante la perpleja mirada del hombre, dio media vuelta y arrancó con un atlético trote que, confió, sirviese para desalentarlo.

Era como huir de un perro gruñón: había que hacerlo sin manifestar temor. Además, ¿por qué tenía que estar asustada? Le sacaba casi dos palmos de estatura y tenía la raqueta. No podía hacerle nada.

Sin embargo, aunque no volvía la vista atrás, notaba que la seguía. Ojalá pase otro tranvía, pensó; había uno, pero estaba demasiado lejos, parado en un semáforo en rojo. El tipo apareció a su lado, con la respiración entrecortada, un momento después de que ella llegase a la parada. Christine no se dignó mirarlo, rígida como un palo.

—Es usted mi amiga —se aventuró a decir él.

Christine optó por mostrarse un poco más indulgente: al fin y al cabo, no había intentado ligársela, era extranjero y quizá solo quería trabar amistad con alguien del país; ella, en su lugar, habría deseado lo mismo.

—Sí —dijo, concediéndole una sonrisa.

—Estupendo —dijo él—. Mi país está muy lejos.

A Christine no se le ocurrió ningún comentario adecuado.

—Interesante —se limitó a decir—. *Très interessant*.

Al ver que, al fin, llegaba el tranvía, abrió el bolso y sacó su billete.

—La acompañaré —dijo él, mientras la cogía del brazo por encima del codo.

—Usted… se queda… aquí —dijo Christine, que contuvo el impulso de gritárselo, pero hizo una pausa después de cada palabra, como si se dirigiese a un sordo.

Se liberó de su mano —no le oprimía el brazo con demasiada fuerza ni podía competir con su bíceps de tenista—, saltó desde el bordillo al estribo del tranvía y oyó con alivio el metálico chirrido de las puertas al cerrarse. Una vez en el interior, cuando el tranvía ya había recorrido una manzana, se permitió mirar por una de las ventanillas. El tipo seguía donde ella lo había dejado. Parecía escribir algo en su pequeño bloc.

Al llegar a casa, solo tuvo tiempo para picar algo; aun así, llegaba tarde a la tertulia del Club de Debate. El tema del día era «¿Esta guerra es anacrónica?». Su grupo defendió que sí y ganó.

Christine salió deprimida de su último examen. Pero no fue el examen lo que la deprimió, sino el hecho de que fuese el último: significaba que el curso había acabado. Pasó por la cafetería como de costumbre y volvió a casa temprano, porque parecía que no había nada más que hacer.

—¿Eres tú, cariño? —dijo desde el salón su madre, que debía de haber oído cerrarse la puerta.

Christine entró y se dejó caer en el sofá, desarmando la simétrica disposición de los cojines.

—¿Qué tal te ha ido el examen? —preguntó su madre.

—Bien —se limitó a contestar Christine.

Era verdad. Le había ido bien, y había aprobado. No era una estudiante brillante, eso ya lo sabía, pero sí aplicada. En los trabajos trimestrales sus profesores siempre solían escribir cosas como «Se esfuerza de verdad» y «Bien desarrollado, aunque algo falto de fuerza»; casi siempre sacaba aprobados y algún que otro notable. Estudiaba ciencias políticas y económicas y confiaba en conseguir empleo como funcionaria cuando terminase la carrera; su padre estaba bien relacionado y eso podía ayudarla.

—Muy bien.

A Christine no le hacía la menor gracia que su madre no tuviese más que una vaga idea de lo que significaba un examen. Estaba colocando los gladiolos en un jarrón; llevaba puestos los guantes de goma para no estropearse las manos como siempre cuando hacía lo que llamaba labores caseras. Que Christine supiera, sus «labores caseras» solo consistían en arreglar las flores de los jarrones: narcisos, tulipanes y jacintos entre gladiolos, lirios y rosas, y los crisantemos sin olvidar las dalias. A veces cocinaba, con estilo y usando el calientaplatos, pero para ella era un hobby. Todo lo demás lo hacía la muchacha. A Christine le parecía un tanto inmoral tener muchacha. Por entonces, solo se encontraban jóvenes extranjeras o embarazadas, que casi siempre ponían cara de víctimas explotadas. Pero su madre le preguntaba qué iban a hacer, si no; ir a parar a un hogar de acogida o quedarse en su país y Christine tenía que aceptar que, probablemente, estaba en lo cierto. Además, era difícil discutir con su madre. Era tan delicada, tan frágil, que daba la impresión de que cualquier día podía llevársela el viento.

—Ha llamado un joven interesante —le dijo su madre,

que ya había terminado con los gladiolos y se estaba quitando los guantes—. Quería hablar contigo y, como le he dicho que no estabas, hemos charlado un ratito. No me habías hablado de él, cariño.

La madre se puso las gafas que llevaba colgadas del cuello con una decorativa cadenita, señal de que había adoptado su talante moderno e inteligente, en lugar del otro, anticuado y antojadizo.

—¿Quién era? —preguntó Christine, que conocía a muchos chicos, pero que raramente la llamaban. Lo que tuviesen que decirle se lo decían en la cafetería, o después de las reuniones.

—Era un hombre de otra cultura. Ha dicho que volvería a llamar más tarde.

Christine tuvo que concentrarse un momento. Tenía varios conocidos de otras culturas, casi todos británicos y socios del Club de Debate.

—Estudia filosofía en Montreal —le dijo su madre—. Tenía acento francés.

—No creo que sea francés, exactamente —dijo Christine, al recordar al tipo del parque.

Su madre volvió a quitarse las gafas y empezó a juguetear distraídamente con un gladiolo, que casi colgaba del jarrón.

—Bueno, pues tenía acento francés —insistió, con el florido cetro en la mano—. He pensado que estaría bien que lo invitases a tomar el té.

La madre de Christine hacía lo que podía. Tenía dos hijas

más que se le parecían mucho. Eran bonitas, una estaba bien casada y la otra no iba a tener problemas. Sus amigos la consolaban acerca de Christine diciéndole: «No está gorda, es que es de complexión grande, ha salido a la familia de su padre», y: «Christine está rebosante de salud». Las otras hijas no participaron en actividades extraacadémicas cuando iban al instituto, pero como Christine nunca sería bonita, por más que adelgazase, no venía mal que fuese tan atlética y que le gustase la política, que tuviera cosas que le interesaran. Su madre intentaba alentarla siempre que podía. Y Christine notaba cuándo se esforzaba un poco más de lo habitual, porque, en tales ocasiones, siempre había un dejo de reproche en sus palabras.

La chica sabía que su madre esperaba que acogiese su sugerencia con un entusiasmo que ella no sentía.

—No sé. Ya veré —dijo en tono dubitativo.

—Tienes aspecto de cansada, cariño —le dijo su madre—. ¿Te apetece un vaso de leche?

Christine estaba en la bañera cuando sonó el teléfono. No era muy dada a fantasear, pero cuando estaba en la bañera, a veces se imaginaba que era un delfín, un juego que le enseñó una de las muchachas que solía bañarla cuando era pequeña. Oyó que su madre hablaba con mucha solicitud y amabilidad en el salón. Entonces oyó un golpecillo en la puerta.

—Es ese estudiante francés tan amable, Christine —le dijo su madre.

—Dile que me estoy dando un baño —dijo Christine, algo más fuerte de lo necesario—. Y no es francés.

—No me parece muy amable de tu parte —la reconvino su madre con el ceño fruncido—. No creo que lo entienda.

—Bueno, está bien —dijo Christine.

Salió de la bañera, envolvió su sonrosada corpulencia en una toalla y fue a coger el teléfono.

—Diga —dijo con sequedad.

Sin verlo, no resultaba patético, más bien un engorro. No acertaba a imaginar cómo la había localizado: probablemente, a través de la guía telefónica, llamando a todas las personas con su mismo apellido hasta dar con ella.

—Soy su amigo.

—Ya lo sé —dijo ella—. ¿Qué tal?

—Estupendamente.

Hubo una larga pausa, durante la cual Christine sintió el perverso impulso de decir: «Bien, pues adiós muy buenas», y colgar, pero sabía que su madre debía de estar inmóvil como un maniquí detrás de la puerta del dormitorio.

—Espero que también usted esté bien —dijo él.

—Sí —dijo Christine, decidida a no darle pie.

—Voy a tomar el té con ustedes.

—¿Ah, sí? —exclamó Christine sorprendida.

—Su madre ha tenido la amabilidad de invitarme. Iré el jueves, a las cuatro.

—Ah —dijo Christine sin emoción alguna.

—Hasta la vista entonces —dijo él, con el medido orgullo de quien ha logrado utilizar bien un modismo.

Christine colgó el teléfono y salió al pasillo. Su madre estaba en su estudio, inocentemente sentada a su escritorio.

—¿Lo has invitado a tomar el té el jueves?

—No exactamente, cariño —repuso su madre—. Solo le he comentado que podía venir a tomar el té algún día.

—Pues viene el jueves. A las cuatro.

—¿Y qué tiene eso de malo? —dijo su madre con aplomo—. Me parece un gesto amable por nuestra parte. Creo que tendrías que intentar esmerarte un poco más —añadió, visiblemente satisfecha de sí misma.

—Pues, ya que lo has invitado tú, cuenta con ayudarme a hacerle los honores. No me apetece cargar sola con los gestos amables.

—¡Pero, Christine, cariño! —dijo su madre, nada sorprendida—. Anda, ponte la bata, que vas a coger frío.

Christine estuvo alrededor de una hora muy malhumorada. Luego intentó hacerse a la idea de que aquel té iba a ser un híbrido entre examen y reunión de ejecutivos: nada agradable, ciertamente, pero que debía superar con el mayor tacto posible. Además, era cierto que era un gesto amable. Cuando, el jueves por la mañana, llegó la bandeja de pasteles que su madre había encargado en The Patisserie, se animó un poco, incluso decidió ponerse un vestido, un vestido bonito, y no una falda y blusa. Al fin y al cabo, no tenía nada contra él, salvo el recuerdo de cómo le había cogido la raqueta y luego el brazo. Desechó la idea de verse perseguida por todo el salón, tratando de quitárselo de encima, lanzándole los cojines del sofá y los jarrones de gladiolos. Aunque, por si acaso, le dijo a la muchacha que tomarían el té en el jardín. Eso le gustaría al invitado y, además, allí había más espacio.

Temió que su madre tratase de eludir el té, que se excusara cuando él llegase: así tendría ocasión de calarlo y luego dejarlos solos. Ya lo había hecho en otras ocasiones; en este caso, el pretexto fue la Comisión Sinfónica. Y, como era de esperar, su madre extravió los guantes y los localizó con fingida alegría al sonar el timbre de la puerta. Christine estuvo semanas regodeándose al recordar lo boquiabierta que se quedó su madre, y lo bien que se rehízo de la impresión, cuando se lo presentó: no era precisamente el potentado extranjero que su moderado optimismo le había iducido a imaginar.

El hombre se había arreglado para la ocasión. Se había puesto tanta brillantina en el pelo que parecía que llevase un gorro de charol, y se había cortado los hilillos de las deshilachadas bocamangas de la chaqueta. Su corbata de color anaranjado era irresistiblemente espléndida. Al estrechar el joven súbitamente el tenso guante blanco a su madre, Christine reparó en que la tinta de sus dedos era indeleble. Al tipo se le alegró la cara, posiblemente de pura impaciencia por degustar las exquisiteces que le estaban reservadas; llevaba una pequeña cámara fotográfica colgada del hombro y fumaba un cigarrillo de exótico aroma.

Christine lo condujo a través de la fresca floresta del magnífico salón, corrieron la puerta que comunicaba con el exterior y salieron al jardín.

—Siéntese usted aquí —le dijo ella—. Le diré a la muchacha que traiga el té.

La muchacha era caribeña: los padres de Christine se entusiasmaron con ella cuando estuvieron por su tierra y se la trajeron. Y aunque al poco de llegar se quedó embarazada, su madre no la despidió. Dijo sentirse ligeramente decepcionada, pero que, al fin y al cabo, qué se podía esperar; y que no veía demasiada diferencia entre una chica que estuviera embarazada al contratarla y otra que se quedase embarazada poco después. Se enorgullecía de su tolerancia; además, el servicio escaseaba. Curiosamente, la muchacha se hizo cada vez más difícil de tratar. O no compartía la opinión de la madre de Christine sobre su propia generosidad, o creía haber sido privada de algo y, por lo tanto, se sentía libre de permitirse el desdén. Al principio, Christine intentó tratarla como a una igual.

—No me llame «señorita Christine» —le dijo con una leve imitación de desenfadada camaradería.

—¿Cómo quiere que la llame entonces? —exclamó la chica frunciendo el ceño.

Y pronto empezaron a tener cortas pero malhumoradas discusiones en la cocina, que a Christine terminaron por antojársele corrientes entre criadas: la actitud de su madre ante cada una de ellas era muy similar, no le complacía, pero tendría que soportarlo.

Los pasteles, recubiertos de azúcar glaseado, estaban en una fuente y la tetera dispuesta; el agua hervía en el hervidor. Christine fue a cogerlo, pero la muchacha, que hasta aquel momento había permanecido sentada con los codos en la mesa de la cocina y mirándola impasible, se levantó rápidamente y se le adelantó. Christine aguardó hasta que la chica hubo vertido el agua en la tetera.

—Ya lo sacaré yo, Elvira —le dijo.

Christine decidió de pronto que no quería que la muchacha viese la corbata naranja de su visitante; entre otras cosas, porque sabía que su prestigio había mermado mucho a ojos de la muchacha porque nadie había intentado dejarla embarazada.

—¿Para qué cree que me pagan, señorita Christine? —dijo la muchacha en tono insolente.

Elvira salió al jardín con la bandeja y Christine la siguió; se sentía torpe e incómoda. La caribeña era de estatura y complexión casi tan generosas como las suyas, pero de otro estilo.

—Gracias, Elvira —dijo Christine, cuando la bandeja estuvo en su sitio.

La muchacha se retiró sin decir palabra, dirigiendo una desdeñosa mirada de reojo a las raídas mangas del visitante y a sus dedos manchados. Christine tomó entonces la determinación de mostrarse especialmente amable con él.

—Es usted muy rica, por lo que veo —dijo él.

—No —protestó Christine meneando la cabeza—. No somos ricos.

Nunca había pensado que su familia fuese rica. Su padre repetía con frecuencia que nadie hacía dinero trabajando para el Estado.

—Sí, son ustedes muy ricos —insistió él, recostándose en la silla y mirando a su alrededor anonadado.

Christine le sirvió el té. No solía prestar mucha atención a la casa ni al jardín; no tenían nada especial, estaban lejos de ser los más grandes de la calle; el servicio se ocupaba de todo. Pero, al mirar lo que él miraba, lo veía todo desde una perspectiva distinta: la gran extensión, los arriates de flores resplandecientes al sol de principios del verano, los senderos y el patio enlosados, los altos muros y el silencio.

—Aún no hablo muy bien, pero mejoro —dijo él, mirándola de nuevo, con un leve suspiro.

—Seguro —dijo ella en un gesto alentador.

El joven tomó pequeños sorbos de té, rápidos y delicados, como si temiera dañar la taza.

—Me gusta estar aquí —dijo.

Christine le pasó los pasteles. Él cogió solo uno y esbozó un ligero mohín al probarlo, pero tomó varias tazas de té, mientras ella daba cuenta de todos los pasteles. Christine se las arregló para enterarse de que había llegado al país como becario de una iglesia —no pudo descifrar la denominación— y que estudiaba filosofía o teología, o posiblemente ambas disciplinas. Se sentía a gusto con él: se había comportado correctamente, sin incomodarla lo más mínimo.

La tetera estaba por fin vacía. Él se irguió en la silla como alertado por un insonoro gong.

—Mire hacia aquí, por favor —dijo él.

Christine vio que el joven había colocado su pequeña cámara encima del reloj de sol de piedra que su madre se trajo de Inglaterra hacía dos años. Quería fotografiarla. Ella se sintió halagada y posó con una franca sonrisa.

El estudiante se quitó las gafas y las dejó junto a la fuente de los pastelillos. Por un momento, Christine vio que sus miopes y desprotegidos ojos se fijaban en ella, con una expresión trémula y confiada que renunció a interpretar. Después, él se acercó a la cámara y la manipuló de espaldas a ella. En el instante siguiente, estaba agachado a su lado, con el brazo rodeando su cintura tanto como le fue posible, la otra mano en las de Christine, que ella había entrelazado sobre el regazo y la mejilla pegada en la suya. Ella estaba tan asustada que no acertó a moverse. Se oyó el clic de la cámara.

Él se levantó de pronto y volvió a ponerse las gafas, que ahora brillaban con triste regocijo.

—Gracias, señorita —dijo—. Me voy ya.

El joven volvió a colgarse la cámara al hombro, con la mano encima, como si quisiera proteger la tapa para evitar que huyera.

—Se la enviaré a mi familia. Les gustará.

El hombre cruzó la verja y se alejó antes de que a Christine le diese tiempo a reaccionar; luego ella se echó a reír. Tenía que reconocer que había temido que la acosase, y en cierto modo lo había hecho; aunque no del modo habitual. La había violado, no a su persona, sino a su imagen de celuloide y, circunstancialmente, la del servicio de té de plata, que brillaba burlonamente ante ella mientras la muchacha lo retiraba, portándolo con aire majestuoso, como una insignia, las joyas de la corona.

Christine pasó el verano como había pasado los tres anteriores: era monitora de vela en un caro campamento femenino de la zona de Algonquin Park. Había estado de acampada allí muchas veces y todo le resultaba familiar; casi se le daba mejor navegar que jugar al tenis.

La segunda semana recibió una carta de él, con matasellos de Montreal y reexpedida desde su casa. Estaba escrita en letra de imprenta en una hoja de papel verde, dos o tres frases. Empezaba diciendo: «Espero que esté usted bien», luego describía con monosílabos el tiempo que hacía y concluía: «Yo estoy bien». Firmaba: «Su amigo». Las semanas sucesivas, recibió otras cartas como esta, casi idénticas. En una de ellas había una copia en color de la fotografía: él, bizqueando ligeramente y riendo abiertamente, más delgado de lo que ella lo recordaba, sobre el fondo de una cortina ondeante y flores que estallaban a su alrededor como fuegos artificiales, con una mano en un equívoco borrón en su regazo y la otra fuera del campo de visión; en su rostro, asombro y ultraje, como si le estuviese metiendo por el trasero el pulgar oculto.

Christine contestó a la primera carta, pero luego llegaron al campamento las jóvenes que se entrenaban para competir. Al final del verano, cuando hacía el equipaje para volver a casa, tiró todas las cartas.

Varias semanas después de regresar a casa recibió otra carta en papel verde. En esta ocasión, el remitente escribió sus señas en el margen superior, y Christine reparó con desasosiego en que eran en su misma ciudad. Todos los días aguardaba a que sonase el teléfono; estaba tan segura de que su primer intento de restablecer el contacto sería a través de la incorpórea voz, que la cogió por sorpresa cuando la abordó por sorpresa en pleno campus.

—¿Cómo está usted?

Su sonrisa era la misma, pero todo lo demás se había deteriorado. Estaba más delgado, si cabía; las bocamangas de su chaqueta estaban más raídas y deshilachadas, como si quisiera ocultar sus manos, que ahora parecían roídas por las ratas. El pelo le caía sobre los ojos, largo y sin brillantina; los ojos, en la oquedad de su rostro, un frágil triángulo de piel tensada por los pómulos, saltaban tras sus gafas como en una pecera. Sostenía un cigarrillo casi consumido en la comisura de los labios, y, mientras caminaban, encendió otro con la colilla.

—Estoy bien —dijo Christine, que pensó: «No voy a dejarme liar otra vez. Digo basta y basta. Yo he aportado mi granito de arena al internacionalismo»—. ¿Y usted cómo está?

—Ahora vivo aquí. Quizá estudie económicas.

—Eso está bien.

No daba la impresión de que se hubiese inscrito en alguna facultad.

—He venido para verla.

Christine no entendió si quería decir que había dejado Montreal para estar cerca de ella, o si solo quería visitarla en su casa como hizo en primavera; fuera lo que fuese, estaba decidida a no implicarse con él. Estaban frente a la Facultad de Ciencias Políticas.

—Tengo clase —dijo ella—. Adiós.

Se estaba comportando con muy poca delicadeza, era consciente de ello, pero, a la larga, un corte rápido era lo más compasivo, al menos eso decían sus hermosas hermanas.

Luego se percató de que había sido muy torpe al permitir que supiera a qué facultad iba y a qué hora tenía clase. Aunque en los tablones de anuncios de todas las facultades estaban los horarios: todo lo que tenía que hacer era buscar su nombre en las listas y anotar sus probables movimientos en letra de imprenta en su bloc verde. A partir de aquel día no la volvió a dejar ni a sol ni a sombra.

Al principio, esperaba fuera del aula a que ella saliese. Ella lo saludaba con sequedad y seguía adelante, pero eso no dio resultado, la seguía a prudente distancia con su invariable sonrisa. Después, Christine optó por no hablarle siquiera y fingir que lo ignoraba, pero él la seguía de todos modos. El hecho de que, en cierta manera, le tuviese miedo —¿era solo incomodidad?— parecía alentarlo más. Las amigas y los amigos de Christine empezaron a notarlo, a preguntarle quién era y por qué se pegaba a ella y la seguía. Y ella poco podía decirles, pues poco sabía.

A medida que transcurrían las semanas y él no daba muestras de desistir, Christine empezó a ir de una clase a otra con atlético trote, y terminó por correr. Él era incansable y estaba en forma pese a ser un fumador empedernido. Aceleraba tras ella, manteniendo la distancia, como si él fuese una carretilla de juguete que ella llevase atada a la cintura con un cordel. Christine era consciente del ridículo espectáculo que daban, galopando por el campus, una escena que parecía de dibujos animados, una pesada elefanta que huía de un sonriente y esmirriado ratón, ambos dentro de las clásicas pautas de la cómica huida y persecución; pero Christine reparó en que correr la ponía menos nerviosa que caminar reposadamente; con la piel de la parte trasera del cuello erizada al saber sus ojos fijos en su espalda. De algo tenía que servirle su musculatura. Empezó a urdir estratagemas para esquivarlo: podía entrar corriendo en el servicio de señoras de la cafetería y salir por la puerta trasera, así le perdería la pista hasta que descubriese que había otra entrada. Intentaría quitárselo de encima dando rodeos a través del desconcertante laberinto de arcadas y corredores, pero él parecía tan familiarizado como ella con los laberintos arquitectónicos. Como último refugio podía ir al dormitorio de señoritas y observar, ya a salvo, cómo lo detenía la severa voz de la recepcionista: no les estaba permitida la entrada a los hombres.

El almuerzo se le complicaba. Solía sentarse con otros miembros del Club de Debate, dando cuenta con apetito de un bocadillo, y, de pronto, aparecía él como surgido de una invisible alcantarilla. Entonces no le quedaba más alternativa que salir a toda prisa de la concurrida cafetería con el bocadillo a medio comer, o terminárselo con él detrás de su silla, sus compañeros de mesa plenamente conscientes de su presencia y la conversación languideciendo. Sus amigas terminaron por aprender a localizarlo a lo lejos y empezaron a intercambiar señales de alerta. «Ahí llega», susurraban, ayudándola a recoger sus cosas para iniciar el sprint que seguiría de manera inevitable.

A veces, se cansaba de correr y daba media vuelta para encarársele.

—¿Se puede saber qué quiere? —le espetaba, fulminándolo con la mirada, casi crispando los puños. De buena gana lo hubiese zarandeado y le hubiese pegado.

—Deseo hablar con usted.

—Bueno, pues aquí me tiene. ¿De qué quiere hablarme?

Pero, entonces, no le decía nada; se quedaba de pie junto a ella, apoyándose en uno y otro pie alternativamente, sonriéndole con una vaga expresión de disculpa, aunque ella nunca llegó a interpretar con precisión aquella sonrisa, que dejaba ver sus agrietados labios y los dientes amarillentos a causa de la nicotina, con las comisuras levantadas e inmóviles, como a la espera de un invisible fotógrafo, y sus ojos enfocando claramente distintas partes de su cara, como si la viese a cachos.

Pese a lo enervante y tedioso que era aquello, el acoso a que la sometía tuvo una curiosa consecuencia: al ser la persecución en sí misma misteriosa, la volvió también a ella misteriosa. Nadie la había considerado misteriosa hasta entonces. Para sus padres, fue siempre un peso pesado entrado en carnes, una empollona falta de talento, gris. Para sus hermanas era mediocre y la trataban con una indulgencia que no se dispensaban la una a la otra: no la temían como rival. Para sus amigos, era la clase de persona en la que se podía confiar. Era solícita y muy trabajadora, siempre estaba dispuesta a jugar un partido de tenis con quienes lo practicaban. Le proponían ir a tomar una cerveza con ellos para poder entrar en la zona reservada a las señoras y a las parejas, siempre más pulcra, dando por sentado que ella también pagaría una ronda. Y cuando pasaban por algún mal momento, le contaban sus problemas con las chicas. No había en ella nada dudoso ni nada interesante.

Christine siempre había estado de acuerdo con estas apreciaciones. De niña, siempre se identificaba con la novia engañada o la hermana fea; siempre que un cuento empezaba «Érase una vez una doncella tan bonita como bondadosa», tenía la certeza de que no se trataba de ella. Y así era en efecto, aunque no fuese para tanto. Como sus padres nunca esperaron que brillase en sociedad, no se llevaron ninguna desilusión. La falta de expectativas le ahorró toda la ansiedad y las maquinaciones que observaba entre otras chicas de su edad, e incluso cabía decir que gozaba de cierta posición especial entre los hombres: era una excepción, no encajaba en ninguna de las categorías que solían utilizar al hablar de chicas; no era una calientabraguetas, ni una estrecha, ni una fresca ni un putón verbenero; era una persona honorable que había terminado por compartir el desdén de ellos por la mayoría de las mujeres.

Ahora, sin embargo, había algo inexplicable en ella. Un hombre la acosaba; era un hombre un tanto singular, ciertamente, pero era un hombre que, sin lugar a dudas, se sentía atraído por ella, hasta el punto de no poder dejarla tranquila ni un momento. Los hombres la miraban con otros ojos, la valoraban, trataban de descubrir qué veía en ella aquel gafotas de ojos nerviosos. Empezaron a invitarla a salir, aunque regresaban de estas salidas sin haber podido saciar su curiosidad, sin lograr desvelar el secreto de su encanto. Su cara de torta y su fuerte complexión pasaron a formar parte de un acertijo que no conseguían descifrar. Christine lo notaba. Cuando estaba en la bañera, ya no se imaginaba que era un delfín sino una escurridiza sirena y, a veces, en los momentos de mayor audacia, Marilyn Monroe. El acoso se había convertido en algo cotidiano; casi lo deseaba. Entre otros beneficios, estaba perdiendo peso.

A lo largo de aquellas semanas no había vuelto a telefonearla ni a presentarse en casa. Debía de haber llegado a la conclusión de que su táctica no daba el fruto apetecido, o acaso intuyera que se estaba hartando. El teléfono empezó a sonar por las mañanas a primera hora, o a última de la noche, cuando estaba seguro de que se encontraba en casa. A veces, se limitaba a respirar (ella lo reconocía, o creía reconocerlo, su aliento); entonces Christine colgaba. A veces, volvía a decirle que quería hablar con ella, pero, por mucho tiempo que le concediese, no le decía nada. Luego, amplió el surtido: se lo encontraba en el tranvía, sonriéndole silenciosamente desde, por lo menos, tres asientos de distancia; notaba que la seguía por la calle de su casa, y si abandonaba por un momento su decisión de no prestarle atención y se daba la vuelta, él se había esfumado, o lo pillaba ocultándose detrás de un árbol o de una valla.

Entre la multitud y a plena luz del día, no la asustaba; ella era más fuerte y él ni siquiera había intentado tocarla. Pero los días se acortaban y se volvían más fríos, era casi noviembre. A menudo, llegaba a casa a la hora del crepúsculo o ya oscurecido, sin más luz que el anaranjado resplandor de las farolas. Christine no paraba de cavilar acerca de las posibilidades que brindaban los cuchillos, las pistolas, las navajas barberas; porque si le daba al joven por comprar un arma, la ventaja sería para él. Por lo pronto, optó por no llevar bufanda, al recordar tantas noticias de los periódicos sobre chicas que habían sido estranguladas con ellas. Y al ponerse las medias por la mañana tenía una curiosa sensación. Su cuerpo parecía haber menguado, hasta hacerse más pequeño que el de él.

¿Sería un perturbado, un maníaco sexual? Parecía tan inofensivo, pero era de esa clase de personas que podían llegar a perder los estribos. Imaginaba aquellos agrietados dedos ciñendo su garganta, rasgando su ropa, aunque no se imaginaba gritando. Los aparcamientos, los arbustos cercanos a su casa, los caminos a ambos lados, se transformaban al pasar, dejaban de ser apacibles entornos para convertirse en sombrías y siniestras inmediaciones cuyos detalles aparecían ante ella nítidos y abruptos: eran lugares donde un hombre podía agazaparse y saltar sobre ella. Y, sin embargo, cada vez que lo veía a la luz de la mañana o de la tarde (porque él persistía en sus antiguos métodos de persecución), su vieja chaqueta y su apocada mirada la convencían de que era ella la torturadora, la acosadora. En cierto modo, se sentía responsable; de los pliegues y grietas del cuerpo que durante tanto tiempo había tratado como una máquina fiable emanaba, contra su voluntad, un fuerte e invisible olor, como el de una perra en celo o el de una polilla hembra, que hacía que él no pudiese evitar seguirla.

Su madre, que estaba muy preocupada por el inevitable otoño, apenas prestaba atención a la cantidad de llamadas telefónicas que recibía Christine, ni a las quejas de la muchacha por las llamadas de un hombre que no hablaba. Anunció que pensaba coger un vuelo a Nueva York para pasar allí el fin de semana; su padre decidió ir también. A Christine le entró el pánico: se imaginó degollada en la bañera, un reguero de sangre que se arremolinaba y salía por el desagüe (pues, para entonces, había llegado a creer que el tipo podía atravesar las paredes y presentársele en cualquier parte súbitamente).

La muchacha no haría nada por ayudarla; puede que incluso se quedase en la puerta del cuarto de baño, observándolos con los brazos cruzados. De modo que Christine optó por pasar el fin de semana con su hermana casada.

Al regresar el domingo, a última hora de la tarde, encontró a la muchacha al borde de la histeria. Le contó que, el sábado, al ir a correr las cortinas de la sala al oscurecer, vio una cara extrañamente contorsionada, la cara de un hombre, pegada al cristal, mirándola desde el jardín. Dijo que se había desmayado y que poco había faltado para alumbrar a su hijo un mes antes de tiempo allí mismo, en la alfombra del salón. Luego, había llamado a la policía. El hombre en cuestión se había marchado cuando llegaron los agentes, pero lo había reconocido, era el del té de aquella tarde; informó a la policía de que era un amigo de Christine.

Los agentes se presentaron el lunes para investigar, iban dos. Se mostraron muy amables, pues sabían quién era el padre de Christine. Su padre los recibió cordialmente, pero su madre permaneció en un rincón del salón, moviendo sin cesar sus manos de porcelana, mostrándoles lo frágil que era y lo preocupada que estaba. No le gustaba que estuviesen en el salón, pero sabía que eran necesarios.

Christine tuvo que reconocer que él la había estado siguiendo. Dijo que se sentía aliviada por que lo hubiesen descubierto y también por no haber sido ella quien lo denunciara, aunque, de haber sido el tipo ciudadano del país, ya haría tiempo que hubiese llamado a la policía. Insistió en que no era peligroso, nunca le había hecho daño.

—Esos no son de los que hacen daño —dijo uno de los agentes—. Son de los que matan. Ya puede usted dar gracias por seguir viva.

—Son tipos chiflados —dijo el otro agente.

Su madre aprovechó para decir que el problema con las personas de otra cultura era que nunca sabía uno si estaban locos o no, porque sus pautas de comportamiento eran muy distintas. Los agentes se mostraron de acuerdo con ella, con deferencia pero también con condescendencia, como si fuese una completa imbécil a quien había que complacer.

—¿Saben dónde vive? —preguntó uno de los agentes.

Hacía tiempo que Christine había roto la carta con sus señas. Negó con la cabeza.

—Pues entonces tendremos que detenerlo mañana. ¿Cree que podrá entretenerlo charlando frente al aula, si va a esperarla?

Cuando terminaron el interrogatorio, los agentes hablaron unos momentos en voz baja con su padre en el recibidor. Mientras retiraba las tazas de café, la muchacha dijo que, si no lo encerraban, ella se despedía, por nada del mundo permitiría que le diese otro susto de muerte.

Al día siguiente, al salir Christine de su clase de historia moderna, allí estaba él como un clavo. Se quedó perplejo al ver que ella no echaba a correr. Ella se le acercó, el corazón le latía con fuerza, por su traición y por la perspectiva de sentirse libre otra vez. Su cuerpo había vuelto al tamaño habitual; se sentía gigantesca, con absoluto dominio de sí misma, invulnerable.

—¿Qué tal, cómo está? —le preguntó ella con una radiante sonrisa.

Él la miró receloso.

—¿Qué tal le va? —se aventuró a insistir ella.

La perenne sonrisa desapareció y el tipo dio un paso atrás.

—¿Es este? —dijo el agente, que asomó desde detrás de un tablón de anuncios como un sabueso de película cómica al tiempo que posaba su competente mano sobre el hombro de la raída chaqueta.

Su compañero se quedó a unos pasos de ellos; no sería necesario emplear la violencia.

—¡No le hagan daño! —suplicó ella mientras se lo llevaban.

Los agentes asintieron sonrientes, con educado desdén. El hombre parecía saber perfectamente quiénes eran y qué querían.

Uno de los agentes llamó aquella tarde para hacer el informe. Habló con él el padre, en tono jovial y desenvuelto. Christine quedaba ya al margen del asunto; la habían protegido, su papel había finalizado.

—¿Qué le han hecho? —preguntó ella con ansiedad al volver su padre al salón.

No tenía mucha idea de cómo se hacían las cosas en las comisarías de policía.

—No le han hecho nada —contestó él, divertido por su preocupación—. Podrían haberlo fichado por invasión de intimidad y acoso, y me han preguntado si quería poner una denuncia. Pero no creo que merezca la pena meterse en juicios: tiene un visado que solo le permite permanecer en el país si estudia en Montreal, de modo que me he limitado a decirles que lo devuelvan a Montreal. Si aparece de nuevo por aquí, lo pondrán en la frontera. Han ido a echar un vistazo a la pensión en la que se hospeda, y ya debe dos semanas; la dueña dijo que estaba a punto de echarlo. En cuanto a él, parece darse por satisfecho con que le paguen lo que debe y el billete de vuelta a Montreal —hizo una pausa—, pero no han conseguido que confesara.

—¿Que confesara? —exclamó Christine.

—Han intentado averiguar por qué lo hacía; por qué te seguía, me refiero. Su padre le dirigió una mirada escrutadora, como si también para él fuese un misterio—. Dicen que cuando se lo han preguntado se ha cerrado en banda. Fingía no saber inglés. Los entendía, pero no quería contestar.

Christine pensó que todo habría terminado, pero entre el arresto y la salida del tren, el tipo se las apañó para eludir la escolta y llamarla por teléfono.

—Volveremos a vernos —le dijo. Y colgó sin más.

Ahora que el hombre había dejado de ser una embarazosa realidad cotidiana, podía hablar de él, convertido en personaje de una divertida historia. En realidad, él era la única historia divertida que Christine podía contar y, al contarla, conservaba para sí misma y para los demás su halo de misterio. Sus amigas y los chicos que seguían proponiéndole salir especulaban sobre los motivos del hombre. Alguien aventuró que lo que pretendía era casarse con ella, para poder quedarse en el país; otro sugirió que a los orientales les gustaban las mujeres de complexión fuerte.

—Debía de ser por tu aspecto rubensiano.

Christine pensaba mucho en él. No se había sentido atraída por él, más bien lo contrario, pero como idea, resultaba un personaje romántico, el único hombre que la había encontrado irresistible; aunque, a menudo, al mirarse en el espejo de cuerpo entero y ver su invariable rostro sonrosado y su robusta figura, se preguntaba qué podía haber visto en ella para hacer lo que hizo. Lo que siempre desechaba era la teoría de que estuviese chiflado; se trataba simplemente de que había muchas formas de cordura.

Pero, al oír la historia por primera vez, un recién conocido propuso una explicación distinta.

—¡Así que a usted también, eh! —exclamó riendo—. Debe de ser el mismo que merodeó por nuestro campamento de verano, el año pasado. Seguía a todas las chicas; un tipo bajito, japonés o algo parecido, con gafas, siempre sonriente.

—Puede que no sea el mismo —dijo Christine.

—Tiene que serlo, todo encaja. Un tipo verdaderamente curioso.

—¿A… qué clase de chicas seguía? —preguntó Christine.

—Oh, a cualquiera. Pero si empezaban por hacerle un poco de caso, si se mostraban mínimamente amables con él, ya no se lo quitaban de encima. Era un verdadero incordio, aunque inofensivo.

Christine dejó de contar su divertida historia. Porque, en definitiva, solo había sido una de tantas. Y volvió a jugar al tenis, que tenía bastante abandonado.

Meses después, el agente encargado del caso la telefoneó de nuevo.

—Le interesará saber, señorita, que aquel tipo que la molestaba ha sido devuelto a su país, deportado.

—¿Por qué? —preguntó Christine—. ¿Ha intentado volver aquí?

Puede que, después de todo, sí hubiese sido alguien muy especial para él y se hubiese arriesgado por ella.

—Ni mucho menos —contestó el agente—. Hacía lo mismo en Montreal, pero en una ocasión se equivocó de mujer. Abordó a la madre superiora de un convento. Y en Quebec no bromean con estas cosas. Lo han expulsado casi antes de que él se diese cuenta de lo que ocurría. Me parece que estará mejor en su tierra.

—¿Qué edad tenía la madre? —preguntó Christine.

—Oh, unos sesenta años, me parece.

—Muchas gracias por informarme —dijo Christine con su tono más ceremonioso—. Es un alivio —añadió, preguntándose si el agente no habría llamado para burlarse de ella.

Casi se le saltaban las lágrimas al colgar. ¿Qué había querido de ella entonces? Una madre superiora. ¿De verdad aparentaba sesenta años? ¿Parecía una madre? ¿Qué significaban para él los conventos? ¿Comodidad? ¿Caridad? ¿Refugio? ¿Podía deberse a algo que le había pasado, a una tensión insoportable causada por el hecho de no estar en su país? ¿Acaso habían sido demasiado para él el equipo de tenis y sus piernas desnudas? ¿El dinero y la carne, aparentemente al alcance en todas partes pero que se le negaban dondequiera que fuese? ¿Sería la monja el símbolo que habría terminado por trastornarlo?, ¿el hábito y el velo le recordaban a sus ojos miopes las mujeres de su tierra, a las que podía comprender? Pero ya estaba de regreso en su país, tan remoto respecto a ella como otro planeta. Nunca lo sabría.

Sin embargo, él no la olvidó. En primavera, recibió una postal con un sello extranjero y la familiar letra de imprenta. En el anverso la fotografía de un templo. Estaba bien y esperaba que ella también estuviera bien. Él era su amigo. Un mes después, le llegó otra copia de la fotografía que él hizo en el jardín, en un sobre lacrado, sin una sola palabra en el interior.

La misteriosa aureola que rodeaba a Christine no tardó en desvanecerse; aunque también a ella le parecía irreal. La vida volvió a ser como siempre la imaginó. Se licenció con mediocres calificaciones y consiguió empleo en el Ministerio de Sanidad y Bienestar Social; hacía bien su trabajo y rara vez sufría discriminación por su condición de mujer, porque nadie la veía como tal. Podía permitirse tener un apartamento espacioso, aunque no se esforzó demasiado en decorarlo. Cada vez jugaba menos al tenis; lo que había sido musculatura con una ligera capa de grasa, se fue convirtiendo en grasa pura con un fino sustrato de músculo. Empezó a padecer jaquecas.

A medida que transcurrieron los años y la guerra empezó a llenar las páginas de periódicos y revistas, Christine dedujo al fin a qué país pertenecía aquel hombre. Lo había mencionado, pero, por entonces, no lo memorizó, era un lugar insignificante. Fuese cual fuese, se le antojaba tan insignificante como él; nunca pudo disociarlos.

Pero, por más que lo intentaba, no podía recordar el nombre de la ciudad y hacía tiempo que se había deshecho de la postal —¿era del norte o del sur?, ¿estaba cerca del frente o en la retaguardia?—. Compraba obsesivamente revistas y examinaba las fotografías, lugareños muertos, soldados en marcha, primeros planos en color de rostros aterrorizados o furiosos, espías ejecutados; estudiaba los mapas y seguía las últimas ediciones de los informativos de la televisión. El lejano país y su orografía se le hacían casi más familiares que los suyos. En un par de ocasiones creyó reconocerlo; pero era inútil, todos se le parecían.

Al final, tuvo que dejar de mirar las fotos. La obsesionaba demasiado y eso era malo para ella; empezaba a tener pesadillas: lo veía cruzar la puerta del jardín de la casa de su madre con su chaqueta raída, provisto de rifle y mochila, y un enorme y multicolor ramo de flores. Sonreía como antes, pero tenía el rostro surcado de sangre y casi le borraba las facciones. Christine optó por regalar el televisor y se dedicó a leer novelas del siglo XIX; Trollope y Galsworthy eran sus favoritos. Cuando, muy a su pesar, volvía a pensar en él, se decía que, si había tenido habilidad y agilidad mental suficientes para sobrevivir, mejor o peor, en Canadá, tanto más podría conseguirlo en su país, donde podía hablar su lengua. No lo imaginaba en el ejército, en ningún bando; no encajaba con él, y, hasta donde sabía no tenía ideología alguna. Debía de ser algo anodino, al margen, como ella; tal vez se había hecho intérprete.

Betty

Cuando yo tenía siete años nos mudamos otra vez, a una casa de madera a orillas del Saint Marys, a pocas millas de Sault Sainte Marie, que estaba río abajo. En realidad, solo la alquilamos para el verano, pero de momento era nuestra casa, puesto que no teníamos otra. Era oscura, olía a ratones y estaba atestada de trastos de la antigua vivienda que no dejamos en el guardamuebles. De modo que mi hermana y yo preferíamos pasar casi todo el tiempo fuera.

Había una pequeña playa, tras la cual las casas, con molduras de colores —blanco sobre verde, granate sobre azul, marrón sobre amarillo—, se alineaban como cajas de zapatos, cada una con su retrete detrás, a una distancia insalubre. Teníamos prohibido nadar en el río a causa de la fuerte corriente. Se contaban casos de niños arrastrados por las aguas hacia los rápidos y las esclusas, hacia los fuegos de los altos hornos de las fundiciones de Algoma, que a veces veíamos desde la ventana de nuestro dormitorio en las noches nubladas, un resplandor rojizo bajo las nubes. Nos dejaban vadearlo, siempre y cuando el agua no nos llegase por encima de la rodilla. Con los tobillos enredados en los flecos de las algas, saludábamos con la mano a los cargueros que pasaban, tan cerca que no solo veíamos las banderas y las gaviotas a popa, sino también las manos de los marineros y los óvalos de sus rostros al devolvernos el saludo. Cuando el oleaje que producían nos mojaba los muslos y llegaba hasta la cintura de nuestros floreados y fruncidos trajes de baño con faldita, chillábamos alborozadas.

Nuestra madre, que solía estar en la orilla leyendo o hablando con alguien, aunque no exactamente vigilándonos, interpretaba los chillidos como señal de que nos estábamos ahogando. Y luego decía: «Os habéis metido hasta más arriba de la rodilla». Mi hermana le explicaba que solo había sido el oleaje producido por el barco. Entonces mi madre me miraba para ver si decía la verdad, porque, a diferencia de mi hermana, yo mentía muy mal.

Los cargueros eran armatostes enormes, con los escobenes de las anclas oxidados y chimeneas gigantescas de las que salían chorros de humo gris. Cuando hacían sonar las sirenas, como siempre que se acercaban a las esclusas, temblaban las ventanas de la casa. Para nosotras eran mágicos. A veces caían cosas, o las tiraban, y nosotras observábamos con avidez los objetos flotantes y corríamos por la orilla para ver dónde estaban y vadeábamos el río para cogerlos. Por lo general tales tesoros no eran más que cajas de cartón vacías o latas de aceite agujereadas que rezumaban una grasa de color pardusco y que no servían para nada. A veces eran cajas de naranjas, que utilizábamos como alacenas o taburetes en nuestros escondrijos.

En parte nos gustaba la casa porque teníamos espacio para esos escondrijos. No lo habíamos tenido antes, pues siempre habíamos vivido en ciudades. Antes de ir allí, vivimos en Ottawa, en los bajos de un edificio de apartamentos de tres plantas y ladrillo visto. En el piso de arriba vivían unos recién casados. Ella era inglesa y protestante y él, católico y francés. Como él era piloto de las fuerzas aéreas, pasaba largas temporadas fuera. Y cuando volvía de permiso la emprendía a golpes con su esposa. Ocurría siempre hacia las once de la noche. Ella corría escaleras abajo, en busca de la protección de mi madre, y se sentaban las dos en la cocina a tomar té. La mujer lloraba quedamente, para no despertarnos —mi madre se lo rogaba, porque era partidaria de que los niños durmieran doce horas—, le mostraba el ojo a la funerala o el pómulo amoratado, y murmuraba que su marido bebía mucho. Más o menos una hora después llamaban discretamente a la puerta y el aviador, de uniforme, le pedía con amabilidad a mi madre que le devolviese a su esposa, porque su sitio estaba arriba. Decía que habían discutido por cuestiones religiosas y que, además, le había dado quince dólares para la compra y ella le había puesto jamón frito para cenar. Después de estar un mes fuera de casa, un hombre esperaba un buen asado de cerdo o de ternera.

—¿No cree usted, señora?

—Yo..., ver, oír y callar —contestaba mi madre, que nunca tuvo la impresión de que estuviese demasiado borracho, aunque con la gente educada nunca se sabía a qué atenerse.

Yo no debía enterarme de todo esto, bien porque se me considerara demasiado pequeña o demasiado discreta, pero a mi hermana, que era cuatro años mayor que yo, se lo dejaban entrever, y ella me transmitía la información con el aderezo que creyese conveniente. Vi a la mujer muchas veces desde la puerta de mi casa, subiendo o bajando las escaleras, y ciertamente en una ocasión llevaba un ojo a la funerala. A él nunca lo vi, pero cuando dejamos Ottawa estaba convencida de que era un asesino.

Esa debía de ser la razón de la advertencia de mi padre cuando mi madre le dijo que acababa de conocer al joven matrimonio que vivía al lado. «Procura no tener demasiado contacto —le dijo—. No quiero que esa mujer aparezca por aquí a cualquier hora de la noche.» Mi padre tenía poca paciencia con la inclinación de mi madre a ser paño de lágrimas de los demás. «¿No te escucho a ti, cariño?», le decía ella, risueña. Según él, mi madre atraía a lo que él llamaba «esponjas».

Pero la preocupación de mi padre no parecía estar justificada. Aquel matrimonio era muy distinto al de Ottawa. Fred y Betty insistieron desde el primer momento en que los llamasen así: Fred y Betty. Mi hermana y yo, pese a que nos habían enseñado que antepusiésemos al nombre de todo el mundo el señor y el señora, tuvimos que llamarlos también

Fred y Betty, y podíamos ir a su casa siempre que quisiéramos. «No quiero que os lo toméis al pie de la letra», nos decía nuestra madre. Los tiempos eran difíciles, pero mi madre había recibido una buena educación y nosotras íbamos por el mismo camino. Sin embargo, al principio íbamos a casa de Fred y de Betty muy a menudo.

Su casa era tan pequeña como la nuestra, pero como no tenían tantos muebles parecía más grande. La nuestra tenía las habitaciones separadas por tabiques de cartón piedra pintados de color verde lima, con rectángulos de tono más claro allí donde otros inquilinos habían tenido cuadros colgados. Betty sustituyó esos tabiques por otros de contrachapado pintados de amarillo vivo, hizo unas cortinas blancas y amarillas para la cocina, estampadas con dibujos de polluelos saliendo del cascarón, y con el retal que le sobró se hizo un delantal. Mi madre decía que eso estaba muy bien porque su casa era de propiedad, pero que en la nuestra no merecía la pena hacer nada porque era de alquiler. Betty llamaba a su cocina «cocinita». En un rincón tenía una mesa redonda de hierro forjado, igual que las sillas, pintadas de blanco; una para ella y otra para Fred. Betty llamaba a aquel rincón su «nidito del desayuno».

En casa de Fred y Betty había más cosas divertidas que en la nuestra. Tenían un pájaro de vidrio hueco y coloreado posado en el borde de una jarra de agua, el cual se balanceaba hacia delante y hacia atrás hasta que terminaba por sumergir la cabeza y echar un trago. En la puerta principal tenían una aldaba en forma de pájaro carpintero, y si tirabas de un cordel llamaba a la puerta. También tenían un silbato en forma de pájaro que podías llenar de agua y, si soplabas por él, trinaba «como un canario», decía Betty. Siempre traían el tebeo que regalaban los sábados con el periódico. Nuestros padres no, porque no les gustaba que leyésemos bobadas, como decían ellos. Pero, como Fred y Betty eran tan simpáticos y amables con nosotras, ¿qué iban a hacer?, como decía mi madre.

Aparte de todas estas atracciones, estaba Fred, de quien ambas nos enamoramos. Mi hermana se le sentaba en las rodillas, decía que era su novio y que se casaría con él cuando fuese mayor. Luego le pedía que le leyera el tebeo y le gastaba bromas: trataba de quitarle la pipa de la boca o le ataba los cordones de un zapato a los del otro. Yo sentía lo mismo, pero comprendía que no me convenía decirlo. Mi hermana ya había dejado claras sus pretensiones. Y si ella decía que iba a hacer algo, solía hacerlo. Además, detestaba que fuese lo que ella llamaba un mono de imitación. De modo que yo me sentaba en el nidito del desayuno, en una de las sillas de hierro forjado, mientras Betty preparaba el café, y observaba a mi hermana y a Fred en el sofá.

Fred tenía magnetismo. Mi madre, que no era mujer dada a coquetear —lo que le interesaba era el saber—, se mostraba más alegre cuando él estaba presente. Incluso a mi padre le caía bien, y a veces tomaba una cerveza con él al regresar de la ciudad, sentados los dos en los sillones de mimbre de la casa de Fred, espantando a los mosquitos y charlando de béisbol. Como rara vez hablaban del trabajo, no estoy muy segura de a qué se dedicaba Fred, pero trabajaba en una oficina. Mi padre en el «empapelado», decía mi madre, aunque nunca comprendí muy bien qué quería decir con eso. Era más interesante oírlos hablar de la guerra. Los problemas que mi padre tenía en la espalda le libraron de ir, muy a su pesar, pero Fred estuvo en la armada. Nunca hablaba demasiado de ello, aunque mi padre siempre lo animaba. Sabíamos por Betty que se prometieron poco antes de que él se fuera al frente y se casaron inmediatamente después de que regresara. Betty le escribía todas las noches y le enviaba las cartas una vez por semana. No decía con qué frecuencia le escribía Fred. A mi padre no le caía bien demasiada gente, pero de Fred decía que no era un tonto.

Fred no se esforzaba en caer bien a los demás. Ni siquiera creo que fuese especialmente guapo. Digo que no lo creo porque, mientras que a Betty la recuerdo con pelos y señales, de él solo recuerdo que era moreno y que fumaba en pipa. Si nos poníamos muy pesadas, nos cantaba «Sioux City Sue»: «Tu pelo es rojo, tus ojos azules. Por ti daría mi perro y mi caballo…». O le cantaba «Beautiful Brown Eyes» a mi hermana, que tenía los ojos marrones y no azul claro como yo. Esto hería mis sentimientos, ya que en una estrofa decía «nunca volveré a amar unos ojos azules». Resultaba demasiado terminante, una vida entera sin ser amada por Fred. En una ocasión lloré, con el agravante de no poder contarle a nadie qué me pasaba; y tuve que sufrir la humillación de la preocupación burlona de Fred y del desdén de mi hermana. Pero más humillante aún fue que Betty me consolara en la cocinita. Era una humillación, porque incluso a mí me parecía obvio que Betty no acababa de entenderlo. «No le hagas caso», me dijo, al adivinar que mis lágrimas tenían algo que ver con él, aunque ese fuese precisamente el único consejo que yo no podía seguir.

Al igual que los gatos, Fred era de los que no daban un paso por nadie, como comentaría mi madre posteriormente. De modo que era injusto que todo el mundo lo quisiera y que, sin embargo, nadie se encariñase con Betty, pese a toda su amabilidad. Era Betty quien siempre nos saludaba desde la puerta, nos invitaba a entrar y hablaba con nosotras, mientras Fred leía el periódico, repantigado en el sofá. Betty nos daba galletas, nos preparaba batidos de leche y nos dejaba lamer los cuencos cuando hacía pasteles. Era una persona amable; todo el mundo lo decía. En cambio, nadie hubiese dicho lo mismo de Fred, que rara vez reía y solo sonreía cuando hacía algún comentario grosero, casi siempre dirigido a mi hermana. «Qué, ¿pintarrajeándote otra vez?», le decía. O: «Eh, tú, culona». Betty nunca decía esas cosas y siempre reía o sonreía.

Se partía de risa cuando Fred la llamaba Betty Grable, algo que hacía por lo menos una vez al día. Yo no le veía la gracia, aunque suponía que debía de tomarlo como un cumplido. Betty Grable era una famosa estrella de cine; había una fotografía suya sujeta con chinchetas en la pared del retrete de su casa. Mi hermana y yo preferíamos el retrete de Fred y Betty. Tenía una cortinilla en la ventana, a diferencia del nuestro, y una cajita de madera con una escobilla para la lejía. En cambio, nosotros solo teníamos una caja de cartón y un viejo palustre.

La verdad es que Betty no se parecía a Betty Grable, que era rubia y no tan rellenita como nuestra Betty. Pero yo pensaba que ambas eran bonitas. Tardé en comprender que era una comparación cruel, ya que Betty Grable era famosa por sus piernas, mientras que Betty las tenía rectas como palos. Aunque por entonces a mí me parecían unas piernas corrientes. Sentada en la cocinita, se las veía muy bien, ya que llevaba camisetas con la espalda al aire y pantalones cortos, con el delantal amarillo por encima. Y no sé por qué razón Betty no lograba nunca broncearlas, a pesar de las muchas horas que pasaba haciendo ganchillo en el sillón de mimbre, de cintura para arriba a la sombra del porche, pero con las piernas estiradas para que les diese el sol.

Mi padre decía que Betty no tenía sentido del humor. Y yo no entendía por qué, pues si le contabas un chiste siempre reía, aunque te hicieses un lío, y también ella contaba chistes. A veces escribía la palabra «CA*m*A», con la *m* más pequeña y oscura que la A y la C. «¿Qué es? Es la *m*ulatita en CA*m*A», me decía con una sonrisa de oreja a oreja que dejaba ver todos los dientes. Nunca habíamos cruzado a Estados Unidos, aunque podíamos ver el país vecino, que empezaba al otro lado del río, a partir de una arboleda que se perdía por el oeste hacia el azul del lago Superior, y las únicas personas de color que yo había visto eran personajes de tebeo: los africanos de *Tarzán* y Lotario de *Mandrake el mago*, que llevaba una piel de león. No comprendía qué relación tenía ninguno de ellos con la palabra «cama».

Mi padre también decía que Betty no tenía *sex appeal*, algo que a mi madre no le parecía nada preocupante. «Es muy maja», replicaba ella complacida, o «Tiene muy buen color». Mi madre y Betty no tardaron en ayudarse a preparar las conservas. La mayoría de las familias tenían lo que dieron en llamar «huertos de la victoria», pese a que la guerra ya se había terminado. Los meses de julio y agosto había que pasarlos llenando cuantos tarros de fruta y verduras se pudiese. Al huerto de mi madre le faltaba entusiasmo, como a casi todas las labores domésticas que hacía. Era una parcela pequeña junto al retrete, donde las calabaceras de San Juan trepaban por una fronda de tomateras recrecidas, entre surcos irregulares sembrados de zanahorias y remolachas. Mi madre solía decir que para lo que ella servía era para tratar con las personas. Betty y Fred no tenían huerto. Fred no lo habría querido trabajar, y cuando ahora pienso en Betty comprendo que un huerto la habría desbordado. Pero cada vez que Fred iba a la ciudad le hacía comprar cestas de fresas, melocotones, judías, tomates y uvas. Y convenció a mi madre de que se olvidase del huerto y colaborase con ella en sus maratonianas sesiones de envasado de conservas.

Como la cocina económica de mi madre desprendía un

insufrible calor para esa operación y el hornillo eléctrico de Betty resultaba demasiado pequeño, Betty consiguió que «los mozos», como llamaba a Fred y a mi padre, arreglasen la desvencijada cocina económica que había estado oxidándose detrás de su retrete. La instalaron en nuestro patio trasero, y mi madre y Betty se sentaban a nuestra mesa de cocina, que sacaron al patio, a pelar y trocear frutas y verduras mientras charlaban; Betty con los carrillos más rojos de lo normal a causa del calor, y mi madre con un viejo pañuelo de colores en la cabeza, que le daba aspecto de gitana. Detrás de ellas burbujeaban y humeaban las cacerolas con los botes de conserva y, en un lado de la mesa, encima de varias capas de periódicos, crecían las hileras de tarros boca abajo, que al enfriarse a veces rezumaban o se resquebrajaban. Mi hermana y yo merodeábamos alrededor de la mesa, aunque sin dejarnos ver mucho para que no nos invitaran a colaborar, impacientes por apoderarnos de las cestas vacías. Pensábamos que podían servirnos en nuestro escondite. No estábamos seguras de para qué, pero cabrían en las cajas de naranjas.

Me enteré de muchas cosas sobre Fred durante las sesiones de envasado de conservas de Betty: lo mucho que le gustaban los huevos; qué talla de calcetines usaba (Betty era muy aficionada al punto y se los hacía); lo bien que le iba en la oficina, y lo que no le gustaba para cenar. Porque Fred era melindroso con la comida, decía Betty risueña. Betty no tenía prácticamente nada más de que hablar, e incluso mi madre, veterana de tantas confidencias, empezó a hablar menos y a fumar más de lo normal cuando estaba con ella. Le resultaba más fácil escuchar a quienes le contaban desgracias que la cascabelera e insustancial verborrea de Betty. Empecé a pensar que quizá no me gustase nada casarme con Fred, que, en boca de Betty, parecía una larga tira de papel de periódico ensalivado sin más información que la meteorológica. Ni a mi hermana ni a mí nos interesaba saber qué talla de calcetines gastaba Fred, y los nimios detalles que Betty contaba sin venir a cuento lo disminuían a nuestros ojos. De modo que empezamos a ir menos a jugar a casa de Fred y Betty, y más a nuestro escondrijo, que estaba en el chaparral de un solar junto a la orilla. Allí nos entreteníamos con complicados juegos de *Mandrake el mago* y su fiel criado Lotario, en los que nuestros muñecos hacían el papel de villanos a los que era fácil hipnotizar. Mi hermana era el mago. Cuando nos cansábamos de jugar a eso, nos poníamos el traje de baño e íbamos a caminar por la orilla del río, a ver pasar los cargueros y a tirar bellotas al agua, para ver cuánto tardaba en llevárselas la corriente.

En una de esas excursiones fluviales conocimos a Nan, que vivía diez parcelas más abajo, en una casita blanca con el porche, la puerta y los postigos rojos. A diferencia de muchas de las otras casitas, la de Nan tenía enfrente un embarcadero, que se adentraba en el río sobre pilares afirmados por rocas amontonadas en derredor. Y en el embarcadero estaba sentada la primera vez que la vimos, mascando chicle y mirando un montón de cromos de aviones, de los que salían en los paquetes de cigarrillos Wings. Todo el mundo sabía que solo los chicos los coleccionaban. Tenía la piel morena, el pelo castaño claro y el cutis terso y lustroso como flan de caramelo.

«¿Qué haces con eso?», le preguntó mi hermana, así por las buenas. Nan se limitó a sonreír.

Aquella misma tarde admitimos a Nan en nuestro escondrijo y, después de jugar un ratito a *Mandrake el mago*, durante el que me vi reducida al humilde papel de Narda, ellas se sentaron en nuestros taburetes y empezaron a hacer lo que a mí me parecieron lánguidos e irrelevantes comentarios.

—¿No vais nunca a la tienda? —preguntó Nan.

Nunca íbamos. Nan volvió a sonreír. Ella tenía doce años y mi hermana solo once y nueve meses.

—A la tienda van chicos muy guapos —dijo Nan, que llevaba una blusa con volantes y cuello elástico que se podía bajar hasta los hombros. Nan se guardó los cromos en un bolsillo de los pantalones cortos y fuimos a preguntarle a mi madre si podíamos ir a la tienda. A partir de entonces mi hermana y Nan fueron casi cada tarde.

La tienda estaba a una milla y media de nuestra casa, una buena caminata a lo largo de la orilla, junto a la hilera de casitas, donde madres orondas tomaban el sol y otros niños, posiblemente hostiles, chapoteaban en el agua; junto a botes de remo varados en la arena a lo largo de embarcaderos de cemento; a través de franjas de playa cubierta de maleza que te hería los tobillos y de arvejas silvestres, duras y amargas.

En algunos puntos del camino se olían los retretes. Poco antes de llegar a la tienda, había una explanada con hiedra venenosa y teníamos que vadear el río para evitarla.

La tienda no tenía nombre; era solo «la tienda», la única a la que se podía ir a pie desde las casitas de la urbanización. Me dejaron ir con mi hermana y con Nan o, más exactamente, mi madre insistió en que fuese con ellas. Aunque yo no le había dicho nada, ella notó mi tristeza. No me entristecía tanto la deserción de mi hermana como su alegre despreocupación, porque bien que le gustaba jugar conmigo cuando no estaba Nan.

A veces, cuando me sentía demasiado desgraciada viendo a mi hermana y a Nan conspirar a pocos pasos de mí, daba media vuelta e iba a casa de Fred y Betty. Me sentaba al revés en una silla de la cocina, con los brazos extendidos e inmóviles, sosteniendo una madeja de lana azul celeste mientras Betty la devanaba. O, bajo la dirección de Betty, hacía a ganchillo, despacito, vestiditos desproporcionados de color rosa o amarillo para las muñecas, unas muñecas con las que, de pronto, mi hermana era demasiado mayor para jugar.

Si hacía buen tiempo, me acercaba hasta la tienda. No era bonita ni limpia, pero estábamos tan acostumbrados a la dejadez y a la mugre de la época de la guerra que ni reparábamos en ello. Era un edificio de dos plantas de madera sin pintar, que la intemperie había vuelto gris. Algunas partes estaban remendadas con tela asfáltica. Tenía coloridos letreros metálicos en la fachada y en los escaparates: Coca-Cola,

7-Up, Salada Tea. El interior desprendía ese olor dulce y tristón de las tiendas en las que se vende de todo, mezcla del aroma de los cucuruchos de helado, las galletas Oreo, los caramelos duros y las barritas de regaliz que se exponían en el mostrador, y ese otro olor, almizcleño y penetrante, a sudor y a rancio. Las botellas de refrescos se guardaban en una nevera metálica que tenía una pesada puerta y estaba llena de agua fría y de pedazos de hielo que, al fundirse, quedaban tan suaves como los trozos de vidrio pulidos por la arena que a veces encontrábamos en la playa.

El dueño de la tienda y su esposa vivían en el piso de arriba, pero casi nunca los veíamos. La tienda la llevaban sus dos hijas, que se turnaban detrás del mostrador. Las dos eran morenas y vestían pantalones cortos y blusas de topos con la espalda al aire, pero una era simpática y la otra, más delgada y más joven, no. Cogía nuestros centavos y los guardaba en la caja registradora sin decir palabra, mirando por encima de nuestras cabezas hacia el escaparate delantero, con sus tiras atrapamoscas llenas de racimos de insectos, como si fuese totalmente ajena a los movimientos de sus manos. No le caíamos bien; no nos veía. Llevaba el pelo largo y peinado con una especie de bucle por delante y los labios pintados de color púrpura.

La primera vez que fuimos a la tienda descubrimos por qué coleccionaba Nan cromos de aviones. Había dos chicos sentados en los agrietados y grises escalones de la entrada, con los brazos cruzados sobre las rodillas. Mi hermana me había dicho que lo que había que hacer con los chicos era ignorarlos, porque, de lo contrario, no te dejaban tranquila. Pero aquellos chicos conocían a Nan y hablaban con ella, no para dirigirle las habituales pullas, sino con respeto.

—¿Tienes alguno nuevo? —preguntó uno.

Nan sonrió, se echó el pelo hacia atrás y encogió ligeramente los hombros bajo la blusa. Luego sacó los cromos de aviones que llevaba en un bolsillo de los pantalones cortos y empezó a buscar.

—¿Y tú no tienes? —le preguntó el otro chico a mi hermana.

Por una vez mi hermana se sintió humillada. Después de aquello convenció a mi madre de que cambiase de marca de cigarrillos y empezó a coleccionarlos ella también. La vi mirándose en el espejo una semana después, ensayando la seductora prestidigitación, sacando los cromos del bolsillo como si de la serpiente de un mago se tratase.

Cuando yo iba a la tienda, siempre tenía que llevarle a mi madre pan de molde y, a veces, si había, una bolsa de masa Jiffy para pasteles. Mi hermana nunca tenía que comprar nada: ya había descubierto las ventajas de ser poco de fiar. Como pago y, estoy segura, compensación por mi infelicidad, mi madre me daba un centavo por viaje. Cuando hube ahorrado cinco centavos, me compré mi primer polo. Mi madre nunca había querido comprárnoslos, aunque sí transigía con los cucuruchos de helado. Decía que los polos tenían algo perjudicial, y cuando me senté en los escalones de la entrada de la tienda y lo lamí hasta el palito de madera, lo miré y remiré en busca del elemento nocivo. Lo imaginaba como una especie de pepita, como la parte blanca en forma de uña de los granos de maíz, pero no encontré nada.

Mi hermana y Nan estaban sentadas a mi lado en los escalones de la entrada. Como aquel día no había chicos en la tienda, no tenían nada más que hacer. El calor era más intenso que de costumbre y no corría una gota de aire; el río reverberaba y los cargueros nos saludaban al pasar. Mi polo se fundía casi sin darme tiempo a comérmelo. Le había dado a mi hermana la mitad y ella la había aceptado sin el agradecimiento que yo esperaba; lo compartía con Nan.

Fred apareció por la esquina del edificio y fue hacia la puerta. No nos extrañó, porque lo habíamos visto muchas veces en la tienda.

«Hola, preciosa», le dijo a mi hermana. Deslizamos el trasero por el escalón para dejarlo pasar.

Al cabo de un buen rato salió con una hogaza de pan. Nos preguntó si queríamos que nos llevara en coche; nos dijo que acababa de llegar de la ciudad. Como es natural, dijimos que sí; aquello no tenía nada de insólito, pero una de las hijas del dueño, la más delgada, la purpúrea, salió a la entrada y se quedó mirando mientras nosotros nos alejábamos en el coche. Cruzó los brazos sobre el pecho, con esa pose de hombros caídos de las mujeres que se pasan las horas muertas a la puerta de sus casas; no sonreía. Yo creía que había salido a ver el carguero de la Canada Steaming Lines, que pasaba en aquellos momentos, pero reparé en que miraba a Fred; más que mirarlo, lo fulminaba con la mirada.

Fred no pareció advertirlo y estuvo canturreando durante el breve trayecto hasta casa. Cantaba «Katy, oh, linda Katy», guiñándole el ojo a mi hermana, a la que a veces llamaba Katy porque se llamaba Catherine. Llevaba las ventanillas abiertas y nos entraba el polvo del camino de gravilla lleno de baches. Entraba tanto que nos blanqueaba las cejas y encanecía el pelo de Fred. Mi hermana y Nan chillaban alborozadas por el traqueteo, y al cabo de unos momentos olvidé mi disgusto por saberme relegada y empecé a chillar yo también.

Parecía que hiciese mucho tiempo que vivíamos en la casita, aunque solo llevábamos allí aquel verano. En agosto apenas me acordaba ya del apartamento de Ottawa y del hombre que pegaba a su esposa. Era como si hubiese sucedido en otra vida, más feliz, a pesar del sol, del río y del aire libre de que ahora disfrutaba. Antes, los frecuentes cambios de domicilio y de colegio obligaban a mi hermana a valorarme más. Yo era cuatro años menor, pero era leal y siempre estaba a su lado. Ahora aquellos años eran como un abismo entre nosotras, una franja vacía, como una playa a lo largo de la cual podía verla desaparecer delante de mí. Ansiaba ser como ella, aunque ya no supiera decir cómo era.

La tercera semana de agosto las hojas de los árboles empezaron a cambiar de color, no todas a la vez, sino que fueron moteando las ramas con tonos rojizos, como una advertencia. Eso significaba que pronto empezaría el colegio y una nueva mudanza. Ni siquiera sabíamos dónde íbamos a vivir esta vez, y cuando Nan nos preguntó a qué colegio íbamos contestamos con evasivas.

«Hemos ido a ocho colegios distintos», dijo mi hermana con orgullo. Como yo era mucho más pequeña, solo había ido a dos. Nan, que había ido al mismo colegio toda su vida, se bajó la blusa por los hombros hasta los codos para mostrarnos cómo le habían crecido los pechos. Las areolas habían empezado a abultársele, pero, por lo demás, seguía tan lisa como mi hermana.

«¿Y qué?», dijo mi hermana subiéndose el jersey. Aquella era una competición en la que yo no podía participar. Se trataba del cambio, y el cambio me aterraba cada vez más. Volví por la orilla hasta la casa de Betty, donde me aguardaba mi último trozo de desmañado ganchillo y donde todo era siempre igual.

Llamé con los nudillos a la puerta de tela metálica y la abrí. Iba a decir «¿Puedo entrar?», como siempre, pero no lo hice. Betty estaba sentada ante la mesa de hierro de su nidito del desayuno. Llevaba sus pantalones cortos y una blusa marinera azul marino y blanca con un pequeño broche en forma de ancla, y el delantal con los polluelos amarillos saliendo del cascarón. Por una vez no hacía nada ni tomaba café. Estaba lívida y perpleja, como si alguien le hubiese pegado sin razón. Al verme, no me invitó a entrar ni me sonrió.

—¿Qué voy a hacer yo ahora? —dijo.

Miré la cocina. Todo estaba en su sitio. La cafetera relucía en el hornillo. El pájaro de cristal agachaba lentamente la cabeza. No había platos rotos ni agua en el suelo. ¿Qué habría pasado?

—¿Estás enferma? —le pregunté.

—No puedo hacer nada —dijo Betty.

Estaba tan rara que me asusté. Salí corriendo de la cocina y crucé el montículo cubierto de hierba hasta casa, para decírselo a mi madre, que siempre sabía qué había que hacer.

—A Betty le pasa algo.

Mi madre amasaba algo en un cuenco. Se frotó las manos para desprenderse la masa y se las limpió en el delantal. No pareció sorprenderse ni me preguntó de qué se trataba.

—Tú quédate aquí —me dijo. Cogió su paquete de cigarrillos y salió.

Aquella noche tuvimos que acostarnos más temprano porque mi madre quería hablar con mi padre. Pero, como es natural, aguzamos el oído. Era fácil con aquellos tabiques de cartón piedra.

—Me lo veía venir —dijo mi madre—. A la legua.

—¿Y quién es la otra? —preguntó mi padre.

—No lo sabe —contestó mi madre—. Alguna chica de la ciudad.

—Betty es tonta —dijo mi padre—. Siempre lo ha sido.

Tiempo después, cuando menudearon las separaciones de matrimonios, solía decir lo mismo. Con independencia de quién hubiese dejado a quién, siempre decía que la mujer era la tonta. El mayor cumplido que le hacía a mi madre era decir que no era ninguna tonta.

—Podría ser —convino mi madre—. Pero dudo que encuentre nunca una chica mejor. Se desvivía por él.

Mi hermana y yo comentamos el asunto con voz susurrante. La teoría de mi hermana era que Fred había dejado a Betty por otra mujer. Yo no me lo podía creer: nunca había oído que sucediesen semejantes cosas. Me afectó tanto que no pude dormir, y durante bastante tiempo sentía una gran ansiedad siempre que mi padre pasaba la noche fuera de casa, como ocurría a menudo. ¿Y si no regresaba?

No volvimos a ver a Betty. Sabíamos que estaba en casa, porque todos los días mi madre le llevaba un trozo de sus apelmazadas tartas, como si de un velatorio se tratase. Pero a nosotras nos prohibieron terminantemente acercarnos a la casa y fisgar por las ventanas, como mi madre debió de adivinar que ansiábamos hacer. «Está destrozada», dijo mi madre, lo que me hizo imaginar a Betty tirada en el suelo, descoyuntada, como un coche en el taller.

Ni siquiera la vimos el día que subimos al Studebaker de segunda mano de mi padre, con el asiento trasero atestado hasta los bordes de las ventanillas y solo un huequecito oblongo donde acurrucarme, para ir hasta la autopista y empezar el viaje de seiscientas millas en dirección sur, hasta Toronto. Mi padre había vuelto a cambiar de empleo. Ahora trabajaba en una empresa de materiales para la construcción. Decía estar seguro de que, con el creciente desarrollo del país, aquella sería su gran oportunidad. Pasamos el mes de septiembre y parte de octubre en un motel mientras mi padre buscaba una vivienda. Cumplí los ocho y mi hermana los doce. Luego fui a otro colegio y casi me olvidé de Betty.

Pero, un mes después de que yo cumpliera los doce, Betty vino de pronto una noche a cenar. Teníamos invitados con mucha mayor frecuencia que antes, y a veces las cenas eran tan importantes que mi hermana y yo cenábamos primero. A mi hermana no le importaba, porque por entonces ya salía con chicos. Yo iba a un colegio en el que nos obligaban a llevar calcetines, en lugar de las medias con costura que le permitían ponerse a mi hermana. Además, llevaba aparatos de ortodoncia. Mi hermana también los había llevado a mi edad, pero siempre se las había compuesto para que le diesen un aspecto llamativo y audaz, de modo que yo ansiaba tener aquellos luminosos dientes de plata. Pero ella ya se los había quitado y a mí me sentaban como un verdadero bocado de caballo, que me hacía sentir torpe y amordazada.

—Te acuerdas de Betty, ¿no? —dijo mi madre.

—Elizabeth —señaló Betty.

—Oh, sí, claro —dijo mi madre.

Betty había cambiado mucho. Antes estaba un poco rellenita, pero ahora estaba rechoncha. Tenía las mejillas carnosas y rojas como tomates. Pensé que se había pasado con el colorete, pero enseguida reparé en que se debía a la abundancia de capilares bajo la piel. Llevaba una falda negra larga y plisada, un suéter de angorina de manga corta, un collar de cuentas negras y unos zapatos de ante negro de tacón alto abiertos por delante. Desprendía un fuerte olor a muguete. Había encontrado empleo, le contó luego mi madre a mi padre, un empleo muy bueno. Trabajaba de secretaria de dirección y se hacía llamar señorita en lugar de señora.

—Le va muy bien —dijo mi madre—, teniendo en cuenta lo ocurrido. Ha sabido superarlo.

—Espero que ahora no vayas a invitarla a cenar cada dos por tres —dijo mi padre.

Betty seguía exasperándole, a pesar de su nueva imagen. Se reía más que nunca y cruzaba las piernas continuamente.

—Me parece que soy la única amiga que tiene —dijo mi madre.

Se calló que Betty era la única verdadera amiga que ella tenía. Cuando mi padre decía «tu amiga», todo el mundo sabía a quién se refería. Pero amigas menos íntimas mi madre tenía muchas, y su don de saber escuchar con discreción era ahora toda una baza comercial para mi padre.

—Dice que nunca volverá a casarse —explicó mi madre.

—Es tonta —afirmó mi padre.

—Nunca he visto a nadie tan bien preparado para el matrimonio —aseguró mi madre.

Este comentario acrecentó mi ansiedad acerca de mi futuro. Si todos los desvelos de Betty no habían sido suficientes para Fred, ¿qué esperanzas podía albergar yo? Carecía del talento natural de mi hermana, aunque pensaba que habría recursos que podría aprender con aplicación y laboriosidad. En el colegio nos enseñaban economía doméstica y la profesora siempre decía que a los hombres se los conquistaba por el estómago. Yo sabía que no era cierto —porque mi madre seguía siendo una calamidad como cocinera y cuando tenía invitados a cenar iba una mujer a ayudarla—, pero me aplicaba en la confección de elaborados postres como si me lo creyese.

Mi madre empezó a invitar a Betty a cenar con hombres solteros. Betty sonreía y reía, pero, aunque varios parecieron interesarse por ella, no resultó.

«Después de semejante golpe, no me sorprende», decía mi madre. Yo era lo bastante mayorcita para que me pudiesen contar las cosas y, además, a mi hermana no se le veía el pelo. «Tengo entendido que se fue con una secretaria de su empresa. Incluso se casaron después del divorcio.» Había otro dato acerca de Betty, me explicó mi madre, aunque advirtiéndome de que no debía sacarlo nunca a colación, porque a Betty le afectaba mucho: el hermano de Fred, que era dentista, había matado a su esposa porque se lió —mi madre decía «lió» saboreando la palabra como si fuera una lionesa— con su enfermera. Obligó a su mujer a subir al coche e introdujo un tubo de goma acoplado al de escape para simular un suicidio; pero la policía lo descubrió y ahora estaba en la cárcel.

Esto hizo a Betty mucho más interesante a mis ojos. Por lo visto, la tendencia a «liarse» era algo que Fred llevaba en la sangre. O sea, que podía haber sido Betty la asesinada. Entonces empecé a considerar la risa de Betty como la máscara de una mujer maltratada y martirizada. No era solo una esposa abandonada. Incluso yo comprendía que eso no era ninguna tragedia, pero sí que la habían dejado en ridículo y humillado; más aún: había escapado a la muerte por los pelos. Pronto no me cupo duda de que también Betty lo veía así. Había cierto engreimiento santurrón en su manera de mantener a distancia a los solteros de mamá, algo vagamente monjil. La rodeaba un pálido halo de cruenta inmolación. Betty había pasado por todo aquello, había sobrevivido, y ahora se había volcado en otra cosa.

Pero no pude conservar esta imagen de Betty durante mucho tiempo. A mi madre enseguida se le acabaron los solteros, y Betty, cuando venía a cenar, se presentaba sola. Hablaba incesantemente de la vida y milagros de sus compañeras de trabajo como en el pasado hablaba de Fred. No tardamos en estar al corriente de cuánto les gustaba tomar café, cuáles vivían con sus madres, a qué peluquería iban y cómo eran sus apartamentos. Betty tenía uno muy coquetón en Avenue Road. Lo había decorado ella sola e incluso había hecho las fundas de los sillones. Betty se desvivía por su jefe como antes se había desvivido por Fred. Le hacía las compras de regalos navideños. Todos los años nos enterábamos de lo que les había regalado a cada uno de sus empleados, a su esposa y a sus hijos, y cuánto le había costado cada regalo. En cierto modo, Betty parecía feliz.

En torno a las fiestas navideñas veíamos mucho a Betty. Mi madre decía que le daba pena porque no tenía familia.

Betty acostumbraba a hacernos regalos de Navidad que evidenciaban que nos consideraba más jóvenes de lo que éramos. Se inclinaba por los juegos de parchís y por los guantes de angorina demasiado pequeños. Betty dejó de interesarme. Incluso su inagotable alegría acabó por antojárseme una perversión o un defecto parecido a la idiotez. Yo tenía quince años y estaba sumida en la depresión de la adolescencia. Mi hermana estaba fuera, en la universidad, y a veces me regalaba ropa que ella ya no quería. No era lo que se entiende por una belleza —tenía los ojos y la boca demasiado grandes—, pero todo el mundo la consideraba muy vivaz. De mí decían que era amable. Ya no llevaba aparatos, pero eso no pareció cambiarme mucho. ¿Qué derecho tenía Betty a estar siempre tan alegre? Cuando venía a cenar, me quedaba lo justo, me excusaba y me iba a mi habitación.

Una tarde de primavera regresé del colegio y encontré a mi madre sentada ante la mesa del comedor. Estaba llorando, algo tan insólito que temí que le hubiera ocurrido algo a mi padre. No pensé que la hubiese dejado, pues ese temor estaba superado; pero podía haber tenido un accidente con el coche y haberse matado.

—¿Qué te pasa, mamá? —le pregunté.

—Tráeme un vaso de agua —me dijo.

Cuando se lo llevé, bebió un sorbo y se alisó el pelo.

—Ahora estoy bien —me aseguró—. Es que acaba de llamar Betty. Y estoy muy afectada. Me ha dicho cosas horribles.

—¿Por qué? —le pregunté—. ¿Qué le has hecho?

—Me ha acusado de... cosas horribles —contestó mi madre enjugándose las lágrimas—. Y a grito pelado. Jamás había oído gritar a Betty. Después de tantos años... Me ha dicho que no piensa volver a dirigirme la palabra. ¿De dónde ha podido sacar semejante idea?

—¿Qué idea? —le pregunté.

Estaba tan perpleja como mi madre, porque sería una calamidad como cocinera, pero era una buena mujer. No la imaginaba haciendo algo que pudiese sulfurar a alguien hasta el punto de hacerle gritar.

—Me ha dicho cosas acerca de Fred —dijo mi madre, irguiéndose un poco en la silla—. Debe de estar loca. Hacía dos meses que no nos veíamos y, de pronto, me sale con esas.

«Debe de ocurrirle algo», dijo mi padre después, mientras cenábamos. ¡Y vaya si tenía razón! Betty tenía un tumor cerebral, que no le detectaron hasta que su extraño comportamiento en la oficina aconsejó que le realizasen una revisión. Murió en el hospital dos meses después, pero mi madre no se enteró hasta que hubo fallecido. Sintió remordimientos. Tenía la sensación de que debería haber ido al hospital a visitar a su amiga, aunque la hubiese puesto de vuelta y media por teléfono.

«Tenía que haber comprendido que solo podía tratarse de un trastorno —dijo mi madre—. Cambio de personalidad. Eso lo explica, por lo menos en parte.» A fuerza de ser paño de lágrimas de los demás, mi madre había acumulado mucha información acerca de las enfermedades terminales.

Pero a mí su explicación no me convencía. Durante muchos años me siguió la imagen de Betty, aguardando a que acabase con ella de un modo más satisfactorio para ambas. Cuando me dieron la noticia de su muerte me sentí condenada, pues me dije que por lo visto aquel era el castigo por ser abnegada y solícita, que eso era lo que les ocurría a las chicas que eran como yo (creía ser). Al abrir el anuario del instituto y ver mi cara, con el pelo cortado al estilo paje y una sonrisa beatífica y tímida, yo superponía los ojos de Betty a los míos. Fue amable conmigo cuando era niña y yo, con la insensibilidad propia de los niños hacia quienes son amables con ellos pero no encantadores, prefería a Fred. Me veía en el futuro abandonada por una serie de Freds que corrían por la playa tras un grupo de niñas vivaces, todas muy parecidas a mi hermana. En cuanto a los exabruptos finales de Betty, inspirados por el odio y la rabia, los interpreté como gritos de protesta contra las injusticias de la vida. Era consciente de que aquella rabia era la misma que yo sentía, el lado oscuro de esa terrible y deformadora amabilidad que marcó a Betty como las secuelas de una enfermedad incapacitante.

Pero las personas cambian, sobre todo después de muertas. Al dejar atrás la edad melodramática, me di cuenta de que si no quería ser como Betty tendría que cambiar. Además, ya era bastante distinta de Betty. En cierto modo, ella me sirvió para escarmentar en cabeza ajena. Los demás dejaron de considerarme una chica amable y empezaron a calificarme de lista, y no tardó en gustarme el cambio. La Betty que hacía galletas de avena a la efímera luz del sol quince años atrás volvió a representárseme en tres dimensiones. Era una mujer corriente que había muerto prematuramente a causa de una enfermedad incurable. ¿Era así? ¿Era eso todo?

De vez en cuando deseaba que Betty volviera a la vida, aunque solo fuera para una hora de conversación. Hubiese querido pedirle perdón por mi desdén hacia sus guantes de angorina, por mis secretas traiciones, por mi desprecio de adolescente. Me hubiese gustado mostrarle este relato que he escrito acerca de ella y preguntarle si hay en él algo de verdad. Pero no se me ocurre cómo preguntarle algo que le interesase entender. Se limitaría a reírse, asintiendo sin comprender, como era su costumbre, y a ofrecerme algo, una galleta de chocolate o un ovillo de lana.

En cuanto a Fred, ha dejado de intrigarme. Los Freds de este mundo se delatan por lo que hacen y por lo que eligen. Son las Bettys las que resultan misteriosas.

Polaridades

Grato y placentero
es, siendo humano, haber conquistado desde el espacio
este interior tibio, habitable.

MARGARET AVISON, «Poema de Año Nuevo»

Llevaba una semana sin verla por allí, lo que no era habitual: le preguntó si había estado enferma.

«No —contestó ella—. Trabajando.» Siempre hablaba de lo que hubiese estado haciendo con firmeza ejecutiva, casi militar. Llevaba una mochilita con los libros y los cuadernos. Para Morrison, cuya mente se arrastraba siempre de una cosa a otra, las cogía, las manoseaba, las desechaba, era un pequeño modelo de la clase de eficiencia que él debería mostrar. Quizá por eso nunca le había apetecido tocarla: las mujeres que le gustaban no tenían que ser forzosamente más estúpidas que él, pero sí más perezosas. La indolencia lo excitaba: los platos sin fregar de una chica eran para él una invitación a la laxitud y el disfrute.

Fueron juntos por el pasillo y las escaleras, los cortos y vivos pasos de ella en síncopa con sus largas zancadas. Conforme bajaban, el olor a paja, excrementos y formol se intensificaba: una colonia de ratones de laboratorio, excedentes del Edificio de Ciencias, vivía en el sótano. Al ver que también ella salía del edificio pensó que probablemente regresaba a casa y se ofreció a llevarla.

«Solo si te viene de paso.» Louise no aceptaba favores, lo dejó claro desde el principio. Una vez que él le propuso ir al cine, dijo: «Solo si me dejas pagar mi entrada». De haber sido más alta, Morrison tal vez lo hubiera considerado una amenaza.

Hacía más frío, el sol, débil y rojo, casi se había puesto y la nieve adquiría un aspecto morado y quebradizo. Hasta que consiguió que se pusiera en marcha el calentador del motor y abrió la puerta, ella estuvo dando saltitos junto al coche; su cabeza asomaba del enorme abrigo de pieles de segunda mano como una ardilla que saliera de su madriguera. Había visto muchas al cruzar aquellas tierras, casi todas muertas; a una la mató él mismo, un accidente, prácticamente se le metió bajo las ruedas. El automóvil no salió mejor parado. Cuando llegó a las afueras —aunque más tarde supo que de hecho era la ciudad—, se había desprendido un guardabarros y fallaba el encendido. Tuvo que deshacerse de él y decidió que pasaría estoicamente sin coche, hasta que descubrió que no podía.

Enfiló el ramal de carretera que comunicaba con la universidad. El coche traqueteaba como si cruzase un puente de planchas metálicas: los neumáticos estaban rígidos a causa del frío y el motor era lento. Tendría que cogerlo más a menudo para realizar trayectos largos; estaba enmoheciendo. Louise hablaba más que de costumbre, alterada por algo. Dos alumnos le habían dado la lata y les había dicho que no tenían por qué ir a clase. «Son vuestras cabezas, no la mía.» Estaba convencida de que había ganado, de que en lo sucesivo se comportarían, colaborarían. Morrison no sabía mucho acerca de las teorías de la dinámica de grupos. Prefería el estilo antiguo: impartir la materia y olvidarse de ellos en cuanto personas. Le irritaba que entraran con andares desgarbados en su despacho y mascullaran, nerviosos y cohibidos, algo acerca de sus padres o su vida amorosa. Él no les hablaba de su padre ni de su vida amorosa y deseaba que mostrasen la misma reserva, aunque por lo visto creían que debían hacerlo para conseguir prórrogas en los plazos de entrega de los trabajos trimestrales. A principios de año un alumno propuso que la clase se sentase en círculo, pero por fortuna el resto prefirió las líneas rectas.

—Es aquí —dijo ella.

Había pasado de largo. Detuvo el coche con un chirrido, el guardabarro pegado al montón de nieve, duro como una roca. No la retiraban; se limitaban a echar arena, capa sobre capa, seguros de que no habría deshielo.

—Está terminado. Puedes entrar a verlo —dijo ella, como si de una invitación se tratase, aunque en realidad se lo exigía.

—¿Qué está terminado? —preguntó. No había prestado atención.

—Ya te lo he dicho. Mi casa, mi apartamento. Es en lo que he estado trabajando.

La casa era una de esas cajas impersonales de dos plantas arrojadas hasta formar calles enteras en la posguerra, cuando coincidieron el boom de la construcción y la escasez de materiales. Estaba estucada con una gravilla grisácea que a Morrison le pareció deprimente. Había algunas casas más antiguas, pero los promotores inmobiliarios no tardarían en derribarlas; pronto la ciudad no tendría pasado visible. El resto eran bloques altos o, peor aún, casas adosadas bajas con forma de barracas, unidas de cualquier manera. A veces las hileras de edificios endebles —nieve en los tejados, desarraigados rostros blancos que miraban con recelo por las ventanas, juguetes esparcidos en las aceras como desperdicios— le recordaban las viejas fotografías de campamentos mineros. Eran las casas de quienes confiaban en no tener que vivir en ellas durante mucho tiempo.

El apartamento estaba en el sótano. Mientras iban a la parte trasera y bajaban por las escaleras, esquivando en el rellano un periódico extendido con los chanclos y las botas de la familia que vivía arriba, Morrison recordó con nitidez y un acceso de pánico los días que pasó buscando apartamento, un techo, un contenedor, las caminatas de unas señas a otras, los recorridos por sótanos húmedos y fríos, que más parecían carboneras, reformados de cualquier manera por los propietarios con suelos de plástico y revestimientos de contrachapado para aprovechar la afluencia de estudiantes y la escasez de vivienda. Supo que no podría sobrevivir un invierno enterrado de aquella forma ni encerrado en uno de esos bloques de cartón piedra con fachada de cristal. ¿Acaso no había apartamentos de verdad, acogedores, atractivos, habitables? Al final dio con un segundo piso; la casa estaba estucada con gravilla rosa en lugar de gris, la suciedad echaba para atrás y la casera era una cascarrabias, pero se lo quedó enseguida para poder abrir una ventana y mirar al exterior.

No se había hecho ninguna idea sobre cómo podría ser el apartamento de Louise. Nunca la había imaginado viviendo en ninguna parte, pese a que había ido a recogerla y la había llevado a casa muchas veces.

«Ayer terminé las estanterías —dijo ella señalando una estructura de tablas barnizadas y bloques de cemento que ocupaba toda una pared—. Siéntate, que te prepararé leche con cacao.» Fue a la cocina, sin quitarse el abrigo, y Morrison se sentó en el sillón giratorio de escay. Giró y miró alrededor comparando el apartamento con la clase de interior en que se imaginaba viviendo pero que nunca había tenido ocasión de encontrar.

Saltaba a la vista que Louise había dedicado mucha energía, pero el resultado no parecía tanto una habitación como varias habitaciones, de las que se habían cortado fragmentos para pegarlos en las otras. No acababa de comprender qué creaba ese efecto: era la misma unidad en la diversidad que había encontrado en los moteles cuando cruzó aquellas tierras, los muebles más o menos modernos, los convencionales paisajes norteños enmarcados en las paredes. Sin embargo, la mesa era una imitación de estilo victoriano y los cuadros, reproducciones de Picasso. La cama quedaba oculta por una cortina de arpillera teñida que estaba parcialmente corrida, al fondo de la habitación, pero se veía la alfombrilla, sobre la que había un par de pantuflas de peluche azul celeste que lo sorprendieron: no encajaban con ella.

Louise apareció con el cacao y se sentó frente a él en el suelo. Hablaron, como de costumbre, de la ciudad: ambos seguían buscando cosas que hacer, una pretensión basada en su común convencimiento, propio del Este, de que las ciudades ofrecían entretenimientos. Por eso, más que porque se sintiesen atraídos, pasaban tanto tiempo juntos; casi todos los demás estaban casados o llevaban demasiado tiempo allí y habían desistido.

En los cines tardaban en cambiar la programación. Se habían burlado de las comedias trasnochadas del único teatro. Sí habían ido juntos a ver la ópera que se representó, con coros locales y estrellas importadas: *Lucia*, que estuvo bastante bien a pesar de todo. En el intermedio Morrison observó al público silencioso y rechoncho del vestíbulo, algunas mujeres con los zapatos de punta fina y tacón de aguja que se llevaban a principios de los sesenta, y le susurró a Louise que aquello parecía un folleto turístico de Rusia.

Un domingo, antes de que empezasen las nieves, improvisaron una excursión en coche. A propuesta de ella, fueron al zoo, que estaba a veinte millas de la ciudad. Pasados los pozos de petróleo había árboles, no los que cabía esperar (él tuvo la sensación, igual que en el viaje hacia aquel lugar, de que la tierra se alejaba de él, se negaba a acogerlo; tenía que haber algo más que esa grisura repetitiva y esquiva), pero árboles al fin y al cabo, y el zoo era espacioso, los animales estaban en recintos cuyas dimensiones les permitían correr e incluso esconderse si querían.

Louise ya había estado antes —él no preguntó cómo había ido sin tener coche— y lo guió. «Eligen animales que puedan sobrevivir al invierno —le explicó—. Está abierto todo el año. Ni siquiera saben que están en un zoo.» Señaló una montaña artificial construida con bloques de cemento para que las cabras trepasen. Por lo general a Morrison no le gustaban los animales mayores y más salvajes que un gato, pero aquellos estaban lo bastante lejos para que le resultasen soportables. Aquel día Louise, en contra de su costumbre, le habló un poco de sí misma, sobre todo de su trabajo. Había viajado por Europa, dijo, y había pasado un año estudiando en Inglaterra.

—¿Y por qué viniste aquí? —le preguntó él entonces.

Ella se encogió de hombros.

—Por el dinero. Nadie más estaba dispuesto a pagarme.

Básicamente él había ido por la misma razón. No era para eludir el servicio militar; ya no tenía edad para que lo llamaran, aunque aquí preferían pensar que era un objetor, porque así su presencia resultaba más aceptable. El mercado laboral estaba muy mal en Estados Unidos, y también, como descubrió cuando probó suerte, en lo que aquí llamaban el Este. Pero lo cierto era que no habían sido solo el dinero ni la deprimente situación de su país. Buscaba algo distinto, un poco de aventura; creía que podría aprender algo. Pensaba que la ciudad estaría cerca de las montañas. Pero, salvo la garganta abrupta por la que zigzagueaba el río pardusco, el paisaje era llano.

—No me gustaría que creyeses que esto es representativo —decía Louise en ese momento—. Tienes que ver Montreal.

—¿Y tú? ¿Eres representativa? —preguntó él.

Ella se echó a reír.

—Ninguno de nosotros lo es. ¿O es que a ti te parecemos todos iguales? No soy representativa, sino global.

Dejó que el abrigo de pieles le resbalase por los hombros mientras lo decía y él volvió a preguntarse si esperaba que tomase la iniciativa, que intentase una aproximación. Tenía que aproximarse a alguien o a algo, porque empezaba a sentirse aislado dentro de su ropa y de su piel. Las alumnas quedaban descartadas; además, eran demasiado recias e impenetrables, incluso las más esbeltas se le antojaban bloques de sustancia blanca solidificada, como sebo; y las otras solteras del claustro eran mucho mayores que él. La vivacidad de Louise había degenerado en una característica precisa y penetrante.

Tenía que haber algún sitio donde pudiera conocer a alguien, a una chica de estructura flexible, con pechos sórdidos y desaliñados, más objeto que idea, astrosa y gratuita. Existían, las había conocido en lo que empezaba a considerar su vida anterior, pero no seguía en contacto con ninguna de ellas. Al principio todas se habían portado bien, pero hasta las más dejadas terminaban pidiéndole algo que creía que todavía no estaba dispuesto a dar: querían que se enamorase de ellas. Era un esfuerzo mental demasiado agotador para él. Tenía la sensación de que necesitaba la mente para otras cosas, aunque no estaba seguro de para qué. Tanteaba el terreno, exploraba: los objetivos vendrían después.

Louise no se parecía a esas mujeres; nunca le prestaría su cuerpo a cambio de nada, ni siquiera por un tiempo, aunque ahora tuviese el abrigo extendido a sus pies como una alfombra y hubiese levantado una rodilla cubierta por la pana del pantalón, de modo que le dejaba ver de perfil la prominencia del muslo, un tanto musculoso. Probablemente esquiaba y patinaba sobre hielo. Morrison imaginó su largo cuerpo apresado en aquel abrazo atlético y frío, los ojos oscurecidos por las pieles. No, todavía no, pensó, y alzó entre ambos el tazón de cacao. Puedo pasarme sin eso, todavía no lo necesito.

Era fin de semana y Morrison estaba pintando el apartamento, como solía hacer los fines de semana; interrumpía y reanudaba la tarea desde que se había mudado.

«Contratará usted a alguien para que lo pinte, claro está»,

había dicho a la casera cuando fue a verlo, pero ya había mostrado interés y ella fue más lista. «Bueno, no sé… Hay otro chico que lo quiere y dice que lo pintará él mismo…» De modo que, claro está, tuvo que decir que él también estaba dispuesto a pintarlo. Ya iba por la tercera capa.

La imagen que Morrison tenía de lo que era pintar interiores procedía de los anuncios de pintura —amas de casa impolutas que la aplicaban con una sola mano y sonreían—, pero no era tan fácil. La pintura caía al suelo, sobre los muebles, en el pelo. Antes de empezar siquiera tuvo que sacar una carretilla de desechos acumulados por varias generaciones de inquilinos: ropa de bebé, fotografías viejas, una cámara de neumático, botellas de licor vacías y (algo sorprendente) un paracaídas de seda. El desorden solo le interesaba en las mujeres, pero no podía vivir en él.

Una pared del salón estaba pintada de rosa, otra de verde, otra de negro y la cuarta de naranja. Él quería pintarlas todas blancas. Los últimos inquilinos —un grupo de estudiantes nigerianos— habían dejado extraños murales de aspecto mágico: una especie de pantano negro en la pared naranja y una forma vertical rosa en la pared verde, que bien podía ser un Niño Jesús muy mal pintado o —¿sería posible?— un pene erecto con halo. Morrison pintó primero esas dos paredes, pero le inquietaba saber que los dibujos seguían bajo la pintura. A veces, mientras pasaba el rodillo, se preguntaba qué debieron de pensar los nigerianos la primera vez que estuvieron a cuarenta bajo cero.

Al parecer la casera prefería estudiantes extranjeros, probablemente porque no se atrevían a protestar; se sintió ofendida cuando Morrison exigió que le pusiese una buena cerradura en la puerta. El sótano era un laberinto de cubículos; no estaba seguro de cuánta gente vivía en ellos. Poco después de que se mudara, apareció en su puerta un coreano que, por suerte, sonreía. Quería hablar del impuesto sobre la renta.

«Lo siento —dijo Morrison—. Quizá en otro momento. Tengo mucho trabajo.» Sin duda era un hombre correcto y amable, pero Morrison no quería relacionarse con desconocidos; además, era cierto que tenía mucho trabajo. Se sintió mezquino más tarde, al enterarse de que el coreano vivía con su mujer y un hijo en un cubículo del sótano; durante el otoño a menudo habían puesto pescado a secar, colgado en el tendedero, donde giraba con el viento como los adornos de plástico de las gasolineras.

Estaba pintando el techo, estirando el cuello, y la pintura del rodillo se deslizaba por el mango hasta su brazo, cuando sonó el timbre. Casi deseó que fuese el coreano; casi nunca veía a nadie los fines de semana. Pero era Louise.

—Hola —dijo sorprendido.

—Se me ha ocurrido pasar a verte —dijo ella—. Ya no uso el teléfono.

—Estoy pintando —repuso, en parte como una excusa: no estaba demasiado seguro de que le apeteciera que entrase. ¿Qué quería de él?

—¿Te ayudo? —preguntó ella, como si de una gran amenaza se tratase.

—Es que iba a dejarlo por hoy —mintió. Estaba convencido de que pintaría mejor que él.

Fue a la cocina a preparar té. Ella se sentó a la mesa y lo observó.

—He venido a hablar de Blake —dijo—. He de hacer un trabajo. —A diferencia de él, Louise era solo profesora ayudante y asistía a un seminario.

—¿Sobre qué aspecto? —preguntó Morrison, sin el menor interés. Blake no era su especialidad. No le desagradaban los poemas de la primera época, pero las profecías lo aburrían y las extravagantes cartas en las que llamaba a sus amigos ángeles de luz y vilipendiaba a sus enemigos le parecían de mal gusto.

—Cada alumno ha de analizar un poema de *Cantos de experiencia*. A mí me ha tocado el de la nodriza. Pero ellos no tienen ni idea de lo que pasa en el curso, él no tiene ni idea de lo que pasa. He intentado que me entiendan, pero se limitan a competir entre sí, no se dan cuenta de lo que ocurre. Se sientan y se dedican a criticar los trabajos de los demás. Es decir, no tienen ni idea de para qué sirve la poesía. —Louise ni siquiera había probado el té.

—¿Para cuándo es? —preguntó él, decidido a mantenerse en terreno neutral.

—Para la semana que viene. Pero no lo voy a hacer. Por lo menos, no como ellos quieren. Les daré un poema mío.

Eso lo dice todo. Es decir, si tienen que leer uno en clase comprenderán lo que Blake trataba de hacer con las cadencias. Lo voy a fotocopiar. —Dudó, menos segura de sí misma—. ¿Crees que estaría bien?

Morrison se preguntó qué haría él si un alumno suyo recurriese a semejante treta. No había imaginado que Louise fuera de las que escribían poesía.

—¿Se lo has comentado al catedrático?

—Intento hablar con él. Intento ayudarlo, pero no logro que me entienda. Si no captan lo que quiero decir, sabré que son todos unos farsantes y me iré. —Louise jugueteaba con la taza, le temblaban los labios.

Morrison sentía su lealtad dividida; por otra parte, no quería que llorase, porque eso llevaría a peligrosas palmaditas de consuelo, incluso a pasarle el brazo por los hombros. Trató de borrar una fugaz imagen involuntaria de sí mismo sobre ella en el suelo de la cocina, manchando de pintura blanca el abrigo de pieles. «Hoy no», le ordenó, le suplicó su cerebro.

Como si de una respuesta se tratase, las reverberaciones de un órgano atronaron bajo sus pies, acompañadas de una voz aguda y trémula: «Roca de la eternidad, te has abierto para mí... Deja que me ESCOOONDA...». Louise lo interpretó como una señal.

—He de marcharme —dijo. Se levantó y se fue de forma tan inesperada como había llegado, tras darle las gracias mecánicamente por el té que no había llegado a tomar.

Era un órgano Hammond, propiedad de la señora de abajo, una nativa. Cuando su marido y su hija en edad de merecer estaban en casa, les gritaba. El resto del tiempo pasaba el aspirador o cantaba y tocaba al órgano, con dos dedos, una selección de himnos religiosos y canciones tradicionales. El órgano era lo que más molestaba a Morrison. Al principio trató de no prestar atención; luego contraatacó con discos de ópera para ahogar el ruido. Al final optó por grabarlo en el magnetófono. Cuando el ruido se recrudecía, arrimaba los altavoces a la rejilla de la calefacción y ponía la cinta a todo volumen. De esa manera tenía una sensación de participación, de control.

Eso hizo entonces, y admiró el fragor del encontronazo entre lo grabado y lo que tocaba la señora: «Whispering Hope» con una «Annie Laurie» superpuesta; «The Last Rose of Summer» con el contrapunto de «Come to the Church in the Wildwood». Le sorprendía lo mucho que era capaz de odiarla. Solo la había visto una vez: ella le dirigió una mirada torva entre sus horrorosas cortinas floreadas cuando él se dirigía hacia el garaje con nieve hasta la rodilla. Su marido era el encargado de retirarla del camino, pero no lo hacía.

Louise volvió al día siguiente antes de que Morrison se hubiese levantado. Estaba despierto, pero por el frío que hacía en la habitación —veía su aliento— y por el ligero olor a petróleo adivinó que la caldera se había estropeado otra vez. Era mejor seguir en la cama, por lo menos hasta que el sol estuviese bien alto, y luego levantarse y probar diversas formas de mantenerse caliente.

Cuando sonó el timbre se echó una manta por encima y fue a abrir dando traspiés.

—Se me ha ocurrido una cosa —dijo Louise apesadumbrada. Entró antes de que él tuviera tiempo de repelerla.

—Me temo que hace mucho frío aquí.

—Tenía que venir a decírtelo. Ya no uso el teléfono. Deberías pedir que te desconecten el tuyo.

Louise se sacudió la nieve de las botas mientras Morrison se retiraba hacia el salón. Había una gruesa capa de escarcha en la parte interior de los cristales de las ventanas; encendió la chimenea de gas. Louise recorría impaciente de un lado a otro el suelo sin moqueta.

—No me escuchas —dijo. Él la miró obedientemente, arrebujado en la manta—. Lo que se me ha ocurrido es: la ciudad no tiene derecho a estar aquí. Es decir, ¿por qué está? Ninguna ciudad debería estar aquí, tan al norte. Ni siquiera está a orillas de un lago o de un río importante. ¿Por qué está aquí? —Se retorció las manos y lo miró fijamente, como si todo dependiese de su respuesta.

Morrison, descalzo, apoyado en un solo pie, pensó que se había preguntado lo mismo muchas veces desde su llegada.

—Empezó siendo un enclave comercial —contestó, tiritando.

—Pues ni siquiera parece un enclave comercial. No parece nada, no tiene nada, podría estar en cualquier parte. ¿Por qué está aquí? —insistió ella implorante. Incluso le agarró el borde de la manta.

Morrison retrocedió, cohibido.

—¿Te importa que me vista?

—¿Dónde tienes la ropa? —preguntó Louise con recelo.

—En el dormitorio.

—Eso está bien. Ese dormitorio está bien —afirmó ella.

En contra de lo que él temía, no hizo amago de seguirlo al dormitorio. Cuando Morrison se hubo vestido y regresó, la encontró sentada en el suelo con un trozo de papel en la mano.

—Hemos de completar el círculo —dijo ella—. Necesitamos a los otros.

—¿Qué otros? —preguntó él. Llegó a la conclusión de que estaba agotada, de que había trabajado demasiado: tenía marcadas ojeras violáceas y muy mal color.

—Te haré un diagrama —dijo Louise, que sin embargo empezó a apuñalar el papel con la punta del lápiz—. Quería idear mi propio sistema —se lamentó llorosa—, pero no me dejan. —Le resbaló una lágrima por la mejilla.

—Quizá necesites hablar con alguien —señaló Morrison con excesivo desenfado.

Ella levantó la cabeza.

—Estoy hablando contigo. Ah —añadió recuperando su tono profesional—, te refieres a un psiquiatra, ¿no? Ya fui a uno. Y me dijo que estaba cuerda y que era un genio. Me hizo un examen de la cabeza y me dijo que la estructura de mi cerebro es igual que la de Julio César, solo que él estaba dotado para la milicia y yo para la creación. —Comenzó a apuñalar otra vez el papel con el lápiz.

—Te preparé un sándwich de mantequilla de cacahuete —dijo Morrison, ofreciéndole lo único que le apetecía a él en aquel instante. Hasta meses después no se preguntó, al recordar aquella conversación, qué podía saber nadie acerca de la estructura del cerebro de Julio César. En ese momento se preguntaba por qué no podía ser Louise un genio. Se sentía impotente debido a su incapacidad para replicar; ella lo consideraría tan obtuso como a los otros, quienesquiera que fuesen.

Al principio Louise no quería que fuese a la cocina: sabía que allí estaba el teléfono. Él prometió no utilizarlo. Cuando regresó con una rebanada de pan en la que había untado con dificultad la mantequilla de cacahuete semicongelada, ella estaba acurrucada junto a la chimenea con el abrigo puesto, dormida. Depositó la rebanada a su lado, como quien deja miguitas en un tocón para animales a los que no ve. Pero luego cambió de opinión, cogió la rebanada, fue de puntillas a la cocina y se la comió. Abrió la puerta del horno, lo encendió, se envolvió en una manta del dormitorio y leyó a Marvell.

Louise durmió casi tres horas. No la oyó levantarse. Apareció en la puerta de la cocina con mucho mejor aspecto, aunque todavía tenía una palidez verde grisácea en torno a los ojos y la boca.

—Era justo lo que necesitaba —dijo con su viveza habitual—. Ahora debo marcharme. Tengo muchísimo trabajo.

Morrison retiró los pies de la estufa y la acompañó a la puerta.

—Ten cuidado, no vayas a caerte —le dijo con tono risueño mientras ella bajaba por la escalera, los pies ocultos por el bajo del abrigo. Había hielo en los escalones porque no los había limpiado bien. La casera temía que alguien resbalara y la demandase.

Una vez abajo, Louise se dio la vuelta y se despidió con la mano. El aire se espesaba con una niebla gélida, partículas de agua congelada en suspensión; le habían dicho que, si alguien montaba a caballo en un día como ese, las partículas de hielo perforaban los pulmones del animal, que moría de hemorragia. Pero no se lo contaron hasta que una mañana tuvo que ir a pie a la universidad con una niebla así porque no le arrancó el coche y en la cafetería se quejó de fuertes dolores en el pecho.

La siguió con la mirada hasta que dobló la esquina. Luego volvió al salón con la sensación de recuperar el territorio perdido. El lápiz y el papel que Louise había utilizado, lleno de puntos y cuchilladas, un código indescifrable, seguían junto a la chimenea. Empezó a estrujar el papel para tirarlo, pero al final lo dobló con cuidado y lo puso sobre la repisa de la chimenea, donde dejaba las cartas por contestar. Después deambuló por el apartamento, consciente de que el trabajo lo esperaba pero con la sensación de que no tenía nada que hacer.

Al cabo de media hora Louise volvió otra vez; él se dio cuenta de que la esperaba. Su rostro reflejaba tristeza, todas las líneas eran descendentes, como si unas manitas tiraran de la piel de las mandíbulas.

—Tienes que salir —dijo con tono implorante—. Tienes que salir, hay demasiada niebla.

—¿Y por qué no entras tú? —preguntó Morrison. Así sería más fácil. Quizá estuviese colgada; en ese caso, podía aguardar a que se le pasase. Él había sido muy prudente con eso; era una población pequeña y el camello local podía ser un alumno suyo; además, no deseaba convertir su cerebro en papilla.

—No —respondió ella—. No puedo cruzar esa puerta nunca más. Le pasa algo. Tienes que salir tú. —Adoptó una expresión maliciosa, como si tramase algo—. Te sentará bien salir a pasear —añadió juiciosamente.

Tenía razón, no hacía bastante ejercicio. Se puso las pesadas botas y fue a por el abrigo.

Mientras caminaban, casi deslizándose, haciendo crujir la superficie helada, Louise se mostraba satisfecha de sí misma, victoriosa. Iba un poco por delante de él, como si estuviese resuelta a llevar la delantera. La gélida niebla los rodeaba, ahogaba sus voces, cristalizaba como agujas de pícea en los cables del tendido telefónico y en las ramas de los escasos árboles, que no podía evitar que le parecieran atrofiados, aunque suponía que los nativos debían de considerarlos de tamaño normal. Procuraba no respirar demasiado hondo. Una bandada de verderones aleteaba y chillaba picoteando los últimos frutos de un serbal.

—Me alegro de que no sea un día soleado —comentó Louise—. El sol estaba abrasándome las células del cerebro, pero ahora me siento mucho mejor.

Morrison miró el cielo. El sol debía de estar allí, porque se veía una mancha pálida en la extensión gris. Contuvo el impulso de protegerse los ojos con la mano para salvaguardar sus células cerebrales: comprendió que era un intento de sofocar la desagradable certeza de que Louise estaba trastornada o, más claro, chiflada.

—No está tan mal vivir aquí —dijo Louise, patinando como una niña por la nieve endurecida—. Solo hay que tener recursos internos. Me alegro de tenerlos; creo que tengo más que tú, Morrison; más que la mayoría de las personas. Eso me dije cuando me mudé a esta ciudad.

—¿Adónde vamos? —preguntó Morrison cuando hubieron recorrido varias manzanas. Louise lo había llevado hacia el oeste, por una calle que a él no le sonaba, ¿o sería la niebla?

—A buscar a los otros, por supuesto —contestó ella, y volvió la cabeza para lanzarle una mirada desdeñosa—. Tenemos que completar el círculo.

Morrison siguió andando sin protestar; le tranquilizó saber que iban a ser más.

Louise se detuvo delante de un bloque de apartamentos de altura mediana.

—Están ahí —dijo. Morrison se dirigió hacia la entrada, pero ella lo sujetó por el brazo—. No puedes entrar por esa puerta. Está mal orientada. Esa puerta no está bien.

—¿Qué tiene de malo? —preguntó Morrison. Tal vez la puerta no estuviera bien (y, cuanto más miraba su luna de cristal, que brillaba de forma siniestra, más comprendía a qué se refería), pero era la única.

—¿No ves que da al este? —dijo ella—. La ciudad está polarizada de norte a sur; el río la divide en dos; los polos son la refinería y la central eléctrica. ¿No te has fijado en que están unidas por el puente? Por eso la atraviesa la corriente. Debemos mantener los polos del cerebro alineados con los polos de la ciudad, esa es la poética de Blake. No se puede romper la corriente.

—¿Cómo vamos a entrar entonces?

Louise se sentó en la nieve. Morrison temió que se echase a llorar otra vez.

—Escucha —se apresuró a decir—. Entraré por la puerta lateral y los traeré; así no romperé la corriente. No tendrás que cruzar la puerta. ¿Quiénes son los otros? —añadió, como si acabara de ocurrírsele.

Al reconocer el apellido se sintió exultante: al menos no estaba loca, se trataba de personas de carne y hueso, Louise tenía un propósito y un plan. Probablemente era una forma rebuscada de componérselas para ver a sus amigos.

Eran los Jamieson. Con Dave intercambiaba cumplidos cuando se cruzaban en los pasillos y poco más. Su esposa había dado a luz hacía poco. Morrison los encontró con la indumentaria de los sábados: camisa y tejanos; trató de explicarles lo que quería, lo cual resultaba difícil porque no estaba seguro de qué era. Finalmente les dijo que necesitaba ayuda. Solo Dave podía salir; su esposa tenía que quedarse con el bebé.

—Apenas conozco a Louise —comentó Dave en el ascensor.

—Igual que yo —dijo Morrison.

Louise estaba sentada detrás de un abeto bajo del césped delantero. Se acercó a ellos en cuanto los vio.

—¿Dónde está el bebé? —preguntó—. Lo necesitamos para completar el círculo. Necesitamos al bebé. ¿Es que no sabéis que el país se partirá en dos sin él? —Furiosa, les dio una patada.

—Podemos volver más tarde a buscarlo —apuntó Morrison, con lo que logró apaciguarla. Ella dijo entonces que solo quedaban dos por recoger; explicó que necesitaban gente de ambos lados del río. Dave Jamieson propuso ir en su coche, pero Louise ya no quería saber nada de coches: eran tan malos como los teléfonos; no tenían dirección fija. Prefería caminar. Al final la convencieron de que tomaran el autobús, tras señalar que iba de norte a sur. Antes tuvo que cerciorarse de que cruzaba el puente adecuado, el que quedaba cerca de la refinería.

La otra pareja que Louise había nombrado vivía en un apartamento que daba al río. Al parecer no los había elegido porque fuesen buenos amigos suyos, sino porque desde su sala de estar, donde había estado una vez, se veían la refinería y la central eléctrica. La puerta del apartamento daba al sur; Louise entró sin vacilar.

A Morrison no le entusiasmó la elección de Louise. La pareja figuraba entre los nativos más antiestadounidenses: tenía que soportar casi a diario las pullas de Paul en la cafetería y Leota despotricaba contra los perversos estadounidenses en las fiestas del claustro. «Ah, no me acordaba de que es usted estadounidense», añadía a continuación con cierta efusividad en los labios, pero no en los ojos. Morrison había llegado a la conclusión de que la mejor defensa era estar de acuerdo con ellos. «Ustedes, los yanquis, vienen a quitarnos el trabajo», decía Paul, y Morrison le daba la razón afablemente: «Cierto, no tendrían ustedes que permitirlo. No sé por qué me han contratado». Leota empezaba a quejarse de que los estadounidenses compraban todas las industrias y Morrison decía: «Sí, es una vergüenza. ¿Por qué nos las venden?». Entendía su punto de vista, claro está, pero él no era Procter & Gamble. ¿Qué querían que hiciese? ¿Qué hacían ellos, al fin y al cabo? Paul perdió la compostura en cierta ocasión, tras muchas jarras de cerveza en el Club de la Facultad, y le dijo que Leota era delgadita cuando se casaron, pero que ahora estaba gorda. Morrison retenía el recuerdo de aquella confesión como una especie de rehén.

Sin embargo, tuvo que reconocer que ahora Paul se mostraba mucho más eficiente que él. Paul se dio cuenta enseguida de lo que él había tardado horas, o acaso semanas, en comprender: que algo le pasaba a Louise. Leota la llevó a la cocina con el señuelo de un vaso de leche mientras Paul conspiraba él solito en la sala de estar.

—Está como una chota. Hay que encerrarla en el manicomio. Le seguiremos la corriente con eso del círculo y en cuanto salgamos la agarramos y la metemos en mi coche. ¿Cuánto tiempo lleva así?

A Morrison no le sonaron nada bien las palabras «agarrar» y «meter».

—No quiere ir en coche —advirtió.

—¡Qué leche! —exclamó Paul—. No pienso ir a pie con este tiempo infernal. Además, está bastante lejos. Recurriremos a la fuerza si es necesario. —Les sirvió una cerveza a cada uno y, cuando consideró que ya deberían habérsela terminado, entró con ellos en la cocina y le dijo con tacto a Louise que tenían que marcharse.

—¿Adónde? —preguntó ella. Escrutó sus rostros; sabía que tramaban algo. Morrison tenía la impresión de que sus ojos rezumaban remordimiento y volvió la cabeza.

—A recoger al bebé —dijo Paul—. Así podremos formar el círculo.

Louise lo miró extrañada.

—¿Qué bebé? ¿Qué círculo? —preguntó para ponerlo a prueba.

—Ya lo sabes —contestó Paul, convincente. Al cabo de un momento ella dejó el vaso de leche, todavía casi lleno, y dijo que estaba preparada.

En cuanto llegaron al coche, se plantó.

—Yo no subo ahí. No pienso ir ahí dentro —dijo.

Paul la cogió del brazo.

—Anda, sé buena chica —dijo con tono apaciguador y a la vez amenazante.

Pero Louise se soltó y echó a correr, trastabillando y resbalando. Morrison no tuvo valor para ir tras ella; ya se sentía como un traidor. Se quedó mirando como un pasmarote mientras Dave y Paul la perseguían, por fin la atrapaban y la llevaban de vuelta casi a rastras. Ella se retorcía y daba patadas dentro del abrigo de pieles como si la hubiesen metido en un saco. El aliento de los tres brotaba en borbotones blancos.

—Abra la puerta de atrás, Morrison —dijo Paul con tono de sargento y una mirada desdeñosa, como si considerase que no servía para nada más. Morrison obedeció y metieron a Louise en el coche a la fuerza, Dave sujetándola por el cogote y Paul por los pies. No ofreció tanta resistencia como Morrison esperaba. Luego se sentaron él y Dave, cada uno a un lado de Louise. Leota, que se había rezagado, se acomodó en el asiento delantero. Una vez que hubieron arrancado, volvió la cabeza y dirigió a Louise una retahíla de onomatopeyas insinceras de aliento.

—¿Adónde me lleváis? —susurró Louise a Morrison—.

Al hospital, ¿verdad? —Se mostraba casi esperanzada; quizá había confiado en que hiciesen justamente eso. Se arrimó a Morrison y le restregó el muslo con el suyo. Él procuró no moverse.

Cuando llegaron a las afueras Louise volvió a susurrarle.

—Esto es una estupidez, Morrison. Se portan como unos estúpidos, ¿verdad? En el siguiente semáforo, abre la puerta de tu lado, bajamos y echamos a correr. Iremos a mi casa.

Morrison le dirigió una sonrisa triste, aunque estaba casi tentado de intentarlo. Sabía que no podía hacer nada para ayudarla y no quería asumir esa responsabilidad, pero tampoco deseaba vivir con el cargo de conciencia de lo que fuese a sucederle. Se sentía como si lo hubiesen destinado a un pelotón de fusilamiento: él no lo había decidido, era su deber, nadie podía reprochárselo.

La gélida niebla se había disipado un poco. El día se volvía más gris, más azul: iban hacia el este, se alejaban del sol. El hospital psiquiátrico estaba fuera de la ciudad y se accedía a él por una carretera sinuosa y anodina. Los edificios, al igual que los de la universidad, ofrecían una disparidad de estilos que antaño estuvieron de moda: la misma fragmentación discordante del espacio, la misma modernidad deprimente y fallida. Edificios estatales, pensó Morrison; probablemente eran obra del mismo arquitecto.

Louise estaba calmada cuando entraron en recepción. Había un cubículo con la parte frontal de cristal, adornada con rudimentarias campanitas navideñas de cartulina roja y verde. Louise escuchaba en silencio, con una sonrisa diverti-da e indulgente, mientras Paul hablaba con la recepcionista, pero al aparecer un joven médico residente dijo:

—Debo excusarme en nombre de mis amigos. Han esta-do bebiendo y quieren gastarme una broma pesada.

El médico frunció el ceño en un gesto inquisitivo. Paul refirió con actitud arrogante las teorías de Louise acerca del círculo y los polos. Ella lo negó todo y aconsejó al médico que llamara a la policía; una broma era una broma, pero aquello era un abuso de la propiedad pública.

Paul recurrió a Morrison: era quien más amistad tenía con Louise.

—Bueno, es cierto que ha tenido un comportamiento ex-traño —dijo Morrison tratando de lavarse las manos—, pero quizá no tanto como para… —Recorrió con la mirada el in-terior pseudomoderno, los pasillos que conducían a quién sabía dónde. Por uno caminaba arrastrando los pies una figu-ra lánguida.

Louise se desenvolvía muy bien, se mostraba muy serena, casi había convencido al médico residente, pero al ver que iba a salirse con la suya perdió el control.

—No queremos a gente como tú —dijo a Paul dándole un empujoncito juguetón en el pecho—. No entrarás en el círculo. —Se volvió hacia el médico y le dijo muy seria—: Tengo que irme. Mi trabajo es muy importante, ¿sabe usted? Estoy evitando la guerra civil.

Una vez que hubieron formalizado el ingreso, guardado

en la caja fuerte sus escasos efectos personales de valor («Para que no se los roben los pacientes», dijo la recepcionista) y entregado a Morrison, a petición de Louise, las llaves de su casa, desapareció por un pasillo flanqueada por dos enfermeros. No lloraba. No se despidió de ellos, si bien dirigió a Morrison una digna y glacial inclinación de la cabeza.

—Quiero que me traigas mi cuaderno —dijo con un marcado acento británico—. El negro. Lo necesito. Lo encontrarás en mi mesa. Y necesitaré ropa interior. Leota puede encargarse de traérmela.

Morrison, avergonzado y lleno de remordimientos, prometió visitarla.

Al regresar a la ciudad dejaron a Dave Jamieson en su casa; luego fueron los tres a tomar pizza y Coca-Cola. Paul y Leota se mostraban más amables que de costumbre: querían averiguar más cosas. Inclinados sobre la mesa, hacían preguntas, ávidos, fisgones. Estaban disfrutando. Morrison comprendió que para ellos era el mejor entretenimiento que podía proporcionarles la ciudad.

Después fueron al sótano de Louise a recoger aquellos jirones de su vida que les había pedido. Leota encontró la ropa interior (sorprendentemente, toda de fantasía, la mayor parte morada y negra) tras entretenerse de forma indecente rebuscando en los cajones de la cómoda, y Morrison y Paul intentaron adivinar cuál de los cuadernos negros del escritorio era el que quería Louise. Había ocho o nueve; Paul abrió unos cuantos y leyó fragmentos al azar, pese a las tímidas protestas de Morrison. Las referencias a los polos y al círculo se remontaban varios meses atrás; antes de que él la conociese, pensó Morrison.

En los cuadernos Louise exponía su sistema personal por medio de aforismos y poemas breves que por separado resultaban absolutamente lúcidos, pero que en conjunto no lo eran; sin embargo, reflexionó Morrison, la única diferencia es que ella cree real lo que los demás consideramos solo metafórico. Entre los aforismos había pequeños bocetos, como diagramas de instalaciones eléctricas, citas de poetas ingleses y análisis detallados de conocidos de la universidad.

—Aquí está usted, Morrison —dijo Paul con una risita de regodeo—. «Morrison no es una persona completa. Hay que completarlo. Se niega a reconocer que su cuerpo forma parte de su mente. Quizá podría integrarse en el círculo, pero solo si abandona su papel de fragmento y se muestra dispuesto a fundirse con el Todo.» Caramba, debe de llevar meses chiflada.

La violaban, se metían en su intimidad contra su voluntad.

—Deje eso —dijo Morrison con mayor acritud de la que normalmente se atrevía a utilizar con Paul—. Le llevaremos el cuaderno que está medio vacío; debe de ser el que quiere.

Había una docena de libros de la biblioteca universitaria esparcidos por el apartamento, algunos con el plazo de préstamo ya vencido: de geología e historia la mayor parte, y un volumen de Blake. Leota se ofreció a devolverlos.

Cuando iba a abrir el pestillo para salir, Morrison miró una vez más la habitación. Ahora comprendía por qué tenía aquel aire de pastiche: la librería era una copia de la que tenía Paul en la sala de estar, y los cuadros y la mesa eran casi idénticos a los de los Jamieson. Otros detalles evocaban objetos que recordaba vagamente haber visto en diversas casas, en las frecuentes fiestas casi idénticas que organizaban para relacionarse. La pobre Louise había intentado forjarse a sí misma a partir de las personas que conocía. Únicamente de él no había tomado nada: al pensar en su gélido interior, un puro embrión malogrado, comprendió que no tenía nada que ella pudiera tomar.

Cumplió su palabra y fue a verla. En la primera visita lo acompañaron Paul y Leota, aunque notaba que estaban resentidos con él: al parecer consideraban que había que dejar que su compatriota enloqueciera sin testigos y sin la intervención de los yanquis. De modo que en adelante fue solo en su coche.

En la segunda visita, al principio Louise dio la impresión de encontrarse mejor. Se vieron en un cubículo minúsculo con dos sillas. Louise se sentó en el borde de la suya, con las manos entrelazadas en el regazo y una expresión educada, dominándose. Todavía hablaba con acento británico, aunque de vez en cuando se le escapaba alguna «r» fuerte. Dijo que estaba descansando mucho; que la comida estaba bien y que había conocido a algunas personas amables, pero que estaba impaciente por volver al trabajo: le preocupaba quién se había hecho cargo de sus alumnos.

—Me parece que te dije muchas tonterías —comentó con una sonrisa.

—Bueno… —Morrison no supo qué decir. Le complacía aquel síntoma de recuperación.

—Me equivoqué de medio a medio. Creía que podría unir el país juntando las dos mitades de la ciudad en un círculo, utilizando las corrientes magnéticas. —Soltó una risita desdeñosa; luego añadió en voz baja—: No caí en que las corrientes no fluyen de norte a sur, como el puente, sino de este a oeste, como el río. Y no necesitaba formar el círculo a partir de un montón de segmentos incompletos. Ni siquiera necesitaba al bebé —susurró, muy seria, abandonando su acento por completo—. Yo soy el círculo. Tengo los polos en mi interior. Lo que debo hacer es seguir intacta, depende de mí.

Morrison fue a preguntar en recepción qué tenía exactamente Louise, pero no quisieron decirle nada: iba en contra de las normas.

En la siguiente visita Louise le habló la mayor parte del tiempo en lo que a su oído inexperto sonó como perfecto francés. Su madre era una francesa protestante, dijo, y su padre, un católico inglés. *«Je peux vous dire tout ceci* —afirmó—, *parce que vous êtes américain.* Estás al margen.» A Morrison le pareció que eso explicaba muchas cosas, pero la siguiente vez que fue a verla Louise aseguró que era hija de una cantante de ópera italiana y de un general nazi. «Aunque también tengo sangre judía», se apresuró a añadir. Estaba tensa y no paraba de levantarse y sentarse, de cruzar una y otra vez las piernas; no lo miraba directamente a los ojos, sino que dirigía sus comentarios entrecortados al centro de su pecho.

Después de eso Morrison estuvo dos semanas sin ir al hospital. Creía que sus visitas no les hacían ningún bien ni a ella ni a él y tenía trabajos por corregir. Volvió a centrarse en pintar el apartamento y en la organista del piso de abajo. Quitó la nieve de los peldaños de la escalera y echó sal para fundir el hielo. La casera, inquieta por no haberle puesto la cerradura que había pedido, lo invitó inesperadamente a tomar el té, y los vulgares y grotescos objetos de plástico de su decoración alimentaron las ensoñaciones de Morrison durante un rato. Lo único auténtico de aquel bungalow de falso estilo ranchero era un huevo vaciado y pintado al estilo ucraniano, pero ella lo tachó de ordinario e insistió en que admirase una pastilla de jabón con flores artificiales clavadas para que pareciera un tiesto; había sacado la idea de una revista. El coreano subió una noche a pedirle que lo ilustrase sobre los seguros de vida.

No obstante, pensar que Louise seguía en aquel hospital psiquiátrico azotado por el viento sin nada ni nadie que conociera le producía punzadas de preocupación, como una neuralgia mental, que finalmente lo indujeron a ir a la parte de la ciudad que llamaban centro: quería comprarle un regalo. Eligió una cajita de acuarelas: así tendría algo que hacer. Pensaba enviársela por correo, pero casi sin darse cuenta se encontró una vez más en la ancha carretera desierta del hospital.

Se vieron de nuevo en el cubículo de las visitas. Lo alarmó lo cambiada que estaba. Había engordado, tenía los músculos flácidos y los pechos caídos. En lugar de sentarse muy erguida, como antes, se repantigó, con las piernas separadas y los brazos colgando; tenía el pelo mate y desgreñado. Llevaba una falda corta y medias moradas que tenían una carrera. Al tratar de no mirar la carrera ni la blanda carne blanca que dejaba ver, Morrison sintió por primera vez síntomas inequívocos de atracción física hacia ella.

—Ahora me administran otro medicamento —explicó Louise—. El de antes me sentaba mal. Soy alérgica a él. —Le contó que le habían robado el cepillo del pelo, pero cuando él se ofreció a llevarle uno dijo que no merecía la pena. Había perdido el interés por el círculo y su elaborado sistema y al parecer no tenía muchas ganas de hablar. Lo poco que dijo fue acerca del hospital: intentaba ayudar a los médicos, no sabían cómo tratar a los pacientes, pero no le hacían caso. La mayoría de los internados empeoraban en lugar de mejorar; muchos tenían que seguir allí porque nadie quería la responsabilidad de cuidarlos, ni siquiera aunque los drogasen para que fueran más fáciles de controlar. Eran pobres, sin amistades; el hospital no quería dejarlos marchar. Le habló de una chica de más al norte que creía ser un caribú.

Apenas miró las acuarelas, aunque le dio las gracias lánguidamente. Sus ojos, por lo general muy abiertos y vivaces, eran meras rendijas de tan hinchados como estaban, y parecía que se le hubiera oscurecido la piel. A Morrison le recordaba a alguien, pero tardó varios minutos en precisar a quién: era una india que había visto a principios del otoño, cuando aún buscaba un bar donde poder tomar una copa civilizadamente. Estaba sentada delante de un hotel barato, con las piernas abiertas, quitándose la ropa y voceando: «Vamos, chicos, a qué esperáis. Vamos, chicos, a qué esperáis». Alrededor de ella se había congregado un grupo de hombres que la miraban entre cohibidos y burlones. Sin proponérselo, tan asombrado por la mujer como por los otros hombres y por sí mismo, Morrison se unió a ellos. Estaba desnuda hasta la cintura cuando llegó la policía.

Se levantó para despedirse y Louise le preguntó, como si se tratara de una cuestión puramente académica, si creía que saldría algún día del hospital.

Cuando se dirigía al coche se dio cuenta de que la amaba. Esa idea le proporcionaba un objetivo, un destino. Tenía que rescatarla como fuera; podía decir que era su prima o su hermana; la escondería en su apartamento y guardaría bajo llave todos los objetos peligrosos: navajas de afeitar, cuchillos, limas de uñas; le daría de comer, le daría la medicación adecuada y la peinaría. Por la noche Louise estaría en el dormitorio bajo cero y él se sumergiría en ella como en un marjal, cálido y anulador.

La imagen lo entusiasmó al principio, pero luego lo horrorizó. Comprendió que solo quería a la Louise desesperanzada y loca, la indefensa y privada de toda aspiración. Con una Louise cuerda, capaz de juzgarlo, nunca podría entenderse. De modo que aquella era la mujer de sus sueños, la mujer ideal que al fin encontraba: una desintegración, una mente que regresaba a sus fragmentos constitutivos de materia, un ser informe y derrotado a quien podía imponerse como una pala se impone a la tierra, un hacha al bosque, utilizar sin ser utilizado, conocer sin ser conocido. La anotación de Louise sobre él, escrita sin duda cuando estaba más cuerda que ahora, acertaba de lleno. Y, sin embargo, Morrison se dijo en su defensa que el deseo que le inspiraba no era del todo malo: era en parte un deseo de reintegrarse a su propio cuerpo, que tenía la sensación de ocupar cada vez menos.

Agobiado por sí mismo y por el edificio, la prisión de la que acababa de salir, giró al llegar a la carretera principal y se alejó de la ciudad en lugar de dirigirse hacia ella: llevaría al coche a dar una vuelta. Se adentró en el paisaje desolado, recordando con dolor el acento suave de las acogedoras lomas del este y del sur, en las tierras pobladas, tan lejanas que parecían no existir. Aquí todo era hermético, rácano, inútil, nada.

Cuando estaba a medio camino del zoo se percató de que era allí adonde se dirigía. Louise le había dicho que estaba abierto todo el invierno.

Se había consumido gran parte del día cuando llegó a la entrada: tendría que regresar de noche. Tendría que hacer una visita breve, no quería estar dentro cuando cerrasen las puertas. Pagó la entrada a la figura con abrigo y bufanda de la caseta y se adentró con el coche por los caminos vacíos, mirando por la ventanilla lateral las manadas de llamas, de yaks, el foso del tigre siberiano, en el que solo se veían los lugares donde podía esconderse un tigre.

Junto al recinto de los búfalos detuvo el coche y bajó. Los búfalos pastaban al lado de la valla, pero al acercarse él alzaron la cabeza y lo miraron, resoplaron y se alejaron entre las dunas de nieve, que les llegaban hasta las ancas.

Avanzó trabajosamente a lo largo de la valla, sin preocuparse del viento gélido, que penetraba en el grueso abrigo y le helaba la sangre de los pies. Siniestros dedos de nieve movidos por el viento reptaban por la carretera; debía tener cuidado con los ventisqueros en el trayecto de regreso. Imaginó que la nieve se alzaba y se abalanzaba en gigantescas oleadas sobre la ciudad y que cada casa, un pequeño núcleo de calor creado por el hombre, la rechazaba. Gracias a la refinería y la central eléctrica: una bomba, una catástrofe que acabase con ambas instalaciones, y todas aquellas casas se cerrarían como ojos. Pensó en todas las personas a quienes apenas conocía, en cómo lo afrontarían; destrozarían los muebles para utilizarlos como leña hasta que pasase el frío. Cómo lo afrontaban ya: los pescados de los coreanos agitándose en el tendedero como desafiantes banderines de plata, la organista del piso de abajo tocando un «Whispering Hope» agudo y desafinado en medio de la ventisca; Paul con la endeble coraza de su nacionalismo de baratillo; la casera enarbolando como una antorcha su pastilla de jabón con flores artificiales clavadas. Pobre Louise; ahora comprendía lo que había intentado hacer desesperadamente: la lógica de su círculo, cerrado y autosuficiente, no estribaba en lo que incluía, sino en lo que excluía. Sus propios esfuerzos por seguir siendo humano, el trabajo inútil, el amor estéril, ¿qué ocurría cuando todo se agotaba?, ¿qué le quedaría a él? Árboles negros en una pared de un cálido naranja; y él lo había pintado todo de blanco.

Aturdido por el frío, se recostó en la valla y apoyó la frente en la mano enguantada. Estaba en la guarida del lobo. Lo recordaba por la visita con Louise. Se habían quedado un rato allí, aguardando a que se acercasen los lobos, que sin embargo no se movieron del fondo. Ahora, en cambio, había tres cerca de la valla, echados en su refugio. Una pareja de ancianos, un hombre y una mujer con abrigos grises casi idénticos, estaban cerca de los animales. No los había visto antes, no había pasado ningún coche, debían de haber ido a pie desde el aparcamiento. Los ojos de los lobos eran de un gris amarillento: miraban entre los barrotes, alerta pero imperturbables.

—¿Son lobos grises? —preguntó Morrison a la mujer. Al abrir la boca notó que lo invadía una súbita ráfaga de aire helado.

La mujer se volvió lentamente hacia él: su rostro era una

retícula borrosa de arrugas, desde la que lo miraban con fijeza unos ojos azules y glaciales.

—¿Es usted de por aquí? —preguntó.

—No —contestó Morrison. Ella volvió la cabeza y continuó mirando a través de la valla, a los lobos, con el hocico al viento, erizado el corto pelo blanco.

Morrison siguió la dirección de su mirada fija: se estaba diciendo algo; algo que nada tenía que ver con él, algo de lo que alguien solo se entera cuando todo lo demás se termina y queda descartado. Tenía el cuerpo aterido; se tambaleó. Vio con el rabillo del ojo que la mujer se hinchaba, vacilaba y parecía desaparecer, y la tierra se abrió ante él y se extendió hacia el norte. Le pareció ver las montañas, cubiertas de blanco, sus picos radiantes con el sol poniente, y bosques y más bosques, y luego la yerma tundra y los lisos y sólidos ríos, y más allá, tan lejos que la noche perpetua ya había descendido, el mar helado.

Translúcida

Me encuentro mejor. Por una vez, el cielo está despejado, sopla la brisa, voy paseando por los sinuosos senderos y los perfilados parterres del parque, los árboles emergen sólidamente de la tierra como si supieran cuál es su estilo, nada se agita. Confío en la hierba y en los lejanos edificios, pueden cuidar de sí mismos, no necesitan mi atención para permanecer, no necesitan que mis ojos los enraícen.

Las madres exasperadas y los niños chillones e hiperactivos de la excursión de ayer al zoo están muy lejos, el rastro que han dejado en mí es tenue como las tiznaduras y los arañazos de las ramas en los postigos. Era un riesgo que no debí correr. Habría sido más inteligente aguardar, pero me las compuse. Incluso logré cruzar el pabellón de la Luz de la Luna, oscurecidos túneles llenos de gritos, los roedores de ojos desorbitados y los encanijados primates de cabeza fetal, engañados por la grisácea luz e inducidos a buscarse la vida, tan en evidencia, detrás de los paneles de insonorización. Me satisfacía poder hacerlo sin ayuda.

Paso por el invernadero 7-B. Resplandece, emite señales. Dentro hay plantas que semejan piedras, sus carnosas y lobuladas hojas, moteadas y del tamaño de nudillos para armonizar con los guijarros. Al principio me satisfizo haberlas descubierto. Casi horrorizada de mí misma, pienso en las horas que pasé observándolas, todos nosotros inmóviles y en silencio. Hoy, sin embargo, el invernadero carece de interés: camino por mí misma, voy vestida.

Voy a comprar a la calle que está frente a la estación. Se me antoja algo nuevo, me tiemblan las piernas como si acabase de dejar una silla de ruedas. Hago mis compras, que me entregan en cucuruchos de papel marrón, que remeto en mi práctica bolsa negra con asas, como las de los médicos. Pan, mantequilla, uva, ciruelas claudias (probablemente él nunca las ha comido, pero todos debemos probar nuevas experiencias). Antes de cerrar la cremallera de la bolsa dispongo los cucuruchos de manera conveniente para proteger la rosa, que va envuelta en plástico, con el tallo vendado con papel higiénico humedecido. Superfluo. Pero es un regalo y estoy orgullosa de mí misma por poder hacerlo, pues ya no hacemos cosas así. La cogí del jardín, que no es mío. Admiro las rosas, aunque nunca quise serlo, quizá a eso se deba que no me preocupe demasiado lo que sufra el tallo.

¿A qué parte del rosal corresponde el cuerpo? Anoche soñé que tenía un bebé del tamaño y del color adecuados. Es una señal saludable. Bien mirado, acaso pueda, como cualquier otra mujer. Por lo general, cuando sueño con bebés son flacuchos como gatitos, de un pálido color grisáceo y muy inteligentes; hablan con polisílabos y sé que no son míos, sino seres de otro planeta enviados a poseer la tierra, o que están muertos. A veces, nacen cubiertos de pelo. Pero el de anoche era sonrosado y tranquilizadoramente analfabeto. Lloraba. Él debería de considerarlo de buen augurio, porque quiere tener hijos. He pensado en ello, incluso he llegado al extremo de leer un par de libros sobre los ejercicios que conviene hacer y sobre lo que llaman parto natural, aunque tener una calabaza o un tomate sería, en los tiempos que corren, más agradable y útil que tener un bebé. El mundo no necesita mis genes. Pero esto es una excusa.

Descanso la bolsa sobre las rodillas, sin soltar las asas. Es como jugar a cocinitas, porque los dos sabemos que no puedo guisarle nada hasta que mande arreglar la cocina, y le va dando largas. Con todo, es la primera tarea doméstica que he hecho para él, que debería aprobarlo, está obligado a aprobarlo, pues comprobará una mejora. Me encuentro tan bien que incluso miro a los demás pasajeros del vagón, sus rostros y su indumentaria, reparando en ellos, preguntándome por sus vidas. Vean lo amable que soy, qué cuerno de la abundancia.

La escalera de cemento que conduce hasta su puerta en el rellano de abajo huele a orina y a desinfectante. Contengo la respiración como de costumbre. Miro a través de la rendija del correo. Como no se ha levantado, entro con mi llave. Su apartamento de dos habitaciones está más sucio que la última vez, pero ha estado peor. Hoy el polvo y la porquería no se me pegan a la piel. Dejo mi bolsa negra en la mesa y voy al dormitorio.

Está en la cama, dormido, entre una maraña de mantas, boca arriba y con las rodillas levantadas. Siempre temo despertarlo. Recuerdo historias de hombres que matan mientras duermen con los ojos abiertos, creyendo que la mujer es un ladrón o un soldado enemigo. No pueden condenarlo a uno por eso. Le toco la pierna y retrocedo, dispuesta a echar a correr, pero él se despierta inmediatamente y ladea la cabeza hacia mí.

—Hola —me dice—. ¡Oh, Dios, qué resaca tengo!

Es de muy mala educación por su parte tener resaca, viniendo yo desde tan lejos para verlo.

—Te he traído una flor —le digo, resuelta a mostrarme tranquila y animada.

Paso a la otra estancia, desenrollo el papel higiénico que envuelve el tallo de la rosa y busco algo donde ponerla. En el aparador hay platos con aspecto de no haber sido utilizados, el resto del espacio está ocupado por libros y papeles. Encuentro un único vaso y lo lleno de agua en el fregadero. Tenedores y cuchillos se oxidan en el escurridor. Hago una lista mental de todo lo que necesita: un florero, más vasos y trapos de cocina.

Voy a ofrecerle la rosa, que él olisquea deferentemente, y dejo el vaso junto al despertador, en la improvisada mesa: una tabla apoyada en los respaldos de dos sillas. Preferiría volver a dormirse, pero transige en atraerme hacia sí y envolverme entre las mantas. Su cabeza busca el hueco entre mi hombro y el esternón y cierra los ojos.

—Te he echado de menos —me dice.

¿Por qué ha tenido que echarme de menos, si solo he faltado cinco días? La última vez no fue bien. Estaba nerviosa. El empapelado de la pared me tenía frita, igual que las calcomanías de mariposas del aparador, chillonas y semidespegadas, que no había puesto él, sino que ya estaban. Me besa: es cierto que tiene resaca; su boca sabe a vino agrio, a tabaco y a mugre urbana. Me doy cuenta de que no quiere hacer el amor y le acaricio la cabeza en actitud comprensiva. Se arrima y se acurruca. Vuelvo a pensar en el pabellón de la Luz de la Luna, en el loris que trepa con cautela por su mundo artificial, platos con agua y macilentas ramas, con los ojos desmesuradamente abiertos, de pura aprensión, y su cría aferrada a su manto.

—¿Quieres que almorcemos? —propone.

Es su manera de decirme que no está en forma.

—Sí, he traído almuerzo, aunque no sé si faltará algo. En todo caso, iré a la tienda de la esquina a comprarlo. Es más sano que las grasientas hamburguesas y patatas fritas.

—Estupendo —dice él, aunque sin hacer el menor amago de levantarse.

—¿Te has tomado las vitaminas todos los días?

Fue idea mía, porque temía que cogiera el escorbuto, comiendo de la manera que come. Yo siempre tomo. Noto que asiente con la cabeza ritualmente.

No sé si me dice la verdad. Me doy la vuelta para mirarlo.

—¿Con quién has estado bebiendo? ¿Saliste después de trasladar los muebles?

—Ya habían trasladado los muebles cuando yo llegué allí. No pudo llamarme para decírmelo.

Eso es verdad, porque no tiene teléfono. Tenemos que llamarnos de cabina a cabina.

—Y como ya no había que trasladarlos, insistió en que saliésemos a cenar y a tomar una copa. Me puse perdido de salsa de chop suey —añadió compadeciéndose.

—¿Antes o después de comértelo? —le pregunté, por mostrarme conmiserativa.

—Aún no lo había ni probado.

Me sorprende que ella sea una mujer tan predecible, aunque la verdad es que nunca ha parecido tener el menor tacto, siempre brusca y directa, capitana de un equipo femenino de baloncesto… No, mejor: profesora de gimnasia en un instituto, con un silbato en la boca. Una vieja amiga. Ninguna tontería. La mía llevaba bombachos, tenía las piernas escuálidas y bromeaba acerca de lo que llamaba calambres, con un tono que daba por supuesto que íbamos a tenerlos. Trampolines, el cuerpo contorsionado, hecho para rendir, la mente ladrando órdenes.

—Lleva meses tratando de seducirte —digo sonriente.

Es una idea que me divierte, porque es como una marmota. Él parece querer encogerse de hombros, pero lo tengo apresado, con el brazo encima de su cuello.

—¿Lo ha conseguido? —añado.

—Cuando salimos del bar era tarde y ya habían cerrado el metro.

Aunque yo no hablaba en serio, esto ha resultado ser de pronto una confesión. Deseo ignorarlo, pero no lo hago.

—¿Quieres decirme que ha pasado la noche aquí?

—La alternativa era tener que andar todo el camino de vuelta hasta su casa. O sea que sí —me confiesa.

Ya. Tenía que ser una razón por el estilo, de una lógica aplastante.

Siento el deseo de decirle: pero ¿te has creído que eres la Asociación de Jóvenes Cristianas? En lugar de ello, le pregunto lo más obvio.

—Supongo que te habrás acostado con ella —digo con tono sereno.

Porque también yo estoy serena. No voy a dejar que eso me altere.

—La iniciativa ha sido suya. Yo estaba borracho.

Por lo visto, cree que son dos buenas excusas.

—¿Y por qué me lo cuentas?

De no habérmelo contado y haberlo descubierto, le habría dicho: ¿y por qué no me lo has contado? Era consciente de ello al preguntárselo.

—Podías haberlo imaginado. El despertador está puesto a las ocho.

—¿Y eso qué significa? —digo, pues no lo capto.

Tengo frío, me levanto de la cama y voy de espaldas hacia la puerta.

Estoy sentada en una hamburguesería recién inaugurada. Al otro lado de la mesa, frente a mí, un hombre está comiendo una hamburguesa con queso. Los lugares donde se come son mis únicas oportunidades de vigilarlo, el resto del tiempo lo paso mirando imágenes desdibujadas por el vaho a través de las ventanillas de los taxis, o los extraños dibujos del empapelado. El color de su cara armoniza con la superficie de las mesas de formica: blancuzco. En otras mesas hay otros hombres, comiendo también hamburguesas con queso y observados por otras mujeres. Ninguno de nosotros se ha quitado el abrigo. El aire huele a patatas fritas y vibra con la música de rock. Aunque estamos en invierno, el local me recuerda una playa, incluso las arrugadas servilletas de papel y las botellas de gaseosa, desechadas y esparcidas por las mesas de alrededor, y la textura ligeramente arenosa de las hamburguesas.

Aparta a un lado la ensalada de col.

—Deberías comértela —le digo.

—No. No puedo comer verdura.

La reprimida bromatóloga que hay en mí repara en que, probablemente, sufre de una carencia de vitamina A. Yo debería ser inspectora de sanidad, o perito agrícola.

—Pues te lo cambio —le digo—. Me como tu ensalada de col si tú te terminas mi hamburguesa.

Él cree que la cosa tiene truco, pero decide arriesgarse. Hacemos el intercambio y examinamos la mitad de nuestro acuerdo. A través de la luna del ventanal se ve cellisquear bajo el cielo de la noche. Pero allí dentro estamos seguros, calentitos y alumbrados, filtrando música a través de nuestras branquias como si de oxígeno se tratase.

Él se termina mi hamburguesa con queso y enciende un cigarrillo. Estoy enfadada con él por algo, aunque no recuerdo por qué. Barajo mi juego de impertinencias y saco una: haces el amor como un cowboy violando a una oveja. Llevo tiempo queriendo decírselo, pero acaso la paz sea más importante.

No para él. Una vez satisfecho el apetito, retoma una vieja discusión.

—Quieres ver hasta qué punto aguanto, ¿eh? —me dice—. Deja de tratarme como a un niño de nueve años.

—Hay un buen procedimiento para evitar que te trate así —replico. Con ello quiero decirle que deje de comportarse como tal, pero no lo capta. En realidad, puede que ni siquiera me haya oído: han subido la música.

—A escote —dice él. Y nos levantamos. Miro muy fijamente a la cajera al salir: las cajeras me producen desaliento, quiero que sean felices, pero nunca lo son. Esta es higroscópica e hidrópica, saturada de sonidos y de patatas fritas. Resulta más apática que desabrida. Defiéndete, le digo en silencio.

Salimos al aire libre y caminamos sin tocarnos. No recuerdo la que me hizo, pero no se la voy a pasar. Lleva un abrigo caqui del ejército con botones de latón. Es guapo, pero en estos momentos solo me recuerda mi temor a los porteros, conductores de autobús y empleados de correos, a aquellos que utilizan sus uniformes como excusas. Procuro dirigir la marcha, para que tenga que pasar por todos los charcos. Si no puedo vencer, le digo, tampoco podrás tú. Entonces estaba más cuerda, tenía defensas.

—Nunca me levanto a las ocho. Ella tenía que ir al trabajo.

Es consciente de que esta no me la voy a tomar a broma como me tomé a otras.

—Si hubieses estado aquí no habría ocurrido —dice él, tratando de culparme.

Lo veo tan claro, tan diáfano, que sé lo que ha hecho, cuáles han sido sus movimientos, incluso lo que ha dicho. Los cuerpos calientes se atraen. Así es como se comporta la gente. Siento ganas de vomitar. Más aún: quiero coger mis cucuruchos de papel marrón cuidadosamente seleccionados y tirarlos por ese infecto retrete que jamás ha limpiado, y que yo (colmo de la idiotez) me he sentido tentada de limpiarle, pobrecito, que nadie le enseñó nunca a hacerlo. Ese es su sitio. De modo que así es como serían las cosas: yo recogiendo sus calcetines sucios y sus colillas con mi experimentado estilo, la mayor alegría de una mujer, con la garantía de ocho meses de embarazo para que ya sea irreversible, refunfuñando por los ejercicios de preparación para el parto natural, mientras él sale por ahí a tirarse a cualquier escoba vestida que se le arrime al llegar al número místico de copas. Una relación espiritual contigo, dice, y meramente física con las demás. Y tú a tragar. ¿Qué cree que fue lo primero que me atrajo de él, su eximia alma?

—Voy a salir a comprar —le digo. Soy demasiado visible aquí, con tanto roedor con la madriguera a cuestas asomando por la luna. ¡Qué intrusión!, pensé—. ¿Quieres que vuelva? —le pregunto.

Llega la hora del arrepentimiento, asiente sin palabras. Está realmente contrito, pero no tengo tiempo de pensar en ello, tengo que salir a mezclarme con la gente. Camuflaje. Procuro no dar un portazo, cruzo hasta la calle del mercado y me confundo con la multitud de compradores.

Es un dormitorio. Con cama, y un tocador con espejo, mesilla de noche con lamparita y teléfono, cortinas con estampado como de linóleo que cubren las ventanas, que a su vez cubren la noche, desde el décimo piso que da a objetos metálicos y a luces desleídas, un cuarto de baño con un lavabo con dos grifos, caliente y fría. Puerta cerrada. En el pasillo hay una hilera de puertas similares, cerradas también. Es todo correcto, todo está en su sitio, aunque con los bordes algo raídos. He intentado dormir en la cama, pero sin éxito. Voy de un lado para otro, levantando de la alfombra un olor a limpiador de tapicerías de aeropuerto. Antes había una bandeja con restos de filete y de ensalada, pero ya hace mucho que la saqué al pasillo.

De vez en cuando abro las ventanas, y la habitación se

inunda del ruido del tráfico, como si fuese parte de un motor del tamaño de una ciudad. Luego cierro las ventanas, y la habitación vuelve a caldearse, cual motor de combustión interna. A veces, voy al cuarto de baño a abrir y cerrar los grifos, tomando sorbos de agua y píldoras para dormir. Así me hago la ilusión de ser una mujer de acción. También miro el reloj. Estamos a principios de la primavera, no hay hojas ni nieve; luce demasiado el sol, que delata el polvo en todas partes y hiere los ojos. Hace tres horas me ha telefoneado para decirme que estaría en casa dentro de media hora. Habla de esta habitación, en la que nunca hemos estado ni volveremos a estar nunca, como de un hogar, supongo que porque estoy en ella. Estoy en ella y no puedo salir, él tiene la llave, ¿dónde podría ir yo, en una ciudad que me es ajena? Hago planes: haré el equipaje ahora, me marcharé, él volverá después de estar en… ¿Dónde estará? Ha podido tener un accidente, está en el hospital, agoniza, no, nunca haría algo así tan lindamente. La habitación quedará vacía. La habitación está ya vacía ahora, soy un lugar, no una persona. Iré al cuarto de baño, cerraré la puerta, me echaré en la bañera con los brazos cruzados en liliácea postura, con los párpados lastrados con invisibles centavos. Me tomaré el resto de las píldoras y me encontrarán en camisón, encima de cualquier parte, de la cómoda, del teléfono, en coma. En las historias de asesinatos misteriosos siempre describen la respiración como «estertórea», nunca he sabido lo que eso significa. Entrará justo cuando yo esté a punto de salir volando por la ventana hacia el sólido huracán de abajo, prendida de mi camisón como a una enorme cometa de nailon. Sujeta al hilo atado a mi cabeza.

Los mecanismos de la habitación continúan con sus runrunes y zumbidos, indiferentes. He abierto todas las llaves de la calefacción, pero como si nada; quizá no estoy realmente aquí. Él debería estar aquí, no tiene derecho a no estar aquí, esta máquina es obra suya. Vuelvo a la cama por quinta o sexta vez, e intento concentrarme en las formas que se mueven de uno a otro lado de mis párpados cerrados. Sol, polvo, colores vivos, faros, una alfombra persa. Ahora hay imágenes, patos, por extraño que parezca, una mujer sentada en una silla, un césped con una casa de campo, pórtico griego incluido, relojes de pared hechos de flores, una hilera de ratitas bailarinas de dibujos animados, ¿quién las ha puesto ahí? Quienquiera que haya sido, que me saque de aquí y prometo que nunca, nunca jamás. La próxima vez solo seré una imbécil de cuello para abajo, ignoraré sus motivaciones.

Era tan sencillo al principio, deberías haberlo dejado como estaba, es de la única manera que puedes soportarlo. Tranquilícese, dijo el médico, tratando de comunicar, pero materializándose como Fred MacMurray en una película de Walt Disney, tome píldoras. Puede que solo trate de afirmar su libertad, es usted demasiado absorbente. Huye; usted lo ha empujado a ello, en la cabina telefónica y fuera surge el supersemental. Una polla autopropulsada con un minúsculo cerebro adosado como el de una termita, un par de copas y la mete donde sea. Como las serpientes cazadoras nocturnas, tiene sensores de infrarrojos en el frontal y, a oscuras, ataca a todo aquello que desprenda calor. Al apagarse las luces, se estaba follando el registro de la calefacción.

Es injusto. Lo que realmente me subleva es que anoche se la tirase a ella y no haya dejado nada para una. ¿Por qué no ha podido elegir otro momento? Sabía que yo iba a estar allí esta mañana. No eligió la ocasión, actuó sobre la marcha. ¿Cómo no verlo como un ser humano confuso y abrumado por los problemas? ¿Hago alguna vez otra cosa? Ya no sé si es mi amante o mi paciente externo. Crees ser tan mágica, poder curarlo todo. ¿No puedes admitir haber fracasado?

Puede que yo no sea un ser humano confuso con problemas, quizá soy algo totalmente distinto, una alcachofa. ¡Ni hablar!

La verdad es que ella es su tipo, se lo han debido de montar muy bien juntos, ambos son atléticos, puede que ella se alargue tocando el silbato, ¡piii!, listos.

En cierto modo la admiro, va tirando.

Cuando regreso, él ya está vestido y con doliente aspecto. Voy de un lado para otro parodiando el trajín doméstico, corto rebanadas de pan para hacer bocadillos con su inadecuado cuchillo, paso la fruta por agua. Abro la Pepsi que le he traído.

—¿Tienes más vasos?

—No. Solo hay uno —contesta él.

Saco la bobalicona rosa del dormitorio y la tiro al cesto de la ropa sucia que utiliza como cubo de basura, enjuago el vaso y me sirvo la mitad de la Pepsi caliente. Esto es lo más furiosa que soy capaz de ponerme. Empieza a comer. Yo no puedo. Tiemblo. Descuelgo el abrigo del perchero y me envuelvo en él.

—No me mires así —me dice.

—¿Y cómo te miro? —digo.

Por lo visto, no tengo derecho a enfurecerme. Cree que es injusto. En realidad, no estoy furiosa, hojeo las imágenes que tengo de mí misma, a ver si encuentro una que me libre de decir lo imperdonable. Galápagos en cubículos de cemento, las nutrias en su estanque de espuma verde, comían huesos y la cabeza de algo, no, ¿qué hay de las zorras?, ladraban, no podía uno oírlas pero podía ver el interior de su boca. Las védicas serpientes, contoneándose por el serrín como locas obesas revestidas de pieles, no sirven de consuelo. De vuelta a las plantas, la casa de los nenúfares, y en el invernadero 12, *Victoria amazónica* con sus enormes hojas oblongas de casi dos metros de ancho y sus erizadas flores, flotando en su estanque, su puerto, sin dar golpe.

—Mira —me dice—, no puedo soportar estos silencios.

—Pues entonces di algo.

—Diga lo que diga me tacharás de siniestro.

—No creo que seas siniestro. Solo creo que eres irreflexivo y estúpido. Uno más listo habría aguardado a que la mujer se hubiese ido a vivir con él antes de empezar esto.

Soy consciente de que, en parte, no desea que me instale a vivir con él, la cocina sigue estropeada. Aférrate a tus defensas, me digo, que si no te hundes.

—Me ha parecido que era mejor decir la verdad enseguida.

Lo miro. Ahora lo siente, de acuerdo, pero yo necesito mi bocado de carne, necesito que me devuelva parte de esa sangre. Sin embargo, se siente fatal y no es culpa suya; es solo su manera de ser, acéptame, acepta mis tics nerviosos, y cree que a eso se reduce todo, a una especie de involuntario espasmo muscular.

Deseo explicarle lo que nadie le ha enseñado, cómo se comportan dos personas que se quieren, que evitan hacerse daño, pero no estoy segura de saber. El amor de una buena mujer. Pero no me siento como una buena mujer en estos momentos. Tengo la piel entumecida, exangüe como una seta. Me equivoqué al pensar que llegaría a acomodarme. Él es demasiado humano.

—Te acompañaré al metro.

Es incapaz de afrontarlo, no cree que sirva hablarlo a fondo, quiere quitárseme de encima. No querrá acercárseme, tocarme, ¿es que no se da cuenta de que eso es lo único que necesita hacer? Aguardará a que se me pase, como dice él. Pero si me voy así no volveré.

Al salir me pongo las gafas de sol, aunque este ha desaparecido. Camino con talante severo, sin mirarlo, no puedo soportarlo. De nuevo se desvanecen los bordes de la carretera. Se me hace difícil caminar por ella. Se desliza bajo mis pies como un colchón. Está decidido a acompañarme hasta la boca del metro y a dejarme desaparecer sin tratar de retenerme. Pongo mi mano en su brazo.

—¿Quieres que lo hablemos?

—Tú quieres dejarlo y utilizas esto como excusa —me dice.

—Eso no es verdad —digo—. De haber querido escudarme en esto, ya podría haberlo hecho en otra ocasión.

Nos encaminamos hacia el pequeño parque en el que hay una estatua ecuestre con muchas palomas.

—Haces una montaña —dice él—. Siempre exageras.

—Oh, me parece que ya sé más o menos lo que ha ocurrido. Te has tomado unas copas y te has puesto cachondo. Eso es todo.

—Muy perspicaz.

No ironiza. Cree que tengo una rara pero certera intuición. Se inclina hacia delante y me quita las gafas de sol para verme.

—No puedes esconderte detrás de esos cristales —dice.

El sol vuelve a asomar y me hace entornar los ojos. Su rostro se hincha, se ensombrece, una flor de papel caída en el agua. Esparce zarcillos. Los veo encaramarse hasta mi hombro.

—Ojalá no te hubiese amado nunca —digo.

Sonríe, su pelo espejea a la luz del parque, su corbata florece y retrocede, su semblante oriental, inescrutable como una berenjena. Aprieto las asas de mi bolsa negra, lo obligo a volver a dimensiones fotográficas.

Besa mis dedos. Cree que todos nos hemos curado. Cree en la amnesia, no volverá a hablar de ello. Debería de doler menos cada vez.

Con todo, me siento mejor al bajar las escaleras hasta la ventanilla para comprar el billete. Mis manos funcionan, cambiando disquitos de plata por papel oblongo. Que esto pueda hacerse, que todos sepan lo que significa, acaso haya una oportunidad. Si pudiésemos hacerlo: le daría un guijarro, una flor, él comprendería, lo traduciría exactamente. Respondería, me daría...

Reconsidero su necesidad de disponer de más vasos y considero la conveniencia de comprarle una toalla de baño. Sin embargo, una vez en el vagón del metro, me veo gradualmente desplazada, estación a estación, de vuelta al invernadero 7-B. Pronto estaré allí, dentro están las plantas que han aprendido solas a parecer piedras. Pienso en ellas. Crecen en silencio, ocultándose en tierra reseca, nimiedades, pequeños ceros, sin más contenido que ellos mismos; sin valor alimenticio, sedantes y redondas para el ojo, y de pronto en ninguna parte. Me pregunto cuánto se tarda, cómo lo hacen.

La tumba del famoso poeta

Nos hemos equivocado un par de veces antes de llegar, al pasar por poblaciones que habrían podido ser aquella a la que nos dirigimos pero que no lo eran, tiendas que no orientaban y casas al borde de la carretera, sin ninguna señal. Ni siquiera al llegar estamos seguros, nos asomamos buscando un nombre, un anuncio. El autocar se detiene.

—Tiene que ser esto —digo. Tengo el mapa.

—Mejor pregúntale al conductor —dice él, que no se fía de mí.

—¿Me he equivocado alguna vez? —digo, aunque le pregunto al conductor de todas maneras.

No me he equivocado, como de costumbre, y nos apeamos.

Estamos en una calle angosta de fachadas lisas y grises, que se alzan como acantilados desde umbrales desprovistos de césped en la estrecha acera. Las casas tienen corridas las cortinas de encaje. No se ve a nadie. Por lo menos no es un señuelo para turistas. Tengo que comer, llevamos toda la mañana de viaje, pero él quiere que primero busquemos un hotel, siempre necesita una base. Justo enfrente hay un edificio con un letrero que reza HOTEL. Titubeamos en la entrada, nos alisamos el pelo, tratamos de tener un aspecto aceptable. Tras subir los escalones con nuestra maleta, rechinando los dientes, se encuentra con que la puerta está cerrada. Puede que sea un pub.

Confiamos en que haya otro hotel un poco más allá; andamos cuesta abajo, junto al largo muro de piedra. Cuando la acera desaparece en la esquina, cruzamos al otro lado de la carretera. Varios coches nos rebasan velozmente, como si se dirigiesen a otra población.

Al final de la cuesta, ya cerca de la playa, hay varias tiendas y una posada vetusta, cuya fachada muestra las cicatrices del tiempo. Desde el interior nos llegan música de una radio y alegre bullicio.

—Tiene pinta de ser muy familiar —digo complacida.

—¿Qué entenderán en este lugar por «posada»? —me pregunta.

Yo qué sé. Entra y vuelve a salir enseguida, decepcionado. Estoy demasiado cansada para que se me ocurra otra idea. Apenas he reparado en el castillo que queda a nuestra espalda, en lo alto de una loma que da al mar.

—No me extraña que bebiese —dice él.

—Preguntaré —digo, molesta.

Ha sido idea suya y él tendría que ser el que indagase. Pruebo en la tienda; hay mucha gente, casi todo mujeres, con pañuelos en la cabeza y cestas de la compra. Me aseguran que no hay ningún hotel. Pero una mujer me dice que su madre alquila habitaciones; me indica dónde está la casa, mientras los demás me miran con conmiseración. Se nota a la legua que soy una turista.

Al llegar a la casa, vemos que se trata de un edificio del siglo XVIII. Es enorme, una residencia de veraneo cuando el lugar estaba de moda. Hay un discreto cartel que ofrece habitación y desayuno. Nos felicitamos por la claridad del cartel, que nos ahorra descifrar abreviaturas. La puerta está abierta; pasamos al vestíbulo y la mujer asoma por la puerta del salón, casi sobresaltada. Lleva un peinado de jovencita, estilo años cuarenta, con curiosos bucles en la frente, pero tiene el pelo gris. Se muestra simpática, casi burbujeante, y sí, tiene una habitación para nosotros. Le pregunto, en voz baja, si puede decirnos dónde está la tumba.

«Casi pueden verla desde la ventana», contesta sonriente. Sabía que se lo íbamos a preguntar. Se ofrece a prestarnos un libro que incluye un plano con los lugares de interés y la casa donde vivió. Saca el libro, sube corriendo por la ancha escalera cubierta por una alfombra granate, para mostrarnos la habitación. Es muy espaciosa, gélida, de techo alto, con un empapelado de estampado floral y artesonado pintado de blanco. En lugar de cortinas, las ventanas tienen postigos interiores. Hay tres camas y varios tocadores y aparadores, que parecen almacenados allí; una enorme cómoda bloquea lo que fuera una regia chimenea. Decimos que nos parece bien.

«La tumba está por ahí, en lo alto de la cuesta —dice ella, señalando hacia la ventana. Se ve la aguja de la iglesia—. Estoy segura de que les gustará.»

Me cambio de ropa. Me pongo tejanos y botas mientras él se dedica a abrir y cerrar los cajones de todos los muebles de la habitación, buscando sorpresas y algo para leer. No encuentra nada y salimos.

Hacemos caso omiso de la iglesia —él comentó en una ocasión que carecía de interés— y nos encaminamos hacia el cementerio. Debe de llover mucho por aquí, porque hay hiedra por todas partes y el cementerio rebosa de hierba crecida, lozana, de un verde luminoso. Las pisadas han abierto estrechos senderos entre las lápidas. Las tumbas están bien cuidadas, la mayoría con el césped cortado y flores frescas en receptáculos que semejan coladores para el té. Hay tres ancianas con gavillas de flores en los brazos, gladiolos y crisantemos. Pasan entre las tumbas, retiran las flores marchitas y distribuyen las frescas con equidad, como azafatas. Dan por consabida nuestra presencia, sin acercársenos ni evitarnos: somos forasteros y, como tales, parte de este paisaje.

Enseguida localizamos la tumba. Como dice en el libro, es la única que tiene una cruz de madera en lugar de una lápida. La cruz está recién pintada y en la tumba hay un parterre en miniatura con rosas centifolias y begonias rojas. El fragante cestillo de oro con el que han querido festonearlas no ha prendido bien y está desmedrado. Me pregunto quién lo habrá plantado, porque sin duda no debió de ser ella. Las ancianas ya han pasado por aquí y han dejado un florero de cristal amarillento, como los que antes había en las cajas de cereales, con dalias anaranjadas y una flor rosa desconocida. No hemos traído nada ni vamos a realizar ningún ritual. Meditamos durante un buen rato y luego vamos a sentarnos al sol, en el banco afiligranado de lo alto de la cuesta, oyendo el mugido de las vacas que pastan en el prado del otro lado de la carretera y el murmullo de las ancianas, que siguen con su trajín, encorvándose, con sus vestidos estampados agitados por la brisa.

—Pues esto no está tan mal —digo.

—Pero es triste —dice él.

Ya hemos hecho lo que hemos venido a hacer y tenemos libre el resto del día. Al cabo de un rato dejamos el cementerio y volvemos paseando por la calle mayor, cogidos de la mano, abstraídos, mirando los escaparates de las pocas tiendas que encontramos: una de antigüedades con precios excesivos, una de artesanía con cerámica y tejidos galeses, un insulso bazar donde venden de todo, incluso revistas de humor con desnudos femeninos y ejemplares de sus libros. En el escaparate, medio oculto entre souvenirs, copas, mapas y banderines descoloridos, tienen un retrato suyo enmarcado, una fotografía de tres cuartos de perfil. Compramos un par de helados, empalagosos y no precisamente recién hechos.

Al llegar al pie de la sinuosa cuesta decidimos ir paseando hasta su casa, que vemos desde aquí, un bloque blanco corriente a media milla de la playa pedregosa. No hay duda de que es su casa, así lo indica el mapa. Al principio no tenemos problemas, porque hay un sendero ancho y desigual, de asfalto agrietado, resto o acaso principio de una carretera. Arriba, en lo alto del arbolado acantilado, lo que queda del castillo se desmorona lentamente, una piedra al año. Los torreones ejercen una atracción irresistible sobre él. Encuentra un sendero excavado en un terraplén de puro barro, sin duda abierto por los niños.

Asciende de lado, estilo cangrejo, creando puntos de apoyo para el pie con el canto de la bota. «¡Vamos!», me grita, ya bastante arriba. Titubeo pero le sigo. Me tiende la mano, pero, estando en perpendicular y con tan precario estribo, temo perder el equilibrio. La rechazo y trepo agarrándome a las raíces. De haber llovido me hubiese sido imposible.

Él sigue por delante, impaciente por explorar. El túnel abierto en la maleza conduce a un boquete en el muro del castillo. Sigo sus sonidos, sus crujidos, sus sordas pisadas. Estamos en el esqueleto de un jardín, parterres con bordes de ladrillo invadidos ahora por la hierba. Salvo unos pocos rosales que tratan de mantener el orden pese al pulgón, no hay nada que llame la atención. Me inclino hacia una rosa de corola marfileña y pétalos oscurecidos en los bordes. Me siento como una usurpadora. Lo he vuelto a perder de vista, oculto por una arcada.

Lo alcanzo en el patio principal. Todo se viene abajo, las escaleras, las murallas, las almenas. Es tanto lo que se ha desmoronado que nos resulta difícil orientarnos, reconocer el trazado originario.

«Esto debió de ser la chimenea —digo—. Y esa, la puerta principal. Hemos debido de entrar por la trasera.» Sin saber por qué, hablamos en susurros; él tira un fragmento de piedra y le digo que tenga cuidado.

Subimos por los restos de una escalera hasta la torre de homenaje. Está casi a oscuras, el suelo cubierto de tierra. Pero debe de subir bastante gente hasta aquí, porque hay un viejo saco y una prenda de ropa inidentificable. No nos quedamos mucho rato dentro, ya que me da miedo extraviarme, aunque es poco probable. Prefiero no perderlo de vista. No me hace gracia que me sorprenda de pronto asomando una mano. Además, no me fío del castillo, tengo la sensación de que se nos va a venir encima en cuanto riamos o demos un paso en falso. Pero salimos indemnes.

Pasamos bajo la puerta, con su arco todavía intacto, que da a otro patio más grande, rodeado por la muralla agrietada que hemos visto desde el exterior. Hay árboles, árboles recientes, de no más de cien años, de follaje oscuro como aguafuertes. Alguien debe de venir a segar la hierba, porque está cortada y lozana, como pelo bien cuidado. Él se echa en el suelo, me atrae a su lado y descansamos medio incorporados, apoyados en los codos, observando. Visto desde la parte delantera, el castillo parece más entero: uno puede hacerse una idea de cómo debió de ser vivir aquí en otros tiempos.

Él sigue tumbado, con los ojos cerrados, haciendo visera

con la mano para protegérselos del sol. Está pálido y me doy cuenta de que también debe de estar cansado. Lo he venido considerando el causante de mi falta de energía y, por lo tanto, debería estar inmunizada.

«Me gustaría tener un castillo como este», dice. Siempre que algo le produce admiración, quiere poseerlo. Por un instante fantaseo con la idea de que el castillo es suyo, que siempre ha vivido aquí, que tiene un féretro oculto en una cripta y que, si no tengo cuidado, quedaré atrapada y tendré que permanecer con él para siempre. Si hubiera dormido más anoche, semejante idea me habría asustado, pero la desecho y descanso boca arriba en la hierba junto a él, mirando las ramas de los árboles agitadas por el viento; los bordes de las hojas se me antojan de una transparencia cristalina, afilados por mi agotamiento.

Ladeo la cabeza para mirarle. En lugar de volverse una persona más familiar, como cabría esperar, en los últimos días me resulta más ajeno. Arrimado a mí, es territorio extraño, poros y pelo; pero no está más cerca, sino más lejos, como la luna cuando al fin has alunizado. Me separo un poco para verle mejor. Él interpreta que voy a levantarme y se estira para impedírmelo. Me besa, hunde los dientes en mi labio inferior. Cuando me duele demasiado, me aparto. Yacemos hombro con hombro, sufriendo ambos de amor no correspondido.

Esto es un intervalo, una tregua. Ambos sabemos que no puede durar, han surgido demasiadas diferencias (de opinión, decimos nosotros—, pero ha habido algo más; lo que para él significa seguridad para mí significa peligro. Hemos hablado demasiado o no lo suficiente: para lo que tenemos que decirnos no hay lenguaje, lo hemos intentado todo. Pienso en las antiguas películas de ciencia ficción, en el ser de otra galaxia al que finalmente se encuentra tras años de señales y de peripecias, para a la postre destruirlo porque no logra hacerse entender. En realidad, más que de una tregua se trata de un descanso, esos cómicos mudos en blanco y negro que se pegan hasta desplomarse y, tras una pausa, se levantan para emprenderla de nuevo a golpes. Nos amamos, eso es cierto, signifique lo que signifique, pero no nos amamos bien; para algunos es un talento, para otros solo una adicción. Me pregunto si venía gente aquí cuando él vivía.

Sin embargo, en este preciso instante no hay amor ni rabia, no hay resentimiento, es un aplazamiento, incluso del temor, como aguardar en la sala de espera del dentista. Pero no quiero que él muera. No siento nada, pero me concentro; me gustaría que existiese la versión que algunos tienen de Dios, ahora mismo, en el césped desierto de este castillo cuyo nombre ignoramos, en esta población extranjera en la que estamos porque para él los muertos son más reales que los vivos. A pesar de los errores, quiero que todo siga tal cual. Quiero aferrarme a ello.

Se sienta: ha oído voces. Dos niñas con cestas colgadas del brazo, como si fuesen de excursión o a jugar, han entrado en el recinto y se encaminan hacia el castillo. Nos miran con curiosidad y concluyen que somos inofensivos. «Vamos a jugar en la torre», propone una. Echan a correr y desaparecen tras los muros. Para ellas el castillo es algo tan corriente como un patio.

Él se levanta y se sacude la hierba. No hemos visitado la casa, pero aún tenemos tiempo. Encontramos el boquete del muro por el que hemos entrado, el sendero, la pendiente que conduce hasta el nivel del mar. El sol se ha desplazado, el verdor se adensa tras nosotros.

La casa está más lejos de lo que parecía desde el pueblo. Al llegar al final del camino proseguimos por la playa pedregosa. Hay bajamar. La enorme bahía se extiende hasta donde alcanza la vista, un uniforme llano fangoso sin más accidente que un río legamoso que discurre junto a nosotros. La parte seca se estrecha y desaparece, estamos más abajo de la línea de la marea, gateando por rocas resbaladizas de un marrón purpúreo o chapoteando por un fango denso, como crema cuajada. A nuestro alrededor se oye un extraño sonido penetrante: el del barro al secarse al sol. Hay gaviotas y el viento comba los macilentos juncos de los bajíos.

—¿Cómo demonios se las arreglaba para desplazarse? —pregunta él—. Imagina lo que debe de ser andar por aquí de noche y borracho.

—Debe de haber un buen camino por el otro lado —aventuro.

Al fin llegamos a la casa. Como todo lo demás aquí, tiene

un muro. Este ejerce de rompeolas de la marea alta. La casa propiamente dicha se alza sobre pilotes, está encajada en el acantilado, es de piedra pintada, con un porche de dos pisos, de barandillas altas y frágiles. Lleva muchos años deshabitada; una de las ventanas está rota y se han desprendido varios balaustres. El patio está lleno de maleza, aunque probablemente siempre lo estuvo. Me siento en lo alto del muro y balanceo las piernas mientras él va a echar un vistazo, mira las ventanas, el retrete, que es exterior y está abierto, el cobertizo que probablemente se utilizó para guardar una barca. No me apetece ver nada. Las tumbas están ocultas, el castillo tan ruinoso que es como un árbol o una piedra, pero la casa es demasiado reciente, en parte sigue viva. Si mirase por la ventana, vería una mesa con platos por retirar, una colilla recién apagada o una chaqueta acabada de colgar. O acaso un plato roto, pues por lo visto tenían acaloradas peleas. Ella nunca viene y comprendo por qué. Él no hubiera querido que estuviese aquí sola.

Él comprueba la resistencia de la barandilla del porche de arriba; trata de auparse a pulso, sujeto al barandal inferior.

—No lo hagas —le digo con tono cansino.

—¿Por qué no? Quiero ver el otro lado.

—Porque te caerás y no quiero tener que recogerte con una cucharilla de entre las rocas.

—Bobadas.

¿Cómo se las compuso ella? Desvío la mirada, no quiero verlo. Sería un gran esfuerzo tener que explicar a la policía qué hacía yo aquí, por qué le dio por encaramarse y cayó. Debería ser más considerado. Pero, por una vez, se lo piensa mejor.

Descubrimos otro camino, que discurre paralelo a la playa y enlaza con un sendero asfaltado junto a una pulcra casita habitada. ¿Nos habrán visto llegar? ¿Se preguntarán quiénes somos? La carretera que hay más allá está pavimentada. Un cartel con el nombre del poeta está sujeto con alambre a la valla de protección.

—De buena gana me llevaría ese cartel —dice.

Nos detenemos para ver la casa desde arriba. Una mujer mayor, con guantes y sombrero de fiesta campestre, habla con una pareja de ancianos. «Era muy reservado —les dice—. Nadie de por aquí llegó a conocerlo a fondo.» Y a continuación detalla las cantidades que se han llegado a ofrecer por la casa: los estadounidenses querían comprarla y trasladarla en barco, les cuenta, pero el pueblo no lo permitiría.

Nos dirigimos hacia nuestro alojamiento, y a mitad de camino nos sentamos en un banco a limpiarnos el barro de las botas, que se pega como el arrope. Me recuesto. No estoy segura de que pueda llegar a la casa, porque las reservas que mi cuerpo haya podido acumular están casi agotadas. Oigo con dificultad y me cuesta respirar.

Se inclina hacia mí para besarme, pero no quiero. No estoy tranquila, estoy irritada, me escuece la piel, pienso en casos clínicos: esposas abnegadas que se vuelven cleptómanas dos veces al mes; la madre que tiró a su bebé en la nieve, según el *Reader's Digest*, tenía un trastorno hormonal; el amor es pura química. Quiero que termine esta larga y abrasiva competencia por conseguir el papel de víctima; antes importaba que terminase bien, con elegancia, pero ahora no. Uno de los dos debería levantarse del banco, estrechar al otro la mano y marcharse, me da igual quién sea el último, prescindiríamos de las recriminaciones, la lista de cargos, la reivindicación de las pertenencias, tu llave, mi libro. Pero no será así, tendremos que trabajárnoslo, pese a lo tedioso y predeterminado que resulta. Lo que me contiene es una pasiva curiosidad. Es como una tragedia isabelina o una película de miedo. Sé quiénes morirán, pero no cómo. Tomo su mano y le acaricio suavemente el dorso; el fino vello se me antoja lija al rozarme la yema de los dedos.

Habíamos pensado cambiarnos de ropa y salir a cenar, son casi las seis, pero al llegar a la habitación solo tengo ánimos para quitarme las botas. Luego, sin desvestirme, repto hacia el enorme y chirriante lecho, más frío que las gachas y blando como una hamaca. Floto unos instantes en el ancho cielo bajo mis párpados, caída libre, hasta que el sueño asciende para fundirse conmigo como la tierra.

Me despierto en plena oscuridad. Recuerdo dónde estoy. Él está a mi lado, pero no parece estar bajo las mantas, sino envuelto en la colcha. Me levanto sigilosamente, voy a tientas hasta la ventana y abro un postigo de madera. Fuera está casi tan oscuro como dentro, no hay farolas, pero forzando mucho la vista logro ver la hora en mi reloj: son las dos de la madrugada. He dormido mis ocho horas y mi cuerpo cree que ha llegado el momento de desayunar. Reparo en que sigo vestida, me desnudo y vuelvo a la cama, pero mi estómago no está dispuesto a dejarme dormir. Titubeo, pero pienso que no voy a molestarlo demasiado y enciendo la lamparilla de noche. En el tocador hay una bolsa de papel arrugada; dentro hay una tarta galesa, un bizcocho blanco y suave con pasas. La compré ayer cerca de la estación de tren, tras preguntar en las panaderías atestadas de bollos ingleses y repostería francesa, tras vagar por las calles en una estúpida búsqueda de color local que casi nos hace perder el autocar. En realidad compré dos tartas. Ayer me comí la mía y esta es la suya, pero me da igual. La saco de la bolsa y la devoro.

Me veo extrañamente hinchada en el espejo, como si me hubiese ahogado, con cárdenas ojeras y desgreñada como una muñeca de segunda mano; una marca que parece una cicatriz surca en diagonal la mejilla del lado del que he dormido. Eso es lo que pasa. Calculo las semanas, los meses, que tardaré en recuperarme. Aire fresco, buena alimentación y mucho sol.

Tenemos muy poco tiempo y él sigue acostado, hecho un ovillo, no mueve un músculo. Pienso en despertarlo, quiero hacer el amor, quiero todo lo que quede, porque queda muy poco. Pienso en lo que hará cuando yo haya terminado y no lo puedo soportar; quizá debería matarlo, es una idea novelesca, muy melodramática. Pese a ello, miro alrededor de la habitación en busca de un instrumento contundente; no hay nada más que la lámpara de la mesita de noche, una grotesca ninfa de los bosques con tetas metálicas y una bombilla que emerge de su cabeza. No podría matar a nadie con eso. De modo que opto por cepillarme los dientes, preguntándome si descubrirá alguna vez lo cerca que ha estado de ser asesinado, resuelta —eso sí— a no plantar nunca más flores para él, a no volver nunca, y me deslizo entre los gélidos surcos y cráteres del lecho. Quisiera ver amanecer, pero el sueño me vence y me lo pierdo.

El desayuno, cuando al fin llega, resulta mediocre, pero decoroso, con mantel y servilletas de hilo remendado y servicio de plata, aunque abollada. Desayunamos en un desvencijado comedor de decoración recargada, con una enorme repisa de chimenea en la que no hay más que cockers spaniel de porcelana y fotos familiares coloreadas. Ya nos hemos cepillado los dientes y peinado, y estamos vestidos. Hablamos en voz baja.

El desayuno es el habitual: té y tostadas, huevos fritos con beicon y el inevitable tomate asado. Nos lo sirve otra mujer, también de pelo gris, pero con una permanente ondulada y los labios pintados de rojo. Desplegamos el mapa y trazamos el itinerario de regreso. Como es domingo y hasta después de la una no habrá coche de línea para ir a la estación de tren más cercana, quizá tengamos problemas para marcharnos.

A él no le gustan los huevos fritos y le han puesto dos. Me como uno y le digo que trocee el otro para que parezca que por lo menos lo ha tocado, solo por cortesía. Me está agradecido, sabe que lo cuido, posa un instante la mano sobre la mía; con la otra coge el tenedor. Nos contamos nuestros sueños: el suyo, de hombres con brazaletes y yo en una jaula hecha de huesos frágiles como astillas; el mío, de escapar en invierno a través de un sembrado.

En el último momento decido comerme su tomate asado y nos marchamos.

De nuevo en la habitación, hacemos el equipaje. O, mejor dicho, lo hago yo mientras él se queda echado en la cama.

—¿Qué vamos a hacer hasta que salga el autocar? —pregunta.

Levantarse tan temprano lo trastorna.

—Dar un paseo —propongo.

—Ya paseamos ayer.

Me doy la vuelta y veo que me tiende los brazos, quiere que me eche a su lado. Lo hago y me da un beso superficial, a modo de prólogo, y empieza a desabrocharme los botones. Utiliza solo la mano izquierda, tiene la derecha debajo de mí. No se apaña. Me levanto y me quito a regañadientes la ropa que acabo de ponerme. Toca sexo; anoche se lo saltó.

Me coge y me tira sobre las sábanas revueltas. Me pongo

tensa. Se echa encima de mí con la urgencia utilitaria de quien corre para no perder el tren, pero es más que eso, es diferente, me muerde la boca, esta vez me hará sangrar si sigue apretando. Lo atraigo hacia mí para que me penetre, pero por primera vez siento que es solo carne, solo un cuerpo, una hermosa máquina, un cadáver animado, que ya no lo alberga; lo deseo muchísimo y no está. Los muelles del colchón gimen.

—Lo siento —dice.

—No importa.

—No, joder, de verdad que lo siento. No me gusta que sea así.

—No importa —repito.

Contemporizo, distanciándolo. Está de nuevo en la casa desierta, de nuevo echado en la hierba, de nuevo en el cementerio, de pie al sol mirando hacia abajo, pensando en su propia muerte.

—Será mejor que nos levantemos —digo—. Puede que quieran hacer ya la habitación.

Estamos aguardando el autocar. En la tienda me engañaron, porque sí hay un hotel. Ahora lo veo, está justo a la vuelta de la esquina. Ya hemos tenido nuestra discusión, nuestra riña, nuestra pelea, con la que ya contábamos. Ha sido rutinaria, casi insignificante, sin más importancia que el hecho de que es la última. Carga con el peso de todas las demás. Cosas más gordas nos hemos dicho, y nos las perdonamos solo en apariencia. De haber dos autocares, nos separaríamos ya. Pero, como no es así, aguardamos juntos, a prudente distancia.

Nos queda otra media hora. «Vayamos a la playa —digo—. Desde allí veremos llegar el autocar. Primero tiene que pasar por el otro lado.» Cruzo la carretera y él me sigue a escasa distancia.

Hay un muro bajo; me encaramo y me siento. Está erizado de láminas de piedra quebrada, probablemente es pedernal, y de conchas descoloridas del tamaño de una uña. Sé exactamente qué son porque las vi en el museo hace dos días. Él se recuesta en el muro cerca de mí, mordisqueando un cigarrillo. Decimos lo que tenemos que decir en tono pausado, familiar, hablamos de cómo regresaremos, de los trenes que podemos coger. No creía que se produjese tan pronto.

Al cabo de un rato mira el reloj y se aleja de mí, hacia el mar, sus botas crujen sobre las conchas y los guijarros. Al llegar al cañaveral de la orilla se detiene, de espaldas a mí, una rodilla ligeramente doblada. Se sujeta los hombros, envuelto en su ropa como en una capa, se desata la tormenta, su capa se agita, las gruesas botas de piel brotan piernas arriba, empuña una espada y presenta armas. Echa la cabeza hacia atrás, coraje, los afrontará en solitario. Relampaguea. Adelante.

Ojalá pudiese yo hacerlo tan rápidamente. Me siento tranquila, no demasiado segura de haber sobrevivido, las palabras que nos hemos arrojado mutuamente yacen esparcidas en fragmentos a mi alrededor, solidificadas. Es la pausa previa al fin del mundo; ¿cómo se comporta uno? El hombre que dijo que seguiría cuidando su huerto, ¿tiene eso algún sentido para mí? Lo tendría si solo fuese un pequeño fin, el mío. Pero no estamos más condenados que cualquier otra cosa, ya muerta, de un momento a otro se evaporará la bahía, las lomas de tierra adentro volarán por los aires y el espacio que media se plegará y se esfumará. En el cementerio las tumbas se abrirán para dejar al descubierto los cráneos abombados, su cruz de madera arderá como un fósforo, su casa se desmoronará, cartón y madera, no más lenguaje. Él se revelará en pie, la historia se alejará de él uniformemente acelerada, las versiones de él que me forjé y utilicé quedarán reducidas a lo que en realidad es durante un postrer instante, antes de que se inflame y desaparezca. Sin duda deberíamos abrazarnos, absolviéndonos, arrepintiéndonos, despidiéndonos el uno del otro, de todo, puesto que nunca volveremos a encontrarlo.

Por encima de nosotros las gaviotas evolucionan, planean, llorando como cachorrillos que se ahogaran o ángeles desconsolados. Tienen negro el contorno de los ojos; son de una nueva variedad, nunca las había visto. Baja la marea. El fresco y mojado légamo resplandece al sol, millas adentro, un liso campo de cristal inmaculado, oro puro. Su silueta se recorta en él: una forma oscura, sin rostro, la luz prendida al nimbo de su pelo.

Me aparto y me miro las manos. Están cubiertas de polvo grisáceo. He estado excavando entre las conchas, recogiendolas. Alineo unas cuantas, formo un cuadrado, cada concha blanca montada sobre la contigua. En el recuadro hinco los fragmentos de pedernal en hileras ordenadas, como dientes, como flores.

Joyería capilar

Tiene que haber una manera de enfocarlo, un método, una técnica, esa es la palabra que necesito (mata los gérmenes). Dejémoslo en una técnica, en una manera de pensar acerca de ello, incruenta y, por lo tanto, indolora; fervor evocado con sosiego. Trato de conjurar una imagen de mí misma en aquellos momentos y también de ti, pero es como conjurar a los muertos. ¿Cómo sé que no somos ambos una invención mía? Y si no es una invención, entonces es realmente como conjurar a los muertos, un juego peligroso. ¿Por qué habría yo de perturbar a esos durmientes, sonámbulos, mientras hacen sus rondas como autómatas por las calles en las que un día vivimos, desvaneciéndose año tras año, sus voces extinguiéndose hasta ser el sonido de un pulgar pasado por una ventana mojada: el zumbido de un insecto, transparente como el cristal, sin palabras? Con los muertos nunca se sabe si son ellos quienes desean resucitar o si son los vivos quienes quieren que resuciten. La explicación habitual es que tienen algo que decirnos. No estoy muy segura de que sea así, pues en tal caso, lo más probable es que fuera yo quien tuviese algo que decirles.

Tened cuidado, deseo escribir, existe un futuro. La mano de Dios en la pared del templo, clara e inevitable en la nieve recién caída, justo delante de ellos por donde caminan —lo imagino en diciembre— a lo largo de la acera de ladrillo, ciudad de pútridas dignidades; ella con sus vacilantes tacones altos, mojándose los pies por pura vanidad. Las botas eran feas en aquel entonces, pesadas e informes patas de rinoceronte, con bastos cordones (botas de batalla las llamaban); o con los bordes forrados como las de las viejas o como las pantuflas; y aquellas otras botas de lluvia, de plástico y en forma de cuña, que llamaban katiuskas, que amarilleaban enseguida y se les incrustaba el barro por dentro; parecían dientes enterrados.

Esta es mi técnica, resucito a través de la ropa. Tanto es así que me resulta imposible recordar lo que hice, lo que me sucedió, a menos que recuerde lo que llevaba puesto. Siempre que desecho un suéter o un vestido, desecho parte de mi vida. Me desprendo de identidades como las serpientes de su piel, dejándolas descoloridas y arrugadas, una tras otra como un reguero, y para cualquier cosa que quiera recordar he de recoger, uno a uno, esos fragmentos de algodón o de lana, logrando al fin hacerme un yo con mis retales, que no me protegen en absoluto del frío. Me concentro, y esta particular alma perdida se alza miasmática del ropero pro inválidos del aparcamiento Loblaws del centro de Toronto, donde al fin abandoné aquella prenda.

Era un abrigo negro, de buena calidad —entonces importaba la buena calidad, y las revistas femeninas publicaban artículos acerca del ropero básico, del correcto planchado y de cómo quitarle las manchas a una prenda de pelo de camello—, pero me venía demasiado grande; las bocamangas me llegaban a los nudillos y el bajo al borde de las katiuskas, que tampoco eran de mi número. Lo compré con la idea de reformármelo, pero no llegué a hacerlo. Con casi toda mi ropa me ocurría lo mismo, todo me venía grande, acaso porque creía que si llevaba prendas muy holgadas formarían una especie de tienda a mi alrededor y sería menos visible. Pero era al revés: debía de llamar la atención más que la mayoría al surcar las calles con mi hinchado sudario negro de lana, con la cabeza vendada, creo que con una bufanda a cuadros de angorina, también de buena calidad. El caso es que llevaba la cabeza vendada.

Compraba estas prendas cuando podía —porque debes recordar que yo, al igual que tú, era pobre, lo que, por lo menos en parte, justifica nuestra desesperación— en el sótano de Filene, donde saldaban la ropa de buena calidad que no lograban vender en las distinguidas plantas superiores. A veces había que probárselas en los pasillos, porque escaseaban los probadores, y la bodega (pues eso es lo que era en realidad) de techo bajo, mal iluminado, con el ambiente viciado de olor a ansiosas axilas y a pies castigados, se atestaba en los días de rebajas con mujeres forcejeantes que, en bragas y sostenes, se embutían en modelos de alta costura rasgados y sucios, al son de trabajosas respiraciones y del siseo de centenares de cremalleras. La caza de saldos a que se entregan las mujeres, su voracidad, su historia, suele provocar risa, pero lo del sótano de Filene era trágico. Allí no iba nadie que no aspirase a un cambio de imagen, a una transformación, a una nueva vida, pero nada acababa nunca de sentar bien.

Bajo el abrigo negro llevo una gruesa falda de lana de color gris, y un suéter marrón con un agujerito que apenas se ve, y al que le tengo aprecio porque me lo hiciste con el cigarrillo. Debajo del suéter llevo combinación (demasiado larga) y sostenes (que me vienen pequeños), unos panties con rosas estampadas, también del sótano de Filene, que me costaron solo veinticinco centavos (por un dólar te daban cinco pares) y un par de medias de nailon sujetadas con un liguero que, como me viene grande, se me desliza por la cintura y hace que las costuras parezcan las curvas franjas de los postes que anuncian las peluquerías de caballeros. Llevo una maleta demasiado pesada (nadie llevaba entonces mochilas salvo para los campamentos de verano) y que contiene un recambio de prendas, igualmente pesadas y holgadas, seis novelas góticas del siglo XIX y un paquete de cuartillas. En la otra mano, haciendo contrapeso a la maleta, llevo mi máquina de escribir portátil y mi bolso del sótano de Filene, gigantesco, de fondo insondable como la tumba. Estamos en febrero, el viento me levanta el bajo del abrigo hacia atrás, mis katiuskas resbalan en el hielo de la acera. Al pasar, veo en el escaparate de una tienda a una mujer fornida, coloradota y tapada hasta los ojos. Estoy perdidamente enamorada y voy a la estación de tren para escapar.

De haber sido rica habría ido al aeropuerto. Habría ido a California, a Argel, a algún lugar seductor, desconocido y, sobre todo, cálido. Pero como no soy rica, solo podía pagarme un billete de ida y vuelta a Salem y una estancia de tres días. Porque, aparte de Salem, el único sitio accesible e interesante era Walden Pond, que no resultaba muy atractivo en invierno. Ya me había justificado el viaje ante mí misma: sería más formativo ir a Salem que a Argel, porque, teóricamente, estaba haciendo un trabajo sobre Nathaniel Hawthorne (lo llamaban «hacer un trabajo» y lo siguen llamando así). Podría impregnarme del ambiente. Puede que de aquella experiencia, que no me seducía, resultase el trabajo académico requerido para mi supervivencia como erudita, que brotaría como un desmedrado diente de león de una grieta en la acera. Cruzar aquellas deprimentes calles, aquella melancolía puritana, impregnada de la húmeda brisa del mar que soplaba en febrero, sería como zambullirse en agua fría, apremiando a mis críticas facultades, a mi talento para trocear las palabras y elaborar plausibles notas a pie de página, que, por lo pronto, ya me había valido el recurso de la beca con la que subsistía. Pero estas habilidades llevaban dos meses paralizadas por un amor no correspondido. Pensé que alejarme unos días de ti me permitiría reflexionar. Mas, a tenor de mi posterior experiencia, esto no sirve de nada.

En aquella época de mi vida, el amor no correspondido era la única clase de amor que yo parecía capaz de sentir. Esto me causaba un gran dolor. Pero, con mi actual perspectiva, comprendo que tenía sus ventajas. Proporcionaba todos los sobresaltos emocionales de la otra clase de amor, sin implicar ninguno de sus riesgos. No interfería en mi vida, que, aunque magra, era mía y predecible, y no me obligaba a tomar decisiones. En el mundo de las duras realidades materiales, el amor no correspondido podía exigirme quitarme mis inadecuadas prendas (en la oscuridad o en el cuarto de baño, a ser posible; porque ninguna mujer quiere que un hombre le vea los imperdibles), pero dejaba incólumes sus contrapartidas metafísicas. Por entonces yo creía en la metafísica. La versión platónica que tenía de mí misma semejaba una momia egipcia, un objeto misteriosamente envuelto que, aunque no forzosamente, podía desmenuzarse y quedar reducido a polvo al desenvolverse. Pero el amor no correspondido no exigía el desnudo.

Si, como ha ocurrido varias veces, mi amor era correspondido, si se convertía en una cuestión de futuro, de adoptar una decisión que inevitablemente condujese a escuchar el zumbido de la maquinilla de afeitar del amado, mientras una porfiaba por desprender yema de huevo helada de su plato del desayuno, el pánico se apoderaba de mí. Mis investigaciones académicas me han familiarizado con el momento en que al más íntimo amigo, al compañero en quien mayor confianza se ha depositado, le crecen colmillos o se convierte en un murciélago. Ese momento era de esperar y no me inspiraba excesivo terror. Mucho más desconcertante me resultaba ese otro momento en el que se me cayese la venda de los ojos, y mi amor de entonces no se me revelase como un semidiós o un monstruo, impersonal e irresistible, sino como un ser humano. Lo que Psique vio con la vela no fue un dios alado, sino un joven con pecho de palomo y espinillas, y esa fue la razón de que ella tardase tanto en hallar el camino que conducía al verdadero amor. Es más fácil amar a un demonio que a un hombre, aunque sea menos heroico.

Tú eras, desde luego, el objeto perfecto. No se agazapaban banales sombras de cortacéspedes ni de bungalows en tus ojos melancólicos, opacos como mármol negro, recónditos como urnas. Tosías como Roderick Usher, y estabas, a tus propios ojos, y por lo tanto a los míos, condenado e inquieto como Drácula. ¿Por qué resultan tan irresistibles para las jóvenes la melancolía y cierto sentido de futilidad? Observo este síndrome entre mis alumnas: esos febriles jóvenes que se tumban en las alfombras, que tan consideradamente les ha proporcionado esta docta institución, desaseados y desastrados, como víctimas de los gusanos de los anzuelos, cada uno con una chica a remolque, que lo invita a tabaco y a café y que, a cambio, recibe sus arrebatos de malhumor, sus condenas del mundo y sus burlas dirigidas a ella en particular, por cómo viste, por su sala de estar equipada con dos televisores propiedad de sus padres, que, en realidad, pueden ser idénticos a los suyos; burlas de sus amigos, de lo que lee y de lo que piensa. Pero… ¿cómo lo soportan? Quizá eso haga que, por contraste, se sientan más saludables y vivificantes; o acaso tales hombres sean sus espejismos, que reflejen un dolor y un desgarro que albergan, pero que temen reconocer.

Nuestro caso solo era diferente en apariencia. Estoy segura de que la desesperación era idéntica. Terminé en el mundo académico porque no quise ser secretaria. O, dicho de otro modo: porque no quería tener que comprar siempre mi ropa de calidad en el sótano de Filene; y tú, porque no querías que te movilizasen, y en aquellos tiempos el recurso de la universidad aún funcionaba. Ambos éramos de pequeñas e insignificantes ciudades, cuyos miembros del Rotary Club, sin percatarse de nuestra verdadera situación, creían que sus exiguas becas nos iban a ayudar a seguir arcanas pero relumbronas carreras, con las que de un modo vago prestigiásemos a la comunidad. Pero ninguno de los dos quería ser erudito profesional, y los auténticos, algunos de los cuales llevaban el pelo cortado a cepillo y la cartera de la eficiencia, con aspecto de jóvenes ejecutivos de empresas del calzado, nos insuflaban un airoso desaliento. En lugar de «hacer trabajos», nos dedicábamos a beber cerveza de barril en los restaurantes alemanes más baratos, ridiculizando la pomposidad de nuestros seminarios y el amaneramiento intelectual de nuestros condiscípulos. O vagábamos entre las estanterías de la biblioteca, a la caza de recónditos títulos de los que probablemente nadie había oído hablar, para poderlos citar en el siguiente debate literario con el reverencial tono que pronto aprendía a dominar todo futuro jefe de departamento, y refocilarnos con las oleadas de desaliento que bañaban los ojos de nuestros condiscípulos. A veces nos colábamos en el departamento de música, elegíamos un piano libre y cantábamos celebradas y sensibleras melodías victorianas o vibrantes estribillos de Gilbert and Sullivan, o una lacrimógena balada de Edward Lear, de la que aquel año nos habíamos visto obligados a extraer los símbolos freudianos (yo la asociaba a una falda de pana que me hice, con la costura grapada en varios puntos porque me faltó energía moral para coserla).

En la costa de Coromandel,
donde brotan las calabazas tempranas;
en el corazón del bosque
vivía el Yonghy-Bonghy-Bo...

Dos viejas sillas, media vela
y una vieja jarra sin asa,
esos eran todos sus bienes terrenales
en el corazón del bosque...

La mutilada vela y la jarra rota provocaron un pitorreo considerable en el seminario, aunque para nosotros ambas imágenes tenían un irresistible patetismo. La situación en Coromandel, su penuria y desesperanza, parecía una glosa demasiado acertada acerca de la nuestra.

Creo que nuestro problema radicaba en que ni el mundo

que nos rodeaba ni nuestro futuro contenía ninguna imagen de lo que concebiblemente pudiésemos llegar a ser. Estábamos varados en el presente como en un atascado y, por lo demás, vacío vagón de metro; y en este aislamiento nos aferrábamos de mal humor a nuestras respectivas sombras. Este era por lo menos mi análisis, mientras llevaba mi maleta a través del gélido crepúsculo hacia el único hotel de Salem que estaba abierto, según me dijo el conductor. No acabé de verlo con nitidez, pero creo que la estación de tren estaba condensada y oscura, iluminada por una macilenta luz anaranjada, como las estaciones del metro de Boston, y también desprendía un débil olor a desinfectante, infructuosamente aplicado a una capa de orina seca, tan vieja que casi parecía respetable. No me recordaba a los puritanos ni a las brujas, ni siquiera a los cebados armadores, sino a los desnutridos obreros del textil, con problemas pulmonares, de la siguiente generación.

El hotel también olía a abandono y decadencia. Lo estaban repintando, y las lonas y escaleras de mano de los pintores casi bloqueaban los pasillos. Seguía abierto solo porque había que hacer las reformas. De lo contrario, me dijo el recepcionista, que parecía ser también el botones, el director y, posiblemente, el propietario, lo habría cerrado y se habría marchado a Florida. «La gente solo viene aquí en verano —dijo—, a ver la Casa de los Siete Tejados y todo eso.» No le hacía la menor gracia que yo estuviese allí, sobre todo por no darle una explicación satisfactoria. Le dije que había ido a ver las lápidas, pero no me creyó. Mientras me llevaba la maleta y la máquina de escribir hacia el ventoso cuchitril en el que se disponía a depositarme, no dejaba de volver la cabeza, como si diera por sentado que detrás de mí tenía que venir un hombre. Porque él sabía perfectamente que el sexo ilícito era la única razón concebible para que uno fuese a Salem en febrero. Y tenía razón, desde luego.

La cama era tan estrecha y dura como una losa de sepultura, y no tardé en descubrir que, pese a que soplaba una cortante brisa a través de la ventana cerrada, la dirección se hacía cargo y había decidido compensar a los clientes por ello: cada violenta oleada de calefacción central era anunciada a martillazos y golpes de gong a través del radiador.

Entre mis ataques de sueño pensaba en ti, ensayando nuestro futuro, que sabía que sería breve. Naturalmente nos acostaríamos, aunque sobre este asunto aún no se hubiese hablado. En aquellos tiempos, como recordarás, primero había que hablarlo, y hasta la fecha no habíamos pasado de furtivos magreos en exteriores y de un momento en el que, bajo la luna llena, en una de esas calles desiertas flanqueadas por edificios de ladrillo, me echaste mano al cuello y me dijiste que eras el estrangulador de Boston. Una broma que para alguien de mis gustos literarios equivalía a una seducción. Pero, si bien el sexo era un ritual necesario e incluso deseable, a mí me preocupaba menos que nuestra despedida, que imaginaba triste, tierna, inevitable y definitiva. La ensayé en todos los emplazamientos imaginables: portales, embarcaderos, estaciones de tren y de metro, aeropuertos y bancos de parques. No nos diríamos gran cosa, nos miraríamos y lo sabríamos (aunque no estaba segura de qué sabríamos exactamente). Luego doblarías una esquina y te perderías para siempre. Yo llevaría una trinchera, que aún no me he comprado, aunque ya sé cómo la quiero (la vi en el sótano de Filene el otoño pasado). La escena del banco del parque (la imagino en primavera, para que sirva de contraste a nuestro estado de ánimo) resultaba tan conmovedora que lloré. Aunque, como me horrorizaba que me oyesen, por más vacío que estuviese el hotel, acompasaba mis sollozos a los clamores del radiador. La futilidad es muy atractiva para los jóvenes y yo aún no había agotado sus posibilidades.

A la mañana siguiente estaba cansada de cavilar y de llorar a moco tendido. Decidí buscar la tumba más abandonada, que podía proporcionarme una pintoresca lápida con epitafio del siglo XVII, útil para mi trabajo sobre Hawthorne. En el vestíbulo los obreros continuaban con sus martillazos y brochazos, y me siguieron con la mirada por el pasillo como sapos en un estanque. El recepcionista se desprendió de mala gana de un folleto turístico, editado por la Cámara de Comercio, que incluía un mapa y una breve lista de lugares de interés.

No había nadie por las calles, y muy pocos coches. Las casas, recubiertas de una capa de hollín, con la pintura desconchada por el aire salobre, parecían desiertas, aunque en algunas de las ventanas delanteras, tras las agrisadas cortinas de blonda, veía el sombreado perfil de una cara. El cielo estaba ceñudo y gris, como la borra de un colchón, y soplaba un fuerte viento. Me deslizaba por las aceras como mis botas resbaladizas, con un viento de cola que hinchaba mi abrigo negro y me propulsaba a considerable velocidad, hasta que doblé una esquina y el viento dejó de achucharme. Al poco rato abandoné la idea del cementerio.

En lugar de ir allí, entré en un pequeño restaurante. Aún no había desayunado (en el hotel se habían desentendido del asunto) y necesitaba comer, y pensar en lo que haría después. Pedí un sándwich de huevo duro y un vaso de leche, y estudié el folleto. La camarera y el dueño, que eran los únicos que estaban entonces en el local, se retiraron hacia el fondo y se quedaron allí con los brazos cruzados, mirándome recelosamente mientras yo comía, como si temieran verme dar un salto y realizar algún acto necromántico con el cuchillo de la mantequilla. La Casa de los Siete Tejados estaba cerrada durante el invierno. En realidad, nada tenía que ver con Hawthorne. No era más que una vieja casa que se libró de la piqueta. La gente pagaba por verla porque llevaba el nombre de una novela de Hawthorne. Ni rastro del auténtico sudor del autor en las barandillas. Creo que fue en ese momento cuando empecé a mostrarme cínica acerca de la literatura.

Según la Cámara de Comercio, solo había otro lugar de interés: la biblioteca, que a diferencia de todo lo demás estaba abierta en febrero, y por lo visto gozaba de fama mundial por su colección de genealogías. Lo último que me apetecía era visitar la biblioteca. Pero regresar al hotel, con su ruido y sus olores químicos, estaba descartado, y no podía quedarme todo el día en el restaurante.

En la biblioteca no había más que un hombre, de mediana edad y con sombrero de fieltro, que husmeaba por las hileras de genealogías, con el obvio talante de querer matar el tiempo. Sentada ante una mesa esquinada, una funcionaria con moño y cara de pocos amigos hacía un crucigrama. La biblioteca era también una especie de museo. Había mascarones, doncellas de ojos rígidos, hombres de madera, peces y leones adornados, de desgastado oropel. Y, en unas vitrinas, una colección de joyería capilar victoriana; broches y anillos, con sendos relicarios de cristal con muestras de pelo trenzado; flores, iniciales, guirnaldas o sauces llorones. Los más elaborados estaban hechos con cabellos de diferentes colores. Aunque originariamente debieron de ser lustrosos, los mechones habían envejecido y tenían una textura similar a la de cualquiera de esos materiales que se encuentran bajo el cojín de una silla. Me sorprendió que John Donne se hubiese equivocado al referirse a una coronita de lustroso pelo en la calavera. Una tarjeta escrita a mano explicaba que muchas de aquellas piezas eran joyas funerarias, pensadas para distribuirlas entre los asistentes a los funerales.

—¿Les cortaban el pelo antes o después? —le pregunté a la bibliotecaria, que alzó la vista con cara de no tener ni idea de lo que le preguntaba—. Antes o después de que muriese la persona —insistí con intención aclaratoria.

Me parecía un poco duro que lo hiciesen antes. Y si lo hacían después, ¿cómo tenían tiempo para tejer todos esos sauces antes del funeral? ¿Y por qué iban a querer hacerlo? No podía imaginarme con uno de esos pesados broches colgado del cuello, como un cojín metálico, relleno de un mechón, cada vez más mortecino, de trenzados cabellos de un ser querido. Sería como una mano disecada. Sería como una soga.

—No lo sé, desde luego —dijo ella, malhumorada—. Es una exposición itinerante.

El hombre del sombrero de fieltro me aguardaba frente a la puerta y me propuso tomar una copa juntos. Debía de alojarse en el hotel.

—No, gracias —le dije—. Estoy con una persona —añadí, para apaciguarlo.

Las mujeres siempre se sienten impulsadas a apaciguar a los hombres que tratan de ligárselas, al rechazarlos. Pero como he dicho, era consciente de no haber venido aquí para alejarme de ti, como creí en principio, sino para estar contigo, de un modo más pleno que si estuvieses aquí en persona. Porque en persona tu ironía era impenetrable y, en cambio, sola podía revolcarme a gusto en la condenación romántica. Nunca he entendido por qué la gente considera la juventud una época de libertad y alegría. Probablemente se debe a que ha olvidado la propia. Rodeada ahora de lastimeros jóvenes, solo puedo sentir gratitud por haber escapado, espero que para siempre (pues ya no creo en la reencarnación), de la insoportable esclavitud de tener veintiún años.

Te dije que estaría fuera tres días, pero la fantasía en estado puro era demasiado para mí. Salem era un vacío y tú te recreías para llenarlo. Sé de quién era el pelo que estaba en el voluminoso *memento mori*, de oro y negro, de la segunda hilera de broches. Sé a quién oí en la desocupada habitación contigua del hotel, respirando casi inaudiblemente entre los espasmos del radiador. Por suerte había un tren por la tarde. Lo cogí y regresé volando al presente.

Te llamé desde la estación de Boston. Aceptaste mi adelantado retorno con tu habitual fatalismo, sin exteriorizar alegría ni sorpresa. En principio, tenías que estar trabajando sobre la ambigüedad de «Locksley Hall», de Tennyson, que según me comentaste era incuestionable. La ambigüedad era muy grande en aquella época. En lugar de seguir con el trabajo, salimos a pasear. La temperatura era más suave y la nieve se convertía en papilla. Llegamos hasta el río Charles, hicimos bolas de nieve y las lanzamos al agua. Después esculpimos una húmeda estatua de la reina Victoria; prominentes pechos, monumental polisón y nariz ganchuda incluidos. Luego la demolimos lanzándole bolas de nieve y témpanos de hielo, con intermitentes risotadas, que entonces consideré un abandono liberador y que ahora reconozco como histeria.

Y... a ver, a ver... ¿Qué llevaba puesto? El abrigo, por supuesto, y una falda distinta, escocesa, de un repulsivo color verdoso, y el mismo suéter con el agujero de la quemadura de cigarrillo. Nos deslizamos por el semihelado barrillo de la orilla del río, con nuestras ateridas manos entrelazadas. Anochecía y el frío arreciaba. De vez en cuando nos deteníamos, dábamos saltitos y nos besábamos para entrar en calor. En la grasienta superficie del Charles se reflejaban, como brillantes espejismos, las torres y campanarios desde donde los desesperados del examen de la primavera se lanzarían después, como hacían todos los años. En sus fangosas profundidades flotaban los suicidas literarios, Faulkner entre ellos, incrustados de cristalinas palabras y brillantes como ojos. Pero nosotros éramos implacables y nos burlábamos de ellos, en inarmónico dúo:

> *Dos viejas sillas, y media vela,*
> *una vieja jarra sin asa...*

Por una vez te echaste a reír. Renuncié a mi elaborado guión, al final que había planeado para nosotros. El futuro se nos mostraba como una vista panorámica, prometedor y peligroso. Cualquier dirección era posible. Me sentía como si caminase por el pretil de un alto puente. Nos parecía —o por lo menos a mí me lo pareció— que en realidad éramos felices.

Como ya hacía demasiado frío para nosotros y empezaste a estornudar, fuimos a uno de los restaurantes baratos en el que, según decían, se podía subsistir sin un centavo a base de engullir el contenido de los sobrecitos de ketchup, aliño y azúcar, y beberse la leche de las jarritas cuando nadie miraba. Allí debatimos la conveniencia de acostarnos, de los pros y los contras y, poco después, de los modos y maneras. No era algo que se hiciese a la ligera, sobre todo por parte de las estudiantes, a las que se suponía monjiles, aplicadas y ajenas a la carnalidad. No es que en aquellos monásticos entornos tuviesen muchas probabilidades de ser otra cosa, ya que los estudiantes, en su gran mayoría, solían ir a la ópera juntos en pequeños grupos, y celebrar guateques a los que solo se invitaban entre sí. Ambos vivíamos en sendos colegios mayores; ambos compartíamos la habitación con quien siempre estaba en ella, mordiéndose las uñas y redactando bibliografías. Ni él ni yo teníamos coche, y estábamos seguros de que en los hoteles locales nos rechazarían. Tendría que ser en otro lugar. De modo que optamos por que fuera en Nueva York, durante las vacaciones de Semana Santa.

La víspera del viaje fui al sótano de Filene y, tras mucho cavilar, compré un picardía de nailon rojo, de una talla más grande que la mía y con un tirante suelto, pero que podía volverse a coser fácilmente. Miré y remiré uno muy floreado, a lo Carmen, pero solo podía ponerme uno al mismo tiempo y necesitaría el dinero para otras cosas. El Viernes Santo cogí el autocar a Nueva York. Tú te marchaste dos días antes y yo me quedé a terminar un trabajo atrasado sobre *El italiano*, de Ann Radcliffe. Tenías pendientes tres, pero por lo visto ya no te importaba. Te habías estado duchando continuamente, con el consiguiente enojo de tu compañero de habitación.

También habías tenido muchas pesadillas en las que, si no recuerdo mal, veías elefantes, cocodrilos y otros animales grandes, que bajaban laderas de colinas en silla de ruedas, y gente crucificada e incinerada. Yo veía estas cosas como prueba de tu sensibilidad.

El plan consistía en que te alojases en el apartamento de una de tus amistades (que erais paisanos, me dijiste), y yo en un hotel. Confiábamos en que esto disipase cualquier sospecha. Y, además, no sería tan caro.

Yo aún no había estado nunca en Nueva York y no estaba preparada para ello. Al principio, me aturdió. Estaba en Port Authority, con mi largo abrigo negro, mi pesada maleta y mi enorme bolso de insondable fondo, buscando una cabina telefónica. El gentío se me antojaba una manifestación política, aunque todavía no había visto ninguna. Las mujeres se empujaban y se insultaban como si de eslóganes políticos se tratase, seguidas de una pegajosa chiquillería. Había una hilera de desastrados viejos en los bancos y el suelo estaba lleno de pegotes de chicle, envoltorios de caramelos y colillas. No estoy segura, pero creo que había máquinas «del millón»; ¿es posible? Lamenté no haberte pedido que fueses a esperarme a la estación de autocares, pero tales atenciones no formaban parte de nuestro acuerdo.

Al enfilar hacia lo que supuse que era la salida, un negro agarró mi maleta por el asa y empezó a tirar. Tenía una sangrante herida en la frente y sus ojos expresaban tal desesperación que estuve a punto de soltar la maleta. Al cabo de un momento, comprendí que no quería robármela; solo pretendía llevármela hasta un taxi.

—No, gracias —le dije—. No tengo dinero.

Él le dirigió una desdeñosa mirada a mi abrigo, que al fin y al cabo era de buena calidad, y siguió sin soltar la maleta, hasta que di un tirón más enérgico. Me llamó algo que no entendí. Eran palabras que aún no se habían convertido en moneda corriente.

Sabía la dirección del hotel, pero no cómo llegar allí, y empecé a caminar. Lucía el sol y sudaba, por el peso y por el calor. Al fin encontré una cabina telefónica, pero habían desventrado el teléfono, que no era sino una maraña de cables. La siguiente cabina que encontré estaba intacta, pero nadie respondió a mi llamada. Me extrañó, porque te había dicho a qué hora llegaría.

Me recosté en la puerta de la cabina, tratando de no dejarme dominar por el pánico. Nueva York estaba diseñada como una rejilla. Con solo mirar los letreros de las calles y contar, podías deducir dónde se encontraba el hotel. No quería preguntar: las expresiones de exasperación o de explícito rencor social me ponían nerviosa (ya me había cruzado con varias personas que hablaban solas y a voces). Nueva York, al igual que Salem, parecía una población en ruinas. Un rico podía considerarlo una positiva renovación urbana, pero los edificios troceados y los agujeros en las aceras no me infundían precisamente confianza.

Me dispuse a acarrear la maleta hasta el hotel, parándome

en cada cabina para marcar tu número. En una de las cabinas olvidé tu libro, *La educación de Henry Adams*. Tanto mejor, porque era lo único tuyo que tenía, y habría sido desafortunado conservarlo.

El recepcionista me miró casi con el mismo recelo que el de Salem. Yo había atribuido tal desconfianza a xenofobia provinciana, pero ahora caí en que podía deberse a mi indumentaria. Con los puños del abrigo hasta los nudillos, no tenía aspecto de ser titular de una tarjeta de crédito.

Me senté en mi habitación, muy parecida a la de Salem, preguntándome qué te habría ocurrido, dónde podías estar. Llamé cada media hora. No podía hacer gran cosa mientras aguardaba. Saqué de la maleta el picardía rojo del tirante suelto, pero entonces vi que había olvidado la aguja y el hilo para coserlo. Y no llevaba ningún imperdible. Quería tomar un baño, pero la cerradura estaba estropeada y no cerraba, y aunque había echado la cadena no quería correr riesgos. Ni siquiera me quité el abrigo. Empecé a pensar que me habías dado el número equivocado o, peor aún, que eras una invención mía.

Finalmente, a las siete, alguien contestó al teléfono que me habías dado. Era una mujer. Al preguntar por ti, se echó a reír de un modo nada agradable.

—Eh, agorero —le oí decir—, es una tía que quiere hablar contigo.

Y al ponerte, tu voz sonó más distante de lo usual.

—¿Dónde estás? —te dije, procurando no parecer una

esposa regañona—. Llevo tratando de localizarte desde las dos y media.

—Es mi amiga —me dijiste—. Se ha tomado un frasco entero de somníferos esta mañana. No podía dejarla.

—Oh —exclamé, porque había supuesto que se trataba de un paisano y no de una paisana—. ¿Y no podías haberla llevado a un hospital?

—Aquí no se lleva a la gente a los hospitales, a menos que no haya más remedio.

—¿Y por qué lo ha hecho?

—¡Yo qué sé! —contestaste, en un tono que insinuaba que estabas contrariado por verte involucrado, aunque fuese de lejos—. Para matar el tiempo, supongo.

Oí una voz de fondo que venía a decir: «¡Serás mierda!».

Se me helaron las suelas de los zapatos y se me quedaron las piernas entumecidas. Acababa de comprender que no era solo una amiga, como me dijiste. Había sido tu amante, y seguía siéndolo. Lo había hecho en serio; se tomó las pastillas al descubrir que yo llegaba. Había tratado de retenerte. Y, sin embargo, anotabas con todo tu aplomo el número de habitación y de teléfono que yo te daba con el mismo aplomo. Quedamos en vernos al día siguiente, y pasé la noche echada en la cama, con el abrigo puesto.

Como es natural, no viniste, y estuve a punto de telefonearte en dos ocasiones. Ni siquiera regresaste a Boston. En mayo recibí una críptica nota tuya en una postal del paseo de Atlantic City:

Corrí a alistarme en la marina, pero no me aceptaron, porque no creen que el griego clásico sea una preparación suficiente. Encontré trabajo en una tasca porrera, ocultando mi ilustración. Es mejor que tirarse desde el campanario. Recuerdos a Coromandel.

Siempre tuyo,

Bo

Como de costumbre, no supe decir si iba en serio o en broma.

Como es natural, te lloré, no tanto por tu partida, ya que (ahora lo comprendo) fue un final anunciado, sino por lo repentino del mismo. Me había visto privada de aquella última escena, el banco del parque, la brisa de primavera, la trinchera (que estaba destinada a no comprarme nunca), tu evanescente imagen. Desde entonces, sin perder de vista que nuestro futuro no habría incluido el temido bungalow con maquinilla de afeitar, ni las vagas y dichosas posibilidades que un día imaginé, sino, inevitablemente, como un pareado, un frasco de pastillas vacío, cuyos efectos podías no ayudarme a disipar, seguí llorándote.

Como no te marchaste de un modo adecuado, parecía que nunca te hubieses marchado. Pululas como un miasma, o como el olor a ratones, acechando con tu acerba opinión sobre mi comportamiento, para abortar las tentativas de optimismo en las que, por puro pánico, no tardé en aventurarme. Como si fueses mi sombrío gemelo o un adepto a la siniestra telepatía, siempre captaba cuál sería tu opinión. Al prometerme (siete meses después, a un arquitecto que diseñaba, y sigue diseñando, edificios de apartamentos), me hiciste saber que esperabas otra cosa de mí. La boda formal, porque ciertamente yo llevaba todos los arreos, traje blanco incluido, te llenaron de desprecio. Podía verte en tu sucia habitación, rodeado de latas de sardinas y de deshilachados calcetines, subsistiendo a base de tu sarcasmo y de negarte a venderte, como hacía yo de un modo tan palpable. (¿A qué? ¿A quién? Porque, a diferencia de generaciones posteriores, nunca pudimos localizar con precisión al enemigo.)

Mis dos hijos no te impresionaron, ni el rango académico que logré posteriormente. Me he convertido, de algún modo, en una autoridad en mujeres novelistas nacionales del siglo XIX. Después de mi matrimonio, descubrí que tenía más en común con ellas que con las góticas novelas románticas. Supongo que esta percepción de mi verdadero carácter significa madurez, una palabra que desprecias. La más notable de mis estudiadas es Elizabeth Gaskell, pero puede que hayas oído hablar de J. H. Riddell, que escribía también bajo el seudónimo F. G. Trafford. Escribí un ensayo bastante meritorio sobre ella, titulado «George Geith of Fen Court», publicado en una prestigiosa revista. Ni que decir tiene que soy numeraria, ya que mi departamento, refractario a las mujeres durante muchos años, se ha visto últimamente muy presionado para justificar su política de contratación del profesorado. Soy una especie de símbolo, como no te cansas de repetir. Y visto bien, como corresponde a un símbolo. El deformado y triste ropero, desafiante, que acaso recuerdes, ha ido desapareciendo poco a poco en los cestos del Ejército de Salvación, a medida que he tenido más medios, sustituido por una colección moderadamente elegante de trajes sastre y vestidos vaporosos. Mis colegas masculinos me consideran eficiente y más bien fría. Ya no tengo aventuras, porque odio los recuerdos que no pueden desecharse. Mis abrigos ya no dan gualdrapazos, y cuando asisto a actos académicos no llamo la atención.

En uno de esos actos, en el más importante —mercado central de la carne y feria de contratación—, te vi por última vez. Curiosamente, aquel año se celebró en Nueva York. Yo daba una conferencia sobre Amelia Edwards y otras periodistas de la época, y al ver tu nombre en el programa pensé que debía de tratarse de otra persona. Pero eras tú, vaya que sí, y dedicaste toda la conferencia a dilucidar si John Keats fue o no sifilítico. Habían investigado a fondo la utilización médica del mercurio en la primera mitad del siglo, y tu último párrafo fue una obra maestra de la vaguedad. Habías engordado, tenías un aspecto saludable y pinta de jugar al golf. Y aunque aguardé a ver tu sarcástica sonrisa, fue en vano: tu parlamento fue totalmente inexpresivo.

Después fui a felicitarte. Te sorprendió verme. Me dijiste que nunca habías imaginado que yo terminase de aquella manera. Y, lo que interpreté como una mirada de desaliento, se cebó en mi peinado de peluquería, mi extremado vestido sin mangas y mis estilizados botines. También te habías casado y tenías tres hijos, y enseguida me mostraste las fotos que llevabas en la cartera como protectores talismanes. Las comparé con las mías. Ninguno de los dos sugerimos tomar una copa. Nos deseamos lo mejor y ambos nos sentimos decepcionados. Entonces comprendí que te hubiera gustado que muriese joven de tuberculosis, o de otra enfermedad igualmente operística. A pesar de los pesares, en el fondo, también tú eras un romántico.

En eso debió quedar todo, y no puedo comprender por qué no fue así. Es rigurosamente cierto que amo a mi marido y a mis hijos. Además de asistir a las reuniones de la facultad, en las que me dedico a tricotar colchas durante las discusiones sobre aumentos de sueldo y currículos, les cocino platos nutritivos, organizo fiestas de cumpleaños, y casi siempre hago yo el pan y las conservas en vinagre. Mi marido admira mis logros y, como se suele decir, me apoya durante mis depresiones, que son cada vez menos frecuentes. Tengo una vida sexual rica y satisfactoria (puedo oírte ridiculizar los adjetivos, pero es una vida sexual rica y satisfactoria, a pesar de ti, que no te lo has montado mejor que yo).

Pero, al regresar de la conferencia a la casa en que vivo, que no es un bungalow sino una mansión de dos plantas de estilo colonial, y en la que desde que me instalé has ocupado el sótano, no te habías marchado. Creía haberte expulsado, exorcizado: te habías convertido en algo real, tenías esposa y tres fotografías, y la banalidad es, después de todo, el mágico antídoto del amor no correspondido. Pero no bastaba. Allí estabas, en tu lugar acostumbrado, en el estante a la derecha de las escaleras del sótano donde guardo las conservas, polvoriento y disecado como Jeremy Bentham en su urna de cristal, mirándome, no con tu anterior desdén, ciertamente, sino con reprobación, como si hubiera sido yo la causante, como si hubiese sido culpa mía. Sin duda, no vas a querer volver a lo mismo, a aquella penuria, a los ruinosos edificios, a aquella atractiva desesperanza y a aquel vacío, ¿a aquel temor? Sin duda, no querrás quedarte atascado para siempre en aquella embarrada calle de Boston. Debiste tener más cuidado. Trato de decirte que habría terminado de mala manera, que no fue tal como lo recuerdas, que te engañas, pero no dejas que te consuelen. Te digo adiós aguardando tu mirada pensativa, pesarosa. Deberías dar media vuelta y alejarte, más allá de la caldera, al cuarto de la plancha, y desaparecer detrás de mi conjunto de lavadora y secadora. Pero no te mueves de ahí.

Cuando sucede

La señora Burridge prepara conservas de tomate verde. Hay doce cuartos de galón en cada lote y ha sobrado un poco porque ya no le quedan más tarros. En la tienda dicen que en la fábrica donde los hacen están en huelga. Ella no sabe qué pasa, pero ya no los venden en ninguna parte e incluso antes de la huelga costaban el doble que el año anterior: es una suerte que tuviera aquellos en la bodega. Tiene muchos tomates verdes porque anoche oyó en el parte meteorológico que se avecinaba una helada asesina, de modo que se puso la parka y los guantes de trabajo, fue con el farol al huerto en la oscuridad y cogió todos los que vio, casi nueve galones. Podía con las cestas, que estaban a rebosar, pero pidió a Frank que las llevase él; refunfuña, pero le gusta que se lo pida. Esta mañana han dicho en las noticias que los agricultores han sufrido muchas pérdidas y que los precios se dispararán, lo que no significa que vayan a verse compensados, todo el mundo sabe que son las tiendas las que se aprovechan.

Se siente más rica que ayer pero, por otro lado, no se puede hacer gran cosa con los tomates verdes. Apenas merecía la pena preparar las conservas y Frank ha dicho, como todos los años, que no se comerán treinta y cuatro cuartos de galón, ya que solo quedan ellos dos ahora que sus hijos se han ido. Salvo cuando vienen de visita y se zampan todo lo que tengo y más, añade la señora Burridge para sí. Lo cierto es que siempre ha hecho dos lotes y que a sus hijos nunca les han gustado; era Frank quien se los comía, y ella sabe perfectamente que esta vez también se los comerá sin siquiera darse cuenta. Le gustan con pan y queso, mientras ve los partidos de hockey; durante los anuncios va a prepararse otra rebanada, aunque haya acabado de comer, y deja un reguero de migas y restos de conserva que parte de la encimera, cruza el suelo de la cocina y la alfombra de la sala de estar y llega hasta su sillón. Antes la señora Burridge se enfadaba, sobre todo por las migas, pero ahora se limita a observarlo con una especie de tristeza; en otros tiempos creía que su vida en común sería para siempre, pero ha llegado a comprender que no es así.

Ni siquiera le apetece burlarse de sus michelines, aunque lo hace de todos modos porque, si no, él lo echaría de menos. «¡Hala…!» —dice con la voz metálica, aguijoneadora y fina que no puede cambiar, porque es la que todo el mundo espera de ella; si hablase de otra forma, creerían que está enferma—. Tragando de esa manera no me costará nada sacarte de la cama por las mañanas, solo tendré que darte un empujoncito y rodarás escaleras abajo como un tonel.» Y él replica con voz metódica, fingiendo una pereza que no encaja en su carácter:

«Hay que disfrutar un poco de la vida», como si las conservas y el queso fuesen algo un poco indecente, casi como una orgía. Todos los años dice que hace demasiadas, aunque se armaría una buena si un día bajase a la bodega y no quedasen.

La señora Burridge viene haciendo conservas desde 1952, que fue el primer año que tuvo el huerto. Lo recuerda sobre todo porque estaba embarazada de su hija Sarah y le costaba mucho agacharse para sembrar. Cuando era pequeña todo el mundo hacía conservas y las envasaba. Pero después de la guerra la mayoría de las mujeres dejaron de hacerlas, había más dinero y era más fácil ir a comprar a la tienda. Sin embargo, la señora Burridge nunca dejó de prepararlas, aunque casi todas sus amistades pensaban que perdía el tiempo, y ahora se alegra de haber seguido haciéndolas, porque así no ha perdido la práctica, mientras que las demás han tenido que volver a aprender. De todos modos, al precio que se está poniendo el azúcar, no sabe durante cuánto tiempo podrán permitirse siquiera los productos caseros.

Sobre el papel Frank gana más dinero que nunca; no obstante, parece que tengan menos para gastar. Siempre están a tiempo de vender la granja, supone, a gente de la ciudad que la utilizaría como residencia de fin de semana; al parecer podrían conseguir un buen precio, como ha ocurrido con varias granjas que quedan más al sur. Pero la señora Burridge no cree mucho en el dinero; además, sería echar a perder la tierra, y es su hogar, lo ha arreglado a su gusto.

Cuando termina de preparar el segundo lote y lo pone a

hervir, va a la puerta trasera, la abre, cruza los brazos sobre el estómago y se queda mirando hacia fuera. Hace eso mismo cuatro o cinco veces al día y no acaba de entender por qué. No hay mucho que ver, solo el establo, el campo de atrás con la hilera de olmos muertos que Frank siempre dice que va a talar y el tejado de la casa de los Clark, que asoma en la loma. No está segura de qué mira, pero tiene la extraña idea de que tal vez vea arder algo, humo que se eleva del horizonte, una columna de humo o acaso más, hacia el sur. Es un pensamiento tan extraño que no se lo ha confiado a nadie. Ayer Frank la vio plantada en la puerta trasera y durante la cena le preguntó qué hacía allí; siempre reserva para la cena lo que tenga que decir, aunque lo haya pensado por la mañana. Le preguntó por qué se había quedado en la puerta trasera, sin hacer nada, durante más de diez minutos, y la señora Burridge mintió, lo que la hizo sentirse muy mal. Dijo que había oído unos ladridos extraños, lo cual era poco creíble, porque sus perros estaban ahí mismo y no habían dado muestras de advertir nada. De todos modos Frank lo dejó correr; quizá pensara que, con los años, su mujer empezaba a tener manías y no quisiera hacérselo notar. Aunque a menudo deje el suelo de la cocina perdido de barro, detesta herir los sentimientos de los demás. La señora Burridge piensa, un poco melancólica, que a pesar de su cabezonería es un hombre amable y considerado, y para ella eso equivale a renunciar a una creencia preciada e incuestionable, como la de que la tierra es plana. La ha hecho enfadar demasiadas veces.

En cuanto las conservas se enfrían, las etiqueta como siempre con el nombre y la fecha y las baja a la bodega, que es de las antiguas, con paredes de piedra y suelo de tierra. A la señora Burridge le gusta tenerlo todo limpio y ordenado —aún plancha las sábanas—, por eso pidió a Frank que montara unas estanterías al poco de casarse. Las conservas van a un lado, las mermeladas y confituras al otro, y la fruta en almíbar, en el estante inferior. Antes le producía una sensación de seguridad tener todas esas provisiones en la bodega; se decía: Si hubiera una tormenta de nieve o algo así y quedáramos aislados, no lo pasaríamos tan mal. Ahora ya no le proporciona una sensación de seguridad. Piensa que si tuviesen que marcharse precipitadamente no podría llevarse consigo todos los tarros porque pesan demasiado.

Sube por las escaleras después del último viaje. Le cuesta más que antes, la rodilla la mortifica desde que se cayó hace seis años, al tropezar en el penúltimo escalón. Ha pedido un millón de veces a Frank que los arregle, pero no lo ha hecho; por eso lo llama cabezota. Si le pide más de dos veces que arregle algo, él la considera machacona, y puede que lo sea, pero ¿quién va a hacerlo si no? El frío hueco al final de esa pregunta es demasiado para ella.

Tiene que dominarse para no ir a la puerta trasera. Sin embargo, va a mirar por la ventana de atrás, desde donde se ve prácticamente lo mismo. Frank se dirige al establo con algo en las manos; parece una llave inglesa. Al ver su forma de andar, más despacio que antes, un poco inclinado hacia delante —de espaldas parece un anciano; ¿cuántos años hace que camina así?—, piensa: No puede protegerme. No se detiene en esta idea, simplemente se le ocurre, y no se trata solo de él, sino de todos, han perdido las fuerzas, se advierte en sus andares. Todos aguardan, igual que la señora Burridge, lo que sea que vaya a suceder. Se den cuenta o no. Últimamente, cada vez que va a los almacenes Dominion del centro ve en las mujeres, a la mayoría de las cuales conoce, una expresión que no deja lugar a dudas: una expresión de angustia y reserva, como si les asustase algo pero no quisieran hablar de ello. Se preguntan qué harán, quizá piensen que no pueden hacer nada. Ese aire de indefensión exaspera a la señora Burridge, que siempre ha sido una mujer práctica.

Desde hace semanas quiere pedirle a Frank que le enseñe a utilizar las escopetas. En realidad se trata de una escopeta y de un rifle del calibre veintidós; en otros tiempos a Frank le gustaba ir a cazar patos en otoño, y, por supuesto, están las marmotas, a las que hay que matar debido a los agujeros que excavan en los sembrados. Frank las aplasta con el tractor cinco o seis veces al año. Muchos hombres resultan heridos al volcar los tractores. Sin embargo, no puede pedirle que le enseñe a disparar porque no puede explicarle por qué necesita aprender y, si no se lo explica, él se burlará. «Todo el mundo sabe disparar un arma —le dirá—. Solo hay que apretar el gatillo… ¿o te refieres a darle a algo? Ah, eso es distinto. ¿A quién quieres matar?» Quizá no dijese eso; quizá esa fuese su manera de hablar hace veinticinco años, antes de que ella dejara de interesarse por lo que ocurre fuera de la casa. Pero la señora Burridge no lo sabrá nunca, porque nunca se lo preguntará. No tiene valor para decirle: «Quizá estés muerto. Quizá te hayas marchado qué sé yo adónde cuando suceda, quizá haya una guerra». Aún recuerda la última.

Nada ha cambiado al otro lado de la ventana, de modo que se sienta a la mesa de la cocina para hacer la lista de la compra. Mañana toca ir a la ciudad. Procura programar el día para poder sentarse de vez en cuando, porque, si no, se le hinchan los pies. Eso empezó cuando estuvo embarazada de Sarah, empeoró con los embarazos de los otros dos hijos y nunca ha remitido. Desde que se casó redacta listas de cosas que hay que comprar, coser, organizar, cocinar, almacenar; ya tiene incluso la lista para las navidades, con los nombres y los regalos que comprará a cada uno, y la lista de lo que necesita para la comida de Navidad. Pero no parece que eso le interese demasiado, falta aún mucho tiempo. No puede creer en un futuro lejano que sea tan ordenado como el pasado; al parecer le falta energía, como si la reservase para cuando la necesite.

Incluso le cuesta redactar la lista de la compra. En lugar de concentrarse en el papel —la anota al dorso de las hojas del calendario de bloc viejo que Frank le da siempre para Año Nuevo—, recorre la cocina con la vista, mira todo lo que tendrá que dejar cuando se marche. Eso será lo más duro. La porcelana de su madre, su cubertería, aunque el diseño sea anticuado y el baño de plata empiece a saltar, el reloj en forma de pollo para los huevos pasados por agua que Sarah le regaló cuando tenía doce años, el juego de salero y pimentero de cerámica, dos caballos verdes con la cabeza perforada que otro hijo le trajo de la Exposición Nacional. Se plantea ir a la planta de arriba, con las sábanas dobladas en el baúl, las toallas pulcramente apiladas en los estantes, las camas hechas, la colcha que era de su abuela, y que hace que le den ganas de llorar. Sobre la cómoda, la fotografía de su boda, ella con un vestido de brillante satén (un error lo del satén, porque le realzaba las caderas); Frank con el traje que no ha vuelto a ponerse salvo para los funerales, el pelo demasiado corto a los lados y un sorprendente copete, como un pájaro carpintero. Sus hijos cuando eran pequeños. Piensa ahora en sus hijas y confía en que no tengan críos; no es un buen momento.

La señora Burridge desearía que alguien concretase más, para así poder planificar mejor. Todo el mundo sabe que va a ocurrir algo, solo hay que leer los periódicos y ver la televisión, pero nadie está seguro de qué será, nadie puede decirlo con exactitud. Sin embargo, ella tiene sus propias ideas al respecto. Al principio todo estará más tranquilo. Tendrá la extraña sensación de que ocurre algo malo, pero tardará varios días en determinar qué es. Reparará en que ya no pasan aviones en dirección al aeropuerto de Malton y en que el ruido de la autopista, a tres millas de distancia, que se oye con claridad cuando los árboles están sin hojas, ha desaparecido casi por completo. La televisión no se pronunciará. Es más: la televisión, que ahora no da más que malas noticias, de huelgas, carestía, hambrunas, despidos y aumentos de precios, se mostrará más amable y apaciguadora, y la radio emitirá música clásica durante largos espacios de tiempo. En ese momento la señora Burridge ya habrá comprendido que se ha impuesto la censura a los informativos, como sucedió durante la guerra.

La señora Burridge no está segura de lo que ocurrirá después; es decir, sabe qué ocurrirá, pero no en qué orden. Supone que serán la gasolina y el petróleo: el repartidor dejará de pasar el día acostumbrado y una mañana encontrarán cerrada la gasolinera de la esquina. Así, sin ninguna explicación, porque, naturalmente, ellos —ignora quiénes son «ellos», pero siempre ha creído en su existencia— no quieren que cunda el pánico. Tratan de que todo parezca normal, es posible que ya hayan empezado a poner en práctica su programa y por eso todo parece todavía normal. Por suerte, ella y Frank tienen el depósito de gasóleo en el cobertizo, está a tres cuartas partes de su capacidad, y no utilizan la gasolinera porque tienen un surtidor. Pide a Frank que traiga la vieja estufa de leña, la que dejaron en el establo cuando les instalaron la calefacción y la electricidad, y por una vez agradece la costumbre que tiene Frank de no tirar nada. Estuvo pinchándolo durante años para que la llevase al vertedero. Por fin Frank tala los olmos muertos y así tienen leña para la estufa.

Una tormenta ha derribado los cables del tendido telefónico y no viene nadie a arreglarlos, o al menos eso deduce la señora Burridge. El caso es que se han quedado sin línea. A la señora Burridge no le importa demasiado, nunca le ha gustado mucho hablar por teléfono, pero hace que se sienta aislada.

Por la carretera secundaria que pasa junto a la cerca, la carretera de gravilla, empiezan a verse hombres que caminan por lo general solos, a veces en parejas. Parecen dirigirse al norte. La mayoría son jóvenes, veinteañeros, supone la señora Burridge. No visten como los hombres de por aquí. Hace tanto tiempo que no ve a nadie ir a pie por esa carretera que se alarma. Empieza a dejar sueltos a los perros, siempre los ha atado por la noche desde que uno mordió a un testigo de Jehová un domingo por la mañana. La señora Burridge no comulga con los testigos de Jehová, porque pertenece a la Iglesia Unida, pero respeta su perseverancia. Al menos actúan de acuerdo con su conciencia, lo que no puede decirse de todos los miembros de su iglesia, y siempre les compra la revista *Watchtower*. Tal vez siempre hayan tenido razón.

Más o menos en ese momento coge un arma, cree que será la escopeta, porque con ella tendrá más probabilidades de dar en el blanco, y la esconde, junto con la munición, bajo una pieza de material para techado, detrás del establo. No se lo dice a Frank; él tendrá el rifle del veintidós. Ella ya ha elegido el lugar donde lo esconderá.

No quieren gastar la poca gasolina que les queda en el surtidor, de modo que evitan los desplazamientos innecesarios. Empiezan a comerse los pollos, lo que a la señora Burridge no le hace ninguna gracia. Detesta desplumarlos y limpiarlos, hasta el punto de que la vez que más se enfadó con Frank fue cuando él y Henry Clarke decidieron criar pavos. Lo hicieron, a pesar de sus protestas, y tuvo que apechugar con los pavos, que se escapaban, escarbaban en el huerto y eran imposibles de atrapar; en su opinión, eran las aves más estúpidas que había creado el Señor. Tenía que desplumar y limpiar un pavo cada semana, hasta que por suerte la peste aviar eliminó un tercio de los que tenían, lo que bastó para desanimarlos; vendieron el resto por debajo del precio de coste. Fue la única vez que se alegró de que Frank perdiera dinero en una de sus aventuras.

La señora Burridge comprenderá que la situación se agrava el día en que se vaya la luz y no vuelva. Sabe, por una especie de fatalismo, que ocurrirá en noviembre, cuando el congelador esté lleno de verduras pero no haga bastante frío para conservar los paquetes congelados en el exterior. Mira las bolsas de plástico con judías, maíz, espinacas y zanahorias, que se están descongelando, y piensa: ¿Por qué no han podido esperar hasta la primavera? Ver desperdiciados la comida y su propio trabajo es lo que más la exaspera. Salva lo que puede. Recuerda que durante la Depresión se decía que la gente del campo vivía mejor que la de la ciudad porque al menos tenían comida; es decir, si lograban conservar la granja; pero ya no está tan segura de que sea cierto. Se siente asediada, aislada, como una persona encerrada en una fortaleza, aunque nadie los haya molestado; de hecho, hace días que no pasa nadie por allí, ni siquiera los caminantes solitarios.

Sin electricidad no pueden ver la televisión. Las emisoras de radio, cuando emiten, no dan más que música relajante, que a la señora Burridge no le parece nada tranquilizadora.

Una mañana va a la puerta trasera y ve las columnas de humo, justo donde esperaba verlas, por el sur. Llama a Frank y ambos se quedan mirándolas. El humo es denso y negro, oleoso, como si hubiese explotado algo. No sabe lo que piensa Frank; ella piensa en sus hijos. Hace semanas que no tiene noticias suyas, aunque, ¿cómo va a tenerlas? Llevan una temporada sin repartir el correo.

Quince minutos después, Henry Clarke llega al patio con su camioneta. Es muy raro, porque últimamente nadie va a ningún sitio en coche. Lo acompaña otro hombre a quien la señora Burridge identifica como el propietario de la finca que hay tres granjas más allá, quien se instaló en la comarca hace cuatro o cinco años. Frank sale a hablar con ellos, van hasta el surtidor de gasolina y empiezan a bombear el precioso combustible al depósito de la camioneta. Frank vuelve a casa y le dice que hay un problemilla en la carretera, que van a ver qué pasa y que no se preocupe. Se dirige al cuarto del fondo, sale con el rifle y le pregunta dónde está la escopeta. Ella dice que no lo sabe. Él la busca en vano —la señora Burridge lo oye maldecir, lo que no hace nunca en su presencia—, hasta que lo deja correr. Sale, se despide de ella con un beso, algo que nunca hace, y le dice que volverá dentro de un par de horas. Ella observa cómo los tres se alejan en la camioneta de Henry Clarke en dirección al humo y sabe que

Frank no volverá. Piensa que debería sentirse más afectada, pero estaba preparada para esto, lleva años despidiéndose de él en silencio.

Entra en casa y cierra la puerta. Tiene cincuenta y un años, le duelen los pies y no sabe adónde ir, pero comprende que no puede quedarse. Habrá mucha gente hambrienta y los que consigan llegar hasta aquí desde las ciudades serán jóvenes y fuertes; su casa es como un faro que indica dónde hay comida y calor. Habrá que pelear por la casa, pero no será ella quien lo haga.

Va a la planta de arriba, rebusca en el armario, se pone los pantalones gruesos y los dos jerséis de más abrigo. Vuelve a bajar y coge los comestibles que menos pesan: uvas y ciruelas pasas, chocolate para fundir, orejones de albaricoque, media hogaza de pan, leche en polvo, que mete en una bolsa de plástico, y un trozo de queso. Luego desentierra la escopeta que ocultó detrás del establo. Por un momento piensa en sacrificar a los animales, los pollos, las terneras y el cerdo, para evitar que los mate quien no sepa hacerlo como es debido. Pero la verdad es que tampoco ella sabe. No ha matado nada en toda su vida. Lo ha hecho siempre Frank, de modo que se contenta con abrir el gallinero y la puerta de la cerca que da al campo de atrás. Confía en que los animales huyan, aunque sabe que probablemente no lo harán.

Echa un último vistazo por la casa. Por si acaso, mete el cepillo de dientes en el hatillo; no le gusta la sensación que nota en la boca si no se los cepilla. No baja a la bodega, pero imagina los botes y los tarros herméticamente cerrados, rojos, amarillos y morados, estampados contra el suelo, en un charco pegajoso que parece de sangre. Quienes vengan no tendrán contemplaciones; lo que no puedan comerse, lo destruirán. Piensa en prender fuego a la casa ella misma, antes de que lo hagan otros.

La señora Burridge está sentada a la mesa de la cocina. En el reverso de la hoja de calendario, que corresponde a un lunes, ha escrito «gachas de avena» con su letra uniforme de escuela pública, que apenas ha cambiado desde que estudiaba. Los perros son un problema. Tras pensarlo un poco, los desata, pero no les deja cruzar la cerca: podrían delatarla en el momento más inoportuno. Se encamina hacia el norte con las pesadas botas, la parka colgaba del brazo, porque aún no hace el suficiente frío para ponérsela, el hatillo de comida y la escopeta, que ha tenido la precaución de cargar. Deja atrás el cementerio donde están enterrados sus padres y sus abuelos; antes estaba allí la iglesia, pero se incendió hace dieciséis años y construyeron otra más cerca de la autopista. Los padres, los abuelos y un bisabuelo de Frank están en el otro cementerio. La familia de Frank es anglicana, aunque él no haya seguido la tradición. No hay nadie más en la carretera y la señora Burridge se siente un poco estúpida. ¿Y si se ha equivocado y resulta que Frank regresa? ¿Y si no ocurriese nada? «Manteca», escribe. Quiere preparar una tarta de limón y merengue para el domingo, porque vendrán a comer dos de sus hijos, que viven en la ciudad.

Empieza a oscurecer y la señora Burridge está cansada. Se encuentra en un paraje que no recuerda, aunque va por una carretera que conoce bien. La ha recorrido muchas veces en coche con Frank. Pero a pie no es lo mismo que en coche. A un lado todo son campos, sin edificaciones; al otro lado, bosque; un arroyo fluye por la alcantarilla que pasa por debajo de la carretera. La señora Burridge se arrodilla para beber: el agua está helada y sabe a hierro. Va a helar, lo nota. Se pone la parka y los guantes y se adentra en el bosque, donde no la verán. Se detendrá a comer uvas pasas y queso, y tratará de descansar mientras espera a que salga la luna para reanudar la marcha. Ya está bastante oscuro. Huele a tierra, a madera, a hojas podridas.

De pronto avista un destello rojo y, antes de que pueda darse la vuelta —¿cómo es posible que suceda tan súbitamente?—, toma forma: es una pequeña fogata, a su derecha, y hay dos hombres acuclillados al lado. Ellos también la han visto a ella, uno se pone en pie y se acerca. Enseña los dientes, está sonriendo, cree que será fácil, una anciana. Dice algo, pero ella no acierta a imaginar de qué se trata; no sabe cómo habla la gente que viste de esa manera.

Han visto la escopeta, no dejan de mirarla, quieren quitársela. La señora Burridge sabe qué debe hacer. Debe aguardar a que estén lo bastante cerca y entonces alzar la escopeta y dispararles, utilizando un cañón para cada uno, apuntándoles a la cara. De lo contrario la matarán, no le cabe la menor duda. Tendrá que ser rápida, lo que es un problema, porque tiene las manos torpes y agarrotadas; está asustada, no quiere el estampido ni el estallido rojo que seguirán. No ha matado nada en toda su vida. No tiene ninguna imagen más allá de este momento. Nunca sabemos cómo reaccionaremos ante algo así hasta que sucede.

La señora Burridge mira el reloj de la cocina. Anota en la lista «Queso», comen más queso que antes debido al precio a que está la carne. Se levanta y va a la puerta de la cocina.

Historia de un viaje

Annette está agotada. Antes nunca se quedaba tan agotada después de un trabajo; supone que se debe a la medicación. Las pastillas consumen el organismo, no le gusta tomarlas, pero las toma.

Mientras mastica uno de los cacahuetes envasados al vacío, hojea el folleto turístico del bolsillo del asiento delantero y deja vagar la mente por las ilustraciones en color. Treinta y seis vacaciones al sol, descritas en los términos más elogiosos, con los precios, todo incluido, dice, aunque naturalmente hay extras. «Una isla que es un tesoro apenas descubierto por los turistas, con magníficas playas de arena blanca, lagunas de color turquesa y una población hospitalaria.» En una isla parecida acaba de estar Annette y también ella escribe textos como ese, pero los suyos no son anuncios, sino artículos para el periódico y, cuando tiene suerte, para revistas, de modo que lo que escribe no puede ser tan insípido: pequeñas anécdotas, un toque personal, información sobre dónde comer y acerca del servicio, chistes que le ha contado el barman, si es que le ha contado alguno, dónde comprar gangas, sombreros de paja y curiosidades, actividades poco corrientes, como ascender a un volcán extinto o cocinar un escaro en un arrecife coralino si se tienen ganas y energía suficiente. Ella tiene cada vez menos, pero recorre todos los lugares de interés, le parecería un fraude recomendar lo que no conoce. Por eso, entre otras cosas, es una buena redactora de artículos de viajes; además, tiene un instinto especial para descubrir los aspectos más curiosos de cada localidad, sabe qué buscar, tiene buen ojo para los detalles.

Pero ha aprendido que debe encontrar el equilibrio adecuado entre aquello en lo que repara, de manera espontánea y franca —siempre lleva una cámara consigo, por si acaso, aunque por lo general las revistas envían a su propio fotógrafo—, y lo que decide pasar por alto. Por ejemplo, al levantar un poco la cabeza lee: SALVA IDAS BAJO EL ASIENTO. Dice SALVA IDAS porque las letras están bordadas en la parte exterior del bolsillo y se han desgastado por el roce de los muslos de innumerables pasajeros. Sería una nota humorística, pero a la compañía aérea podría molestarle que se interpretara que sus aviones se caen a pedazos y se habrían terminado para ella los billetes gratuitos.

Se dio cuenta de que a la gente no le gustaba la menor alusión al peligro en sus artículos. Incluso quienes jamás irían a los lugares que ella describía, quienes no podían permitírselo, no querían oír hablar de peligros, ni siquiera de incomodidades; era como si desearan creer que quedaba un lugar en el mundo donde todo iba bien, donde no ocurría nada desagradable. Un paraíso virgen; esa era una expresión útil. En otros tiempos, que parecían muy lejanos, quedarse en casa significaba seguridad, aunque también tedio, mientras que los lugares en los que ella estaba especializada —el Caribe, la región septentrional de América del Sur, México— se asociaban a aventura, amenaza, piratas, bandoleros, anarquía. Ahora era al revés, el hogar representaba el peligro y la gente iba de vacaciones en busca de unas semanas de tranquilidad. Si en las playas de arena blanca aparecían manchitas de petróleo, si la sobrina del barman había apuñalado a su esposo, si había robos o llovía, no querían saberlo. Si les gustaban las catástrofes y los delitos, podían leer otras páginas del periódico. Por lo tanto, ella no informaba de esas cosas y procuraba no fijarse en ellas siquiera. Por ejemplo, lo de aquel cerdo de una playa de México, muerto a manos de un hombre que no sabía sacrificar al animal como es debido, porque un turista quería un festín al estilo polinesio. Esa era la clase de cosas que debía filtrar y dejar fuera. Su trabajo consistía en dejarse complacer, y lo hacía bien, lucía un bonito bronceado, estaba en buena forma física, tenía unos ojos azules y francos y una sonrisa de dientes blancos, se le daba bien formular preguntas con interés y cortesía y afrontar pequeños imprevistos, como el extravío de maletas, con buen ánimo y sin enfadarse. Rara vez tenía problemas; irradiaba algo especial, un aire de profesionalidad, y era demasiado concienzuda para ser una turista corriente; quienes trabajaban en el sector intuían que no era bueno para su negocio contrariarla.

De modo que ella iba a lo suyo plácidamente, entre árboles verdes, por playas blancas, entre el azul del cielo y el azul indecoroso del mar, que últimamente parecía cada vez más una pantalla gigantesca, lisa y con imágenes pintadas para crear la ilusión de solidez. Si alguien se acercase y le diera una patada, se rasgaría y el pie asomaría al otro lado, en otro espacio que Annette solo podía imaginar como oscuridad, una noche en la que se escondía algo que ella no quería mirar. Porque había empezado a tener la sensación de que le ocultaban cosas, especialmente en los vestíbulos y en los coches que la recogían y la dejaban en los aeropuertos; la gente la observaba, como si fuera consciente de ello. Era esa constante vigilancia lo que la agotaba, así como el esfuerzo que hacía para no descubrir lo que no convenía.

Una vez trató de describir esa sensación a su marido, pero fue un intento fallido. Su facilidad para dejarse complacer, incluso deleitar, impregnaba su matrimonio tanto como su trabajo, y él reaccionó con una indignación dolida y refrenada, como si ella se hubiese quejado del vino al maître. Muy bien, señora, lo cambiaremos, con una expresión que da a entender: ¡Estúpida zorra! A Jeff parecía dolerle que no fuese totalmente feliz, que regresase de sus viajes demasiado cansada para salir a cenar con él, que entre sus vacaciones de pega se pasase el día en la cama y solo se levantara para arrastrarse hasta la máquina de escribir y teclear laboriosamente los ejercicios que debía entregar. Cuando ella decía: «A veces tengo la sensación de no estar viva», él lo interpretaba como una crítica a su manera de hacer el amor, y tenía que pasar media hora tranquilizándolo, asegurándole que no se refería a eso, sino a su trabajo. Pero él consideraba su trabajo una bicoca, era una mujer muy afortunada por tener un empleo así. Él era médico residente —ella le había pagado los estudios de medicina con su sueldo— y opinaba que trabajaba demasiado y que lo explotaban. No comprendía por qué quería pasar más tiempo en casa; al final, afanó las pastillas en el hospital y se las dio diciendo que le calmarían los nervios. Y así ha sido, supone ella, aunque la verdad es que no necesitaba calmar los nervios. Al contrario. Es la calma ininterrumpida, tanto interna como externa, lo que la irrita. A todo el mundo le ocurren cosas, ¿por qué no a mí?, piensa. Por otra parte, está convencida de que sí ocurren cosas a su alrededor, pero que se las ocultan.

En una ocasión llevó a Jeff de viaje, a las Bermudas, aunque la verdad es que no podían permitírselo, porque tenían que pagar billete de él, por supuesto. Pensó que sería beneficioso para los dos, él vería en qué consistía su trabajo y dejaría de idealizarla; pensaba que quizá se hubiese casado con ella por su bronceado, porque le parecía una mujer glamurosa. Además, sería divertido hacer una escapada juntos. Pero no lo fue. Él solo quería tomar el sol y se negó a comerse la sopa de calabaza; era de esos hombres que solo quieren carne y patatas. «Relájate —le decía una y otra vez—. ¿Por qué no te tumbas a mi lado y te relajas?» No entendía por qué tenía que ir de compras, explorar los mercadillos, visitar todas las calas y los restaurantes.

—Es mi trabajo —afirmaba ella, a lo que él replicaba:

—¡Vaya trabajo! ¡Ya me gustaría a mí tener un trabajo así!

—No es lo tuyo —decía ella pensando en el número que había montado por el plátano frito.

Jeff no entendía que dejarse complacer suponía un esfuerzo y opinaba que se mostraba demasiado cordial con los taxistas.

El morro del avión empieza a inclinarse hacia abajo mientras Annette se termina el martini. Jeff le ha advertido de que procure no mezclar las pastillas con alcohol, pero que una copa no le haría daño, de modo que, obediente, ha pedido solo una. Durante un par de minutos nadie lo nota; luego las azafatas se colocan en sus puestos y del intercomunicador surge una voz alarmada, velada, pero, como de costumbre, es inaudible y, además, la mitad es en francés. Casi nadie grita. Annette se quita los zapatos de tacón, cubanos, excelentes para caminar, los desliza bajo el asiento, apoya la frente en las rodillas y la protege con los brazos. Sigue las instrucciones del tarjetón que hay en el bolsillo del asiento delantero; incluye un diagrama sobre cómo inflar el salvavidas tirando de las anillas. Cuando las azafatas realizaron la consabida demostración tras el despegue, no les prestó atención; hace mucho tiempo que no les presta atención.

Al volver la cabeza hacia la derecha ve el tarjetón que asoma del bolsillo del asiento contiguo, así como el borde de la bolsa para los vómitos. No dicen «vómitos», sino «mareo», lo que ciertamente resulta adecuado. Junto a la bolsa para los vómitos ve la rodilla de un hombre. Como al parecer no ocurre nada, Annette alza la vista para averiguar qué pasa. Muchos pasajeros no tienen la cabeza sobre las rodillas, como les han indicado que hagan, sino que están muy erguidos, con la mirada al frente, como si estuviesen viendo una película. El hombre sentado a su lado está blanco como la cera. Annette le pregunta si quiere un Rolaid, pero él lo rechaza, de modo que se lo toma ella. En sus viajes lleva un pequeño arsenal de productos farmacéuticos: laxantes, anticatarrales, vitamina C, aspirinas; de todos los medicamentos que se pueden conseguir, ella ha tomado una dosis en algún momento u otro.

El avión desciende en un largo planeo, con mayor facilidad de lo que ella esperaba. Se nota un leve olor a goma quemada, eso es todo; no se ha producido ninguna explosión. No siente apenas malestar, aunque le zumban los oídos. Además, el descenso es silencioso porque los motores no funcionan y, salvo una mujer que chilla casi sin ganas y otra que llora, los pasajeros no arman mucho alboroto.

—¿De dónde es usted? —le pregunta su vecino de pronto, tal vez porque es lo único que se le ocurre decirle a una mujer en un avión, sean cuales sean las circunstancias. Antes de que Annette tenga tiempo de contestar, se produce una sacudida que le hace rechinar los dientes; nadie diría que acaban de posarse en el agua. Parece que hayan aterrizado en una carretera con baches, que la superficie del mar sea dura como el cemento.

Ha debido de afectar al sistema de megafonía, porque ya no se oyen las voces veladas. Los pasajeros, liberados de los cinturones de seguridad, se apiñan en los pasillos, como niños al salir del colegio, y sus voces entremezcladas se elevan nerviosas. Annette piensa que actúan con notable serenidad, aunque el verdadero pánico, con estampidas y gente pisoteada, es difícil en pasillos tan estrechos. Ella siempre mira dónde están las salidas de emergencia y procura sentarse cerca de alguna, pero esta vez no lo ha hecho; decide aguardar en el asiento a que se disuelva la aglomeración. Por lo visto la puerta trasera está atrancada y todos se dirigen a empujones hacia la parte delantera. Su vecino trata de abrirse paso a codazos hasta la cola, que parece la de un supermercado, la gente lleva incluso paquetes. Annette entrelaza las manos y mira por la ventanilla ovalada, pero solo ve la superficie del mar, lisa como el suelo de un aparcamiento. No hay llamas ni humo.

Cuando el pasillo se despeja un poco, Annette se pone en pie, levanta el asiento tal como indica el tarjetón de instrucciones y saca el chaleco salvavidas. Ha reparado en que muchos pasajeros, con las prisas por salir, han olvidado hacerlo. Saca el abrigo del compartimento de equipajes, que aún está atestado de prendas abandonadas por sus dueños. Aunque luce un sol tan radiante como siempre, es posible que por la noche refresque. Lleva el abrigo porque, cuando desembarque, en su lugar de destino seguirá siendo invierno. Coge la cámara con la funda y el bolso, lo bastante grande para que sirva de bolsa de viaje. Conoce las ventajas de viajar ligera de equipaje y, en una ocasión, escribió un artículo para la sección de moda sobre vestidos arrugables.

Entre la cabina de primera clase y la de clase turista está la cocina. Al pasar por delante, Annette, la última de la cola, ve en una estantería bandejas de almuerzo, con sándwiches envueltos en plástico y postres con tapas herméticas. También está ahí el carrito de las bebidas, colocado de forma que no impida el paso. Coge varios sándwiches, tres botellas de ginger-ale y un puñado de cacahuetes envasados al vacío y los mete en el bolso. Más que por capricho o porque tenga hambre, lo hace porque piensa que pueden necesitar provisiones. De todas formas, sin duda los recogerán pronto, porque el avión habrá enviado una señal de socorro. Los rescatarán con helicópteros. Aun así, estará bien tener algo para el almuerzo. Se plantea coger también una botella de licor del carrito de las bebidas, pero enseguida piensa que es una mala idea. Recuerda haber leído artículos de revistas acerca de marineros que desvariaban.

Cuando llega al borde de la rampa que desciende desde la puerta, titubea. La superficie de agua azul está moteada de discos anaranjados. Varios han recorrido una distancia considerable, ¿o han salido despedidos? Desde lejos la escena es deliciosa, con los círculos anaranjados girando en el mar como piscinas inflables llenas de niños jubilosos. Sin embargo, se siente un poco decepcionada; sabe que se trata de una emergencia, pero hasta el momento todo ha transcurrido sin incidentes reseñables, en un orden absoluto. Ya que se produce una emergencia, tendría que notarse.

Le gustaría fotografiar la escena, con el anaranjado recortado en el azul, dos de sus colores favoritos. Pero desde abajo le gritan que se dé prisa, de manera que se sienta en la rampa, junta las piernas para que no se le levante la falda, sujeta firmemente en el regazo el bolso, la cámara y el abrigo doblado, y se impulsa. Es como descender por uno de esos toboganes que había antes en los parques.

A Annette le resulta extraño que haya sido la última en abandonar el avión. Sin duda el capitán y las azafatas deberían haber permanecido a bordo hasta que todos los pasajeros estuviesen a salvo, pero no los ve por ninguna parte. Sin embargo, no tiene mucho tiempo para pensar en eso, porque en el bote redondo reina la confusión, hay mucha gente y alguien da órdenes a voz en grito.

—¡Remen! ¡Tenemos que alejarnos…! ¡La succión…!

Annette no sabe a qué se refiere. De todas maneras, solo hay dos remos, de modo que se acomoda y observa cómo dos hombres, el que da órdenes y otro más joven, reman cada uno en un costado de la embarcación como si les fuese la vida en ello. El bote sube y baja con las olas, que no son muy grandes; gira —uno de los dos hombres debe de ser más fuerte que el otro, piensa Annette— y se aleja poco a poco del avión, en dirección al sol de la tarde. Annette se siente como si la llevasen a dar un paseo en barca; se recuesta en el borde de goma hinchada y disfruta de la travesía. Detrás de ellos, el avión se hunde lentamente. Annette piensa que sería una buena idea hacer una fotografía, para ilustrar el artículo que escribirá cuando los rescaten. Saca la cámara de la funda y ajusta el objetivo, pero cuando se da la vuelta el avión ha desaparecido. Le extraña que no se haya oído ningún ruido, aunque la verdad es que están bastante lejos.

—No tiene sentido alejarse demasiado del lugar del accidente —dice el hombre que da órdenes. Tiene algo de militar, piensa Annette; tal vez se deba al bigote bien recortado o a que es mayor. Los dos hombres dejan los remos en el bote y el de aspecto militar empieza a liar un cigarrillo con el tabaco y el papel de fumar que ha sacado del bolsillo de la pechera—. Propongo que nos presentemos —dice. Está acostumbrado a mandar.

En el bote no hay tanta gente como a Annette le ha parecido al principio. Están los dos hombres, el que dice que se dedica a los seguros (aunque Annette lo duda) y el más joven, que lleva barba y afirma que da clases en una escuela pública; la esposa del hombre mayor, regordeta y de cara simpática, que no para de decir «Estoy perfectamente», aunque no es cierto, porque no ha dejado de sollozar por lo bajo desde que ha subido al bote; una mujer demasiado bronceada, de unos cuarenta y cinco años, que no da ninguna pista respecto a su ocupación, y un chico que dice ser estudiante universitario. Cuando le llega el turno, Annette dice: «Escribo una columna sobre alimentación en un periódico». Es cierto que lo hizo durante un par de meses, antes de pasar a la sección de viajes, de modo que conoce el tema lo bastante bien para poder justificar sus palabras. Aun así, le sorprende haber mentido y no sabe por qué lo ha hecho. La única razón que se le ocurre es que no ha creído nada de lo que han dicho los otros, salvo la regordeta llorona, que no puede ser más que lo que salta a la vista que es.

—Hemos tenido muchísima suerte —dice el hombre mayor, y todos asienten.

—¿Y qué vamos a hacer ahora? —pregunta la mujer bronceada.

—Esperar a que nos rescaten —responde el maestro barbudo con una risa nerviosa—. Un día de asueto forzoso.

—Será cuestión de horas —afirma el hombre mayor—. Ahora son mucho más eficientes que antes en estos asuntos.

Cuando Annette los informa espontáneamente de que tiene un poco de comida, todos la felicitan por haber sido tan lista y previsora. Saca los sándwiches y los reparten de manera equitativa; se pasan una botella de ginger-ale. Annette no dice nada de los cacahuetes ni de las otras dos botellas. Sí explica, en cambio, que lleva pastillas contra el mareo, por si alguien las necesita.

Está a punto de lanzar por la borda las bandejitas de plástico de los sándwiches, pero el hombre mayor la detiene.

—No, no —dice—. No las tire. Pueden servirnos. —Annette no acierta a imaginar para qué, pero le hace caso.

La mujer regordeta ha dejado de sollozar y se muestra bastante parlanchina; quiere saberlo todo acerca de la columna de alimentación. De hecho, ahora forman un grupo jovial, charlan como si estuviesen en el enorme sofá de un salón, o en la sala de espera de un aeropuerto donde los vuelos se hubiesen interrumpido temporalmente. Reina el mismo ambiente de matar el tiempo, por necesidad, pero con una alegría superficial. Annette se aburre. Por un momento ha pensado que por fin le ocurría algo, pero no los amenaza ningún peligro, en el bote salvavidas están tan a salvo como en cualquier otra parte y el artículo que podría escribir sería igual que todos los suyos. «Para explorar el Caribe, un bote salvavidas redondo y anaranjado pone una nota insólita. Las vistas son deliciosas y se tiene un contacto directo con el mar que es impensable en otra clase de embarcación. Cojan unos cuantos sándwiches y almuercen en alta mar.»

La puesta de sol es tan espectacular y súbita como de costumbre, y es ahora cuando empiezan a preocuparse. No ha aparecido ningún helicóptero y no ven los otros botes. Quizá se hayan alejado demasiado deprisa. Tampoco han oído siquiera ruido de operaciones de rescate a lo lejos. Pero «Vendrán. No se preocupen», dice el hombre mayor, y su esposa propone que canten. Empieza con «You Are My Sunshine», interpretada con gorgoritos de soprano de iglesia, y sigue con un repertorio de viejos éxitos: «On Top of Old Smokey», «Good Night, Irene». Los demás la secundan y a Annette le asombra recordar tantos fragmentos de esas canciones. Durante un estribillo se adormece y se tapa con el abrigo, contenta de haberlo traído.

Se despierta aturdida y agarrotada. No puede creer que aún estén en el bote, empieza a ser molesto, se muere de calor bajo el abrigo. La goma del bote también está muy caliente, no sopla ni una gota de viento, la mar está llana como la palma de la mano, con solo un mar de fondo que marea. Los demás están echados de cualquier manera en torno a la circunferencia de la embarcación, sus piernas forman ángulos extraños. Annette piensa que estarían mejor si fuesen menos, pero enseguida censura la idea. Las dos mujeres todavía duermen; la regordeta, la cantarina, está tumbada con la boca abierta y ronca ligeramente. Annette se frota los ojos; tiene los párpados secos e irritados. Cree recordar que se ha levantado por la noche y se ha acuclillado peligrosamente en la borda; alguien ha debido de intentarlo sin conseguirlo, o no lo ha intentado siquiera, porque huele un poco a orina. Tiene mucha sed.

El hombre mayor está despierto, igual que el de la barba, y fuma en silencio. El estudiante dormita muy quieto, hecho un ovillo, como un cachorro.

—¿Qué vamos a hacer? —pregunta Annette.

—Resistir hasta que vengan a por nosotros —dice el hombre mayor. Ha perdido parte de su aire de militar ahora que lleva un día sin afeitarse.

—Puede que no vengan —dice el barbudo—. Puede que estemos en el no sé qué de las Bermudas. Donde los aviones y los barcos desaparecen sin dejar rastro. ¿Por qué se ha caído el avión, vamos a ver?

Annette mira el cielo, que parece más que nunca una pantalla lisa. Tal vez sea eso lo que ha ocurrido, piensa, han atravesado la pantalla y están al otro lado; por eso los equipos de rescate no los ven. A este lado de la pantalla, donde ella creía que solo habría oscuridad, hay simplemente un mar como el otro, con millares de náufragos que flotan en botes anaranjados y esperan a que los rescaten.

—Lo importante es mantener la cabeza ocupada —dice el hombre mayor, que lanza la colilla al agua de un capirotazo. Annette imagina que saldrá un tiburón para atraparla, pero no aparece ninguno—. En primer lugar, pillaremos una insolación si no tenemos cuidado. —Tiene razón, están todos muy rojos.

Despierta a los demás y los pone a trabajar. Improvisan un toldo con el abrigo de invierno de Annette y las chaquetas de los trajes de los hombres, abrochando los botones de una prenda en los ojales de la siguiente. Lo levantan con los remos, lo atan con corbatas y calcetines y se sientan debajo con una fugaz sensación de éxito. Hace calor y están apretujados, pero no les da el sol. A propuesta del hombre mayor, los hombres vacían los bolsillos y las mujeres vuelcan los bolsos «para ver de qué material disponemos». Como Annette ha olvidado los nombres, pide que vuelvan a presentarse, y así lo hacen. Bill y Verna, Julia, Mike y Greg. Julia tiene una jaqueca punzante y toma varias aspirinas con codeína de Annette. Bill examina el surtido de pañuelos, llaves, cajitas de colorete, lápices de labios, frascos de crema de manos, pastillas y chicles. Se ha apropiado de las dos botellas de ginger-ale que quedan y de los cacahuetes, que anuncia que habrá que racionar. Para desayunar da a cada uno un chicle y una pastilla contra la tos, para que la chupen. Luego, por turnos, se cepillan los dientes con el cepillo de Annette. Es la única que viajaba ligera de equipaje y, por lo tanto, lleva consigo los artículos de aseo. Los demás iban con maletas, que, naturalmente, se han hundido con el avión.

—Si llueve —dice Bill—, este bote es perfecto para aprovechar el agua. —Pero no tiene pinta de que vaya a llover.

Bill tiene muchas ideas. Por la tarde dedica un rato a pescar con un anzuelo hecho con un imperdible e hilo dental a modo de sedal. No pesca nada. Dice que podrían atraer a las gaviotas lanzándoles reflejos con el objetivo de la cámara de Annette, si hubiera gaviotas, claro está. Annette está aletargada, pero no deja de darse ánimos, de decirse que esto es importante, que quizá esté viviendo algo auténtico, ahora que no los han rescatado.

—¿Fue usted a la guerra? —pregunta a Bill, que se muestra muy ufano de que se haya dado cuenta.

—Se aprende a tener recursos —afirma.

Al atardecer comparten una botella de ginger-ale y Bill les deja comer tres cacahuetes a cada uno, aconsejándoles que quiten antes la sal.

Annette se adormece pensando en un artículo distinto; habrá de ser diferente ahora. Ni siquiera tendrá que escribirlo ella, será una crónica basada en su testimonio, con una fotografía en la que aparecerá demacrada y quemada por el sol, pero sonriendo con valentía. Por la mañana fotografiará a los demás.

Por la noche, que pasan bajo el toldo, convertido en manta comunitaria, hay una pelea. Son Greg, el estudiante, y Bill, que le ha atizado porque asegura que ha intentado apoderarse de la última botella de ginger-ale. Gritan muy furiosos, hasta que Verna dice que debe de haber un malentendido, que el chico debía de tener una pesadilla. Vuelve la calma, pero Annette sigue despierta; mira las estrellas, no se ven estrellas como esas en la ciudad.

Al cabo de un rato oye una respiración agitada, sin duda son figuraciones suyas, pero lo cierto es que capta los sonidos inconfundibles de una cópula furtiva. ¿Quiénes serán? ¿Julia y Mike, o Julia y Greg? Verna no, desde luego, porque Annette está segura de que no se ha quitado el corsé. Le decepciona un poco que nadie haya tratado de ligar con ella, si es que de eso va la cosa. De todas formas, probablemente el primer paso lo habrá dado Julia, la bronceada, la viajera solitaria, para eso debe de aprovechar las vacaciones. Annette piensa en Jeff, se pregunta cómo habrá reaccionado ante su desaparición. Ojalá estuviese aquí, piensa, Jeff podría hacer algo, aunque ella no sabe qué. Por lo menos podrían hacer el amor.

Por la mañana escruta los rostros en busca de señales, indicios delatores de quién hizo qué, pero no descubre nada. Se cepillan los dientes y se frotan la cara con crema de manos, que resulta muy refrescante. Bill pasa un paquete de píldoras contra la acidez de estómago y más pastillas contra la tos. Reserva los cacahuetes y el ginger-ale para la cena. Improvisa una especie de colador con la camisa y lo sumerge en el agua, para atrapar plancton, dice. Saca una maraña verde, la retuerce para retirar el agua salada y mastica un puñado con aire pensativo. Todos toman un bocado, salvo Julia, que asegura que es incapaz de tragárselo. Verna lo intenta, pero enseguida lo escupe. Annette lo deglute; es salado y sabe a pescado. Más tarde Bill logra capturar un pececito y comen un poco cada uno; el fuerte olor a pescado se mezcla con los otros olores —de cuerpos sin lavar y de prendas con las que se ha dormido—, que a Annette le atacan los nervios. Está irritable, ha dejado de tomar las pastillas y a lo mejor es por eso.

Bill tiene una navaja, con la que parte por la mitad las bandejitas de plástico de los sándwiches, y a continuación les practica unas rendijas para hacer gafas de sol, «como los esquimales», dice. Está claro que tiene dotes de líder. Deshace parte del suéter de Verna y retuerce la lana rosa para confeccionar cordones con los que sujetarlas. Han prescindido del toldo, daba demasiado calor y había que enderezar continuamente los remos. Optan por ajustarse las bandejas de plástico a la cara. Se embadurnan la nariz, los labios y las partes desprotegidas de la frente con los lápices de labios sacados de los bolsos; dice Bill que así evitarán las quemaduras de sol. A Annette la perturba el efecto de esas máscaras y marcas rojas. Lo que la inquieta es que ya no sabe quiénes son esas personas, quién hay detrás de las caras de plástico blanco con rendijas por ojos. Pero ese mismo aspecto debe de tener ella. Sin embargo, resulta exótico, y aún le funciona la cabeza lo bastante bien para pensar en sacar una fotografía, aunque no la saca. Y debería hacerlo, por la misma razón por la que ha tenido buen cuidado en no olvidarse de dar cuerda al reloj: contribuiría a mantener la moral porque invitaría a pensar que hay un futuro. Pero de pronto no tiene sentido.

Hacia las dos, Greg, el estudiante, empieza a agitarse. Se abalanza sobre la borda y trata de meter la cabeza en el agua. Bill se echa encima de él, y al cabo de un instante Mike lo ayuda. Sujetan a Greg y lo inmovilizan en el fondo del bote.

—Ha bebido agua del mar —dice Mike—. Lo he visto. Esta mañana.

El joven boquea como un pez, y un pez es lo que parece, con su impersonal cara de plástico. Bill le quita la máscara y las facciones humanas se vuelven airadas hacia él.

—Delira —dice Bill—. Si lo soltamos, saltará por la borda. La máscara de plástico de Bill gira hacia los otros miembros del grupo. Nadie dice nada, pero piensan, y Annette sabe lo que piensan porque ella está pensando lo mismo. No pueden sujetarlo indefinidamente. Si lo sueltan, morirá, y no solo eso: lo perderán; sería un desperdicio. También ellos se están muriendo poco a poco de sed. Sin duda sería mejor… Verna escarba, lenta y penosamente, como un abejorro tullido, en el montón de ropa y de residuos. ¿Qué busca? Annette intuye que va a ser testigo de algo cotidiano y horrible, máxime porque no estará bañado en un siniestro resplandor rojo, sino en la luz normal bajo la que ha caminado toda su vida; un ritual de mal gusto escenificado para los turistas; de mal gusto porque se escenifica para los turistas, para quienes no son responsables, para quienes convierten la vida de los demás en un fugaz espectáculo placentero. Ella es una turista profesional, su trabajo consiste en dejarse complacer y no participar; en sentarse a observar. Pero lo van a degollar, como a aquel cerdo en la playa de México, y por una vez no le parece pintoresco e insólito. «Mantente al margen», dijo el hombre del traje verde claro a su esposa, que era muy sentimental con los animales. ¿Es posible quedarse al margen con solo desearlo?

Siempre puedo decir que yo no fui, que no pude impedirlo, piensa imaginando la entrevista del periódico. Pero tal vez no haya entrevista, y por lo tanto está anclada en el presente, con cuatro marcianos y un loco que espera a que ella diga algo. De modo que esto es lo que ocurre a sus espaldas; de modo que esto es lo que significa estar viva; lamenta haber querido saberlo. Pero el cielo ya no es liso; es más azul que nunca y se aleja de ella, claro pero desenfocado. *You are my sunshine...*, piensa Annette. Eres mi sol, cuando el cielo está gris. La luz es la de siempre. No ha cambiado. ¿Soy uno de ellos o no?

El resplandeciente quetzal

Sarah estaba sentada junto al borde del pozo de los sacrificios rituales. Lo había imaginado más pequeño, más parecido a una cisterna, pero aquel era enorme. Del agua del fondo, turbia y de color barro, emergían juncos recrecidos, y a un lado asomaban raíces de los árboles que rodeaban el pozo —a no ser que fuesen plantas trepadoras—, que cubrían parcialmente la pared caliza hasta adentrarse en el agua. Sarah pensó que podía merecer la pena ser víctima de un sacrificio si el pozo fuese más bonito; nadie iba a conseguir que se tirara a un fangoso agujero como aquel. Probablemente los empujaban, o los golpeaban en la cabeza y los tiraban. Según la guía que compró, el agua era profunda, pero a ella le parecía más bien encharcada.

Como era obvio, el guía que acompañaba a su grupo de turistas quería terminar lo antes posible con la visita, para volver a hacinarlos en el autocar, pintado a franjas rosadas y púrpuras, y relajarse. Eran turistas mexicanos. A Sarah le parecía tranquilizador que otras personas, además de canadienses y estadounidenses, llevaran sombrero y gafas de sol y lo fotografiasen todo. Puestos a hacer tales viajes, le habría gustado más poder hacerlos con Edward en otra época del año. Pero como él trabajaba en la enseñanza, estaban limitados a las vacaciones escolares. La peor época era la Navidad. De haber tenido hijos, les habría ocurrido lo mismo aunque él tuviese otro trabajo. Pero el caso es que no los tenían.

El guía los condujo por el sendero de grava, como si fuesen gallinas que había que apremiar a volver al corral. Él se rezagó ligeramente detrás de Sarah, apurando el cigarrillo, con un pie apoyado en una roca, como un conquistador. Era un hombre bajito y moreno con varios dientes de oro, que brillaban cada vez que sonreía. Ahora le sonreía a Sarah con la comisura de la boca, y ella le devolvió la sonrisa con naturalidad. Le gustaba que aquellos hombres le sonrieran, e incluso los libidinosos y sibilantes ruidos que hacían con la boca cuando caminaban detrás de ella en la calle (siempre y cuando no la tocasen). Edward fingía no oírlos. Quizá lo hiciesen tanto porque allí escaseaban las rubias. No se tenía por bonita. La palabra que había elegido para ella desde hacía algún tiempo era «atractiva»; con eso le bastaba sobradamente, porque nadie llamaría «atractiva» a una escoba vestida.

El guía tiró la colilla al pozo y dio media vuelta para seguir a su bandada de gallinas. Sarah se olvidó de él de inmediato. Notó que algo subía por su pierna, pero al mirar no vio nada. Se remetió la larga falda de su vestido de algodón bajo los muslos y la sujetó juntando las rodillas. Era uno de los lugares donde podían picarle las pulgas; sitios con suciedad en el suelo, donde la gente se sentaba, en los parques y en las estaciones de autobús. Pero no le preocupaba, porque le dolían los pies y hacía un sol de justicia. Prefería sentarse a la sombra y que le picasen las pulgas que ir con la lengua fuera tratando de verlo todo, que es lo que quería hacer Edward; aunque ella tenía la suerte de que las picaduras no se le inflamaran como a él.

Edward se había rezagado en el sendero y se había perdido de vista entre los arbustos, observando alrededor con sus nuevos prismáticos Leitz. No le gustaba estar sentado, porque se ponía nervioso. En estos viajes a Sarah se le hacía difícil estar tranquilamente sentada y pensar. Llevaba colgados del cuello los viejos prismáticos de Edward, que pesaban una tonelada. Se los quitó y los guardó en el bolso.

Una de las primeras cosas que Edward le confió a Sarah fue su pasión por los pájaros. Algo cohibido, como si de un precioso regalo se tratase, le mostró el forrado cuaderno de notas que empezó a llevar cuando tenía nueve años, con su vacilante e infantil letra de imprenta (petirrojos, arrendajos y una variedad de martín pescador), y el día y el año junto a cada nombre. Sarah fingió conmoverse e incluso interesarse por ello y, en el fondo, así fue, porque nunca había tenido esta clase de compulsiones, mientras que Edward se sumergía en todo por completo, como si se zambullese a explorar un misterioso mar. Durante cierto tiempo fueron los sellos. Luego le dio por tocar la flauta y casi la vuelve loca con sus ejercicios. Ahora le tocaba a las ruinas precolombinas, y estaba decidido a ascender a todo montón de piedras vetustas que se le pusiese a tiro. Capacidad de dedicación, pensaba Sarah que podía llamarlo. Al principio las obsesiones de Edward le fascinaban, porque no las entendía. Pero ahora estaba harta de ellas. De todas maneras, tarde o temprano las abandonaría, justo cuando empezase a dominar la materia, salvo en lo tocante a los pájaros; eso había permanecido constante. También ella, pensaba Sarah, fue una de sus obsesiones.

Habría sido más llevadero si Edward no hubiese insistido en atraerla a todas sus aficiones. O, mejor dicho, si no hubiera insistido en otros tiempos, porque ya no lo hacía. Y ella lo había alentado, le había hecho creer que compartía sus gustos, o por lo menos que los aceptaba de buen grado. Pero, cuanto mayor se hacía, menos indulgente se mostraba. Malgastar energía le preocupaba, porque para ella era eso, malgastar energía, pues nunca perseveraba en nada. ¿De qué servía tener un enciclopédico conocimiento de los pájaros? Habría sido distinto de sobrarles el dinero, pero nunca llegaban a fin de mes. Si dedicase toda aquella energía a algo productivo, en su trabajo, por ejemplo, otro gallo cantaría. Si se lo propusiera, podría ser director, no paraba de decirle Sarah. Pero a él no le interesaba; se contentaba con ir tirando, haciendo lo mismo año tras año. Sus alumnos de sexto lo adoraban, especialmente los chicos, quizá porque intuían que se parecía mucho a ellos.

Al poco de conocerse, Edward empezó a pedirle que fueran a pajarear, como lo llamaba él, y, por supuesto, ella accedió. Habría sido un error rechazarlo. Por entonces no se quejaba de que se le hicieran llagas en los pies o de calarse hasta los huesos con la lluvia, bajo chorreantes árboles, tratando de no perderle la pista a algún insignificante gorrión, mientras Edward pasaba las hojas de la *Guía campestre de Peterson* como si de la Biblia se tratase, o como si el pájaro fuese el Santo Grial. Incluso había llegado a conocer bastante bien la materia. Como Edward era miope, ella podía seguir los movimientos de los pájaros más fácilmente. Con su habitual generosidad, él lo reconocía así, y Sarah se había acostumbrado a utilizarlo cuando quería quitárselo de encima un rato. Como en aquellos momentos, por ejemplo.

—He visto algo por allí —dijo Sarah, señalando la verde espesura del otro lado del pozo.

—¿Dónde? —exclamó Edward, que enfocó la mirada ansiosamente y alzó sus prismáticos.

Incluso él tenía pinta de pájaro, pensaba Sarah, con su larga nariz y sus piernas zancudas.

—Ese que está posado allí, el del copete. En eso que parece un castaño. Veo una cosa anaranjada.

—¿Una oropéndola? —dijo Edward, mirando hacia allí.

—No lo veo bien desde aquí. ¡Oh…! Ha volado —exclamó Sarah señalando por encima de sus cabezas, mientras Edward escudriñaba en vano el cielo—. Creo que ha vuelto a posarse por ahí detrás.

Eso bastaba para alejarlo, pero Sarah tenía que hacerlo a

menudo con pájaros de verdad, para que él la creyese siempre.

Edward se sentó en la raíz de un árbol y encendió un cigarrillo. Se había adentrado por el primer sendero que encontró a su derecha. Olía a orina y, al ver el sendero sembrado de Kleenex en descomposición, comprendió que aquel era uno de los lugares donde la gente iba a aliviarse cuando no le daba tiempo a llegar a los lavabos, situados detrás de la caseta donde vendían los tiquets.

Se quitó las gafas y el sombrero y se limpió el sudor de la frente. Estaba rojo, lo notaba; rubor, lo llamaba Sarah, que persistía en atribuirlo a timidez y azoramiento infantil. Aún no había llegado a comprender que se trataba de simple rabia. Pese a ser tan retorcida, a veces resultaba increíblemente estúpida.

Así, por ejemplo, Sarah ignoraba que Edward había descubierto el truquito de los pájaros hacía más de tres años. Sarah había señalado a un árbol y le dijo haber visto un pájaro posado en una rama; pero hacía solo unos segundos que él lo había inspeccionado y no había absolutamente nada. Además, ella era muy descuidada. A menudo le describía un pájaro con aspecto de oropéndola que se comportaba como el tirano; pájaros carpinteros donde nunca se le ocurriría posarse a un pájaro carpintero; arrendajos mudos o garzas cuellicortas. Debía de pensar que era un completo imbécil que se tragaba la más burda patraña.

Pero ¿por qué no iba a pensarlo, si él siempre daba la sensación de picar? Y ¿por qué lo hacía? ¿Por qué iba en pos de sus imaginarios pájaros, fingiendo haberla creído? En parte se debía a que, pese a saber que lo engañaba, no tenía ni idea de por qué. No podía ser por simple malicia, pues estaba sobrada de recursos para desahogarla. Edward prefería ignorar la verdadera razón, que imaginaba como algo informe, amenazador y terminante. La mentira acerca de los pájaros era una de las muchas mentiras que apuntalaban su relación. Temía enfrentarse a ella, porque eso sería el final; todos los fingimientos se desplomarían con estrépito, y ellos quedarían entre los cascotes, fulminándose con la mirada. No tendrían nada más que decirse. Y Edward no estaba preparado para eso.

Además, ella lo negaría todo.

—¿Qué quieres decir? Por supuesto que lo he visto. Ha remontado el vuelo por allí. ¿Por qué iba a inventármelo?

Se lo diría mirándolo con fijeza, sus facciones enmarcadas por su media melena rubia; imperturbable e inamovible como una roca.

Edward se imaginó de pronto asomando ruidosamente de la maleza, como King Kong, cogiendo a Sarah en volandas y tirándola al pozo. Habría hecho cualquier cosa para quebrar aquella imperturbable expresión, meliflua, pálida, irreductible y ufana, como una virgen de la escuela flamenca. Una hipócrita, eso es lo que era. Nada era nunca culpa suya. No era así cuando la conoció. Pero no funcionaría: al caer al pozo clavaría la mirada en él, no con temor, sino con maternal irritación, como si hubiese derramado el chocolate sobre el mantel blanco. Y se bajaría la falda, porque siempre estaba muy pendiente de las apariencias.

Además, no sería del todo adecuado tirar a Sarah al pozo, tal cual, con la ropa que llevaba. Recordaba pasajes de los libros que había leído antes de emprender aquel viaje. (Y eso era otra cosa: Sarah no creía en leer acerca de lugares que iba a visitar.

—¿No quieres entender lo que ves? —le preguntaba él.

—Veré lo mismo que tú —replicaba ella—. Me refiero a que tener muchos datos no modifica la estatua o lo que sea.

A Edward esa actitud lo sacaba de quicio. Y ahora que estaban aquí, Sarah se resistía a sus intentos de explicarle las cosas, con su habitual método de fingir no oírlo.

—Eso es un chac-mool, ¿lo ves? Esa cosa redonda que tiene encima del estómago sostenía el cuenco en el que depositaban los corazones; y la mariposa de la cabeza significa el alma que vuela hacia el sol.

—¿Podrías alcanzarme la loción solar, Edward? Creo que está en la bolsa, en el compartimiento de la izquierda.

Y él le alcanzaba la loción solar, de nuevo derrotado.)

No, ella no sería un sacrificio adecuado, con o sin loción. Solo tiraban al pozo a las víctimas propiciatorias (o acaso saltasen por propia voluntad) para el dios del agua, para que hiciera llover y fertilizase sus campos. Los ahogados eran mensajeros, enviados con peticiones para el dios. Sarah debería ser primero purificada en la sauna de piedra contigua al pozo. Luego, desnuda, se arrodillaría ante él, con un brazo cruzando el pecho, en actitud de sumisión. Él añadía elementos ornamentales: una cadena de oro con un medallón de jade, y un brazalete, también de oro, adornado con plumas. El pelo, que Sarah solía llevar recogido en una trenza arrollada en la nuca, quedaría suelto. Pensaba en su cuerpo, que imaginaba más estilizado y firme, con un abstracto deseo que procuraba desligar todo lo posible de la propia Sarah. Esa era la única clase de deseo que podía sentir ahora por Sarah. Tenía que vestirla antes de poder hacer el amor con ella. Pensaba en sus primeros tiempos, antes de casarse. Era casi como si hubiese tenido un lío con otra mujer, tanto había cambiado. Por entonces trataba su cuerpo como si fuese algo sagrado, como un cáliz blanco y dorado, que había que tocar con cuidado y ternura. Y eso a ella le gustaba. Aunque era dos años mayor que él, y mucho más experta, no le había importado su timidez ni su vocación. No se había reído de él. ¿Por qué había cambiado Sarah?

A veces pensaba que era por el niño, que murió al nacer. Por entonces él la apremió a que tuviesen otro enseguida, y ella dijo que sí, pero no quedó embarazada. No hablaba de ello. «Bueno, qué se le va a hacer», dijo ella en el hospital, poco tiempo después. Según el médico, el niño estaba perfectamente; no había sido más que uno de esos terribles accidentes que a veces ocurren. Ella no había vuelto a la universidad desde entonces, tampoco se puso a trabajar. Se quedaba en casa y se ocupaba de mantenerla pulcra, mirando por encima del hombro de Edward, hacia la puerta, por la ventana, como si esperase algo.

Sarah inclinaría la cabeza ante él, que, vestido con un traje de plumas y con una máscara de sumo sacerdote, larga nariz y largos dientes, la rociaría con sangre de pequeñas incisiones que se haría en la lengua y en el pene. Luego tendría que darle el mensaje que debería llevarle al dios; pero no se le ocurría nada que pedirle.

¡Qué formidable idea para ponerles un trabajo a los de sexto!, pensó Edward. Les haría construir maquetas de los templos; les mostraría las diapositivas que había hecho; les llevaría tortillas en lata y tamales para organizar un almuerzo a la mexicana; les haría hacer pequeños chac-mools de papel maché…; y organizaría un partido del juego de pelota en el que al capitán del equipo perdedor le cortaban la cabeza (les resultaría sugerente, pues a esa edad todos estaban sedientos de sangre). Ya se veía en el estrado derramando su entusiasmo sobre ellos, gesticulando, actuando para sus alumnos. Imaginaba su reacción; pero estaba seguro de que luego se deprimiría. ¿Qué eran sus trabajos especiales sino sucedáneos de la televisión, algo para entretenerlos? Les gustaba porque bailaba para ellos, como un cómico muñeco, inagotable y un poco ridículo. No era de extrañar que Sarah le despreciase.

Edward aplastó con el pie la colilla que acababa de tirar al suelo. Volvió a ponerse el sombrero, blanco y de ala ancha, que Sarah le había comprado en un mercadillo. Él lo quería de ala más estrecha, para que no le estorbase al mirar con los prismáticos, pero Sarah le dijo que así parecería un golfista estadounidense. No perdía ocasión de infligirle su suave y condescendiente ironía.

Edward aguardaría lo bastante para hacer creíble su pajareo y entonces regresaría.

Sarah especulaba acerca de cómo habría hecho aquel viaje si Edward hubiese muerto oportunamente. No es que le deseara la muerte, pero no imaginaba cómo podía desaparecer de otro modo. Edward era omnipresente, impregnaba toda su vida como una especie de olor. Le resultaba difícil actuar o pensar, salvo en función de él. De ahí que le pareciese un inofensivo y agradable ejercicio imaginar que hacía aquel mismo itinerario sin Edward, limpiamente retirado de la imagen, aunque en modo alguno habría ido allí de no ser por él. Habría preferido echarse en una tumbona en, pongamos por caso, Acapulco, y tomar bebidas refrescantes. Se imaginó rodeada de varios hombres morenos en traje de baño, pero descartó enseguida la imagen, porque eso sería demasiado complicado y nada relajante. A menudo había pensado en ponerle los cuernos a Edward (lo que, en cierto modo, a él le vendría bien, aunque no estaba segura de para qué), pero no había llegado a hacerlo nunca. Además, ya no conocía a nadie adecuado.

Supongamos entonces que estuviese allí sin Edward. Por

lo pronto se alojaría en un hotel mejor, uno que tuviese toma de corriente en el lavabo. No habían estado nunca en un hotel que la tuviera. Sería más caro, naturalmente, pero se imaginaba con más dinero si Edward moría; porque en tal caso dispondría de todo su sueldo, en lugar de solo una parte. Sabía que, si de verdad muriese, no iba a quedarle ningún sueldo; pero tener esto en cuenta le estropeaba la fantasía. Y viajaría en avión, a ser posible, o en autocares de lujo, en lugar de en los ruidosos y atestados coches de línea que él se empeñaba siempre en elegir. Decía que se apreciaba mucho mejor el color local, que no tenía sentido visitar otro país si se pasaba todo el tiempo con turistas. En teoría, Sarah estaba de acuerdo; pero los coches de línea le producían dolor de cabeza, y podía prescindir de estos viajes de familiarización con la mugre, las míseras chabolas con precarios tejados de paja, los pavos y los atraillados cerdos.

Edward aplicaba la misma lógica a los restaurantes. Había uno estupendo en el pueblo en el que se encontraban. Sarah lo había visto desde el coche de línea, y no parecía muy caro; pero no. Tenían que comer en una destartalada choza de suelo de linóleo y con manteles de plástico. Eran los únicos clientes. Detrás de ellos, cuatro adolescentes jugaban al dominó, bebían cerveza y estallaban en continuas y molestas risotadas. Frente al televisor, unos niños veían una película que Sarah reconoció como una nueva versión, doblada, de *El Cisco Kid*.

En la barra, junto a la repisa del televisor, había un belén, con los Reyes Magos de yeso pintado, uno a lomos de un elefante y los otros en camello. Al primer rey mago le faltaba la cabeza. En el establo, unos diminutos José y María adoraban a un enorme Niño Jesús, casi tan grande como medio elefante. Sarah se preguntaba cómo podía haber dado a luz la Virgen María a semejante coloso; la sola idea la estremecía. Junto al belén había un Papá Noel con un halo de luces parpadeantes y, al lado, una radio con forma de Pedro Picapiedra, a través de la que se oían canciones populares norteamericanas, todas ellas antiguas.

Oh, someone help me, help me, pleee-ee-ee-ee-ze...

—¿No es Paul Anka? —preguntó Sarah.

Pero no era la clase de cosas que se podría esperar que Edward supiera. Acababa de lanzarse a una defensa de la comida, la mejor que había comido en México, según él. Sarah se negó a proporcionarle el consuelo de estar de acuerdo. El restaurante le parecía más deprimente de lo que quizá era, sobre todo a causa del belén. Era penoso, como ver a un inválido tratando de caminar, uno de los espásticos y postreros gestos de una religión en la que nadie, sin duda, podía creer durante mucho tiempo.

Otro grupo de turistas los seguía cuesta arriba por el sendero. Eran estadounidenses, a juzgar por las voces que le llegaban. Pero el guía era mexicano. Se encaramó al altar, dispuesto a soltar su rollo.

—No te acerques demasiado al borde.

—Descuida, que tengo vértigo. ¿Qué ves ahí abajo?

—Agua. ¿Qué quieres que vea?

El guía dio una palmada para llamar su atención. Sarah escuchaba solo a medias. No tenía el menor interés en saber nada más acerca de ello.

—Antes la gente decía que solo tiraban al pozo a las vírgenes —empezó a explicar el guía—. Aunque no sé cómo podían saberlo. Es siempre difícil de decir —añadió, esperando una carcajada que, al fin, se produjo—. Pero no es cierto. Y enseguida les explicaré cómo lo descubrimos. Aquí tenemos el altar de Tláloc, el dios de la lluvia…

Junto a Sarah había sentadas dos mujeres. Ambas llevaban pantalones de algodón, topolinos y sombreros de paja de ala ancha.

—¿Has subido al alto?

—Ni en broma. Le he dicho a Alf que subiese él, y le he sacado una fotografía cuando ha llegado arriba.

—Lo que no me cabe en la cabeza es por qué levantaron estas cosas tan enormes.

—Era su religión. Eso es lo que dicen ellos.

—Bueno, por lo menos mantenía ocupada a la gente.

—La solución para el problema del paro.

Ambas se echaron a reír.

—¿Cuántas de estas ruinas pretenden hacernos visitar?

—Ni idea. Tendremos que visitar también la mía, porque estoy hecha polvo. Preferiría volver al autocar y quedarme allí sentada.

—Pues yo preferiría ir de compras, aunque no hay mucho que comprar.

Sarah se indignaba al oírlas. ¿Es que no tenían el menor sentido del respeto? Hacía unos momentos ella había pensado algo parecido, pero oírselo a aquellas mujeres, una de las cuales llevaba un bolso decorado con flores de paja de pésimo gusto, le hizo desear defender el pozo.

—El paisaje, desde luego, es atractivo —dijo la mujer del bolso—. No he podido ir antes al aseo. Había mucha cola.

—Toma un Kleenex —dijo la otra mujer—. No hay papel. Y casi hay que vadear; hay dos dedos de agua en el suelo.

—Me parece que voy a meterme entre los árboles —dijo la mujer del bolso.

Edward se levantó y se dio un masaje en la pierna izquierda, que se le había dormido. Ya tenía que regresar. Sarah refunfuñaría, pese a haber sido ella quien lo había mandado a aquella estúpida exploración.

Pero nada más empezar a rehacer el camino vio con el rabillo del ojo un destello anaranjado. Edward ladeó el cuerpo y alzó los prismáticos. Era una oropéndola, parcialmente oculta por las hojas; podía verle el pecho, de vivo color anaranjado, y una de sus alas, a franjas oscuras. Ojalá fuese un *Oriolus galbula*, porque aún no había visto ninguno. Le rogó en silencio que se dejase ver del todo. Era extraño que los pájaros solo fuesen mágicos para él la primera vez que los veía. Aunque, claro está, había centenares de especies que nunca vería; por más que viese, siempre le quedaría alguna por conocer. Quizá esa fuese la razón de que aún le interesaran. El pájaro se alejaba de él a saltitos, adentrándose en el follaje. «¡Vuelve!», lo llamó en silencio. Pero la oropéndola remontó el vuelo y se perdió de vista.

De pronto Edward se sintió feliz. Puede que, después de todo, Sarah no le hubiera estado mintiendo; tal vez de verdad hubiese visto a aquel pájaro. Y aunque no lo hubiese visto, lo cierto era que allí estaba, como si respondiera a su necesidad de verlo. Edward tenía la sensación de que los pájaros solo se dejaban ver cuando querían, si tenían algo que decirle, un secreto, un mensaje. Los aztecas creían que los colibríes eran las almas de los guerreros muertos, pero ¿por qué no todos los pájaros? Y ¿por qué solo los guerreros? O quizá fueran las almas de los que aún no habían nacido, como creían algunos. «Una joya, una preciosa pluma», llamaban a los nonatos, según *La vida cotidiana de los aztecas*. (*Quetzal* significaba «pluma».)

—Ese es el pájaro que quiero ver —dijo Sarah, mientras hojeaban *Los pájaros de México* antes de emprender el viaje.

—El resplandeciente quetzal —dijo Edward.

Era un pájaro verde y rojo, con espectaculares plumas caudales de iridiscente color azul. Y le explicó que pájaro quetzal significaba «pájaro pluma».

—Me parece que no veremos ninguno —añadió Edward tras leer el epígrafe del hábitat del pájaro en cuestión—. «Bosque pluvial»; dudo que pasemos por ningún bosque pluvial.

—Bueno, pues ese es el que quiero ver —dijo Sarah—. Es el único que me interesa.

Sarah se mostraba siempre muy resuelta acerca de aquello que quería y de lo que no quería. Si iban a un restaurante que no tuviese lo que le apetecía, se negaba a pedir otra cosa; o dejaba que él le pidiese lo que quisiera y luego se limitaba a escarbar, como había hecho la noche anterior. Era inútil decirle que aquella era la mejor comida que habían hecho allí. Nunca perdía los estribos ni la compostura, pero era muy terca. ¿Quién si no Sarah, por ejemplo, se habría empeñado en llevar un paraguas plegable a México durante la estación seca? Edward había tratado de disuadirla, señalándole que era algo inútil y un peso innecesario, pero ella había decidido llevarlo de todas maneras. Y el caso era que la tarde anterior había llovido, un verdadero aguacero. Todos habían corrido a guarecerse, apretujándose contra las paredes y en el interior del templo, pero Sarah se había limitado a abrir el paraguas muy ufana, sin moverse de donde estaba. Esto enfureció a Edward. Incluso cuando se equivocaba, Sarah se las componía para acabar teniendo razón. Si por lo menos una vez reconociese... ¿qué? Que podía cometer errores. Eso era lo que realmente lo molestaba: su presunción de infalibilidad.

Edward sabía que Sarah lo culpaba de la muerte de su hijo. Pero ignoraba por qué. Quizá porque salió a comprar cigarrillos, suponiendo que el bebé no nacería tan pronto. Y no estuvo presente cuando se lo comunicaron a Sarah, que tuvo que recibir la noticia sola.

—No fue culpa de nadie —le había reiterado él—. Ni del médico ni tuya. El cordón estaba enrollado.

—Ya lo sé —dijo ella, que nunca lo acusó explícitamente, aunque Edward notase que su reproche la envolvía como una neblina. Como si él hubiese podido hacer algo.

—Yo lo deseaba tanto como tú —le dijo Edward.

Y no mentía. No había pensado casarse con Sarah (nunca se lo propuso, sencillamente porque no le había pasado por la cabeza que aceptase) hasta que ella le dijo que estaba embarazada. Hasta aquel momento era ella quien dominaba la situación. Edward estaba seguro de no ser más que una diversión para ella. Pero no fue ella quien, explícitamente, sugirió el matrimonio, sino él, que dejó la Facultad de Teología y se sacó el título de profesor de enseñanza primaria aquel verano, para salir adelante con la inminente familia. Todas las noches le masajeaba la barriga, notando cómo se movía el niño, tocándolo a través de la piel. Para él, era algo sagrado, y la incluía a ella en su adoración. Cuando Sarah estaba de seis meses y tenía que dormir boca arriba, empezó a roncar, y él velaba, escuchando sus suaves ronquidos (blancos y plateados se le antojaban, casi canciones, misteriosos talismanes). Por desgracia, Sarah había conservado aquel hábito, pero él ya no sentía lo mismo acerca de sus ronquidos.

Al morir el niño, fue él quien lloró, no Sarah. Ella nunca había llorado. Se levantó y empezó a andar por la habitación casi de inmediato. Quiso salir del hospital lo antes posible. La ropa para la canastilla que había comprado desapareció del apartamento. Edward nunca supo qué había hecho con ella, por temor a preguntárselo.

Desde entonces no había dejado de preguntarse por qué seguían casados; era ilógico. Si se casaron por el niño y no había niño, y seguía sin haberlo, ¿por qué no se separaban? Aunque Edward no estaba seguro de desear separarse de ella. Puede que aún confiara en que hubiese novedades, en que ella quedase otra vez embarazada, pero era inútil pedirlo. Los niños venían cuando querían, no cuando uno quería que lo hicieran. Venían cuando menos se esperaba. Una joya, una preciosa pluma.

—Ahora se lo explicaré —dijo el guía—. Los arqueólogos han bajado al pozo. Han extraído más de cincuenta esqueletos y han descubierto que varios no correspondían en absoluto a vírgenes, sino a hombres. Además, la mayoría eran niños. De modo que, como pueden ver, eso acaba con la leyenda popular.

El guía hizo un pequeño movimiento desde lo alto del altar, casi como una reverencia, pero nadie aplaudió.

—No lo hacían por crueldad —prosiguió el guía—. Creían que esas personas llevarían un mensaje al dios de la lluvia, y que vivirían eternamente en su paraíso del fondo del pozo.

—¡Menudo paraíso! —exclamó la mujer del bolso, dirigiéndose a su amiga—. Yo vuelvo al autocar. ¿Me acompañas?

La verdad es que el grupo ya empezaba a desfilar, y a desperdigarse como al llegar. Sarah aguardó a que se hubiesen marchado. Entonces abrió su bolso y sacó el Niño Jesús de yeso que había robado del belén la noche anterior. Le parecía inconcebible haber hecho algo así, pero el caso es que lo había hecho.

No había sido un acto premeditado. Se quedó junto al belén mientras Edward pagaba la cuenta (tuvo que ir a la cocina, porque eran muy lentos y ya hacía demasiado que esperaban que les llevaran la cuenta a la mesa). Nadie la veía. Los muchachos que jugaban al dominó solo estaban pendientes del juego, y los pequeños no apartaban la vista del televisor. Solo tuvo que alargar la mano más allá de los Reyes Magos y, a través del portal, coger al Niño y guardárselo en el bolso.

Le dio la vuelta para examinarlo bien. Separado de las miniaturas de la Virgen y de José no resultaba tan absurdo. Su pañal formaba una sola pieza con la figura, y parecía más bien una túnica. Tenía los ojos de vidrio y un corte de pelo a lo paje, demasiado largo para un recién nacido. Un niño perfecto, salvo por el desconchado de la espalda, que por suerte no se veía. Debía de habérsele caído a alguien al suelo.

Todo cuidado era poco. Durante el embarazo se cuidó muchísimo. No dejó un solo día de tomar las vitaminas que el médico le había recetado y solo comía lo que los libros recomendaban. Bebía cuatro vasos de leche diarios, a pesar de que detestaba la leche. Hacía los ejercicios e iba a clase. Nadie podría decir que no había hecho lo correcto. Temía que su hijo naciera con algún problema, que fuera mongólico, tuviese un defecto grave, o que padeciese de hidrocefalia, con una enorme cabeza líquida, como las de los niños que había visto un día tomando el sol en silla de ruedas en el césped del hospital. Pero el niño estaba perfectamente.

No pensaba correr el riesgo de volver a pasar por lo mismo. Que Edward agitara la pelvis hasta quedarse morado («volver a intentarlo», lo llamaba él). Ella tomaba la píldora cada día a escondidas. No pensaba volver a intentarlo; era pedirle demasiado.

¿Qué había hecho mal? No había hecho nada mal. Ahí estaba el problema. No podía echarle la culpa a nada ni a nadie, salvo, vagamente, a Edward; y no podía acusarlo de la muerte del niño por el solo hecho de no haber estado allí. Desde entonces, cada vez se ausentaba más. En cuanto dejó de estar embarazada, él perdió interés y la tenía abandonada. Veía claro que por eso estaba más resentida con él. La había dejado sola con el cadáver, un cadáver sin explicación.

«Perderlo», lo llamaba la gente. Decían que había perdido al niño, como si anduviera por allí buscándola, llorando y lamentándose, como si fuera algo que hubiese extraviado por descuido. Pero ¿dónde? ¿A qué limbo había ido, a qué líquido paraíso? A veces tenía la sensación de que se había producido un error y de que el niño aún no había nacido. Todavía lo notaba moverse en su interior, aunque muy ligeramente, aferrándose a ella por dentro.

Sarah dejó al niño encima de una roca, a su lado. Se levantó y se alisó las arrugas de la falda. Estaba segura de que volverían a picarle las pulgas cuando regresase al hotel. Cogió al niño y caminó lentamente hasta el borde del pozo.

Desde el sendero, por el que ya subía cansinamente, Edward la vio allí, junto al pozo y con los brazos levantados por encima de la cabeza. «¡Dios mío! ¡Va a tirarse!», exclamó Edward para sus adentros. Fue a gritarle que se detuviera, pero temió sobresaltarla. Podía correr hacia ella y sujetarla… Pero lo oiría. De modo que permaneció inmóvil, paralizado, mientras Sarah seguía también inmóvil. Pensaba que de un momento a otro Sarah se tiraría de cabeza al pozo. ¿Y qué haría entonces? Pero vio que, simplemente, Sarah echaba el brazo hacia atrás y lanzaba algo al interior del pozo. Entonces Sarah se dio la vuelta, anduvo a trompicones hacia la roca donde él la había dejado, y se acuclilló.

—¡Sarah! —la llamó él.

Ella se tapaba la cara con las manos y no las separaba. Edward se arrodilló entonces para quedar a su altura.

—¿Qué te ocurre? ¿Te encuentras mal?

Sarah meneó la cabeza y se tapó la cara con las manos. Parecía llorar, en silencio e inmóvil. Edward estaba abatido. Pese a toda su perversidad, la Sarah de siempre era algo que podía afrontar, porque había ideado varios recursos para hacerlo. Pero no estaba preparado para esto, porque era ella quien dominaba siempre la situación.

—Vamos —dijo él, tratando de disimular su desesperación—. Tienes que comer algo; te sentirás mejor.

Al decirlo, Edward comprendió lo fatuo que debía de sonar. Pero, por una vez, no se encontró con la condescendiente sonrisa ni con una reacción indulgente.

—Esto no es propio de ti —dijo Edward, suplicante, como si aquel fuese un argumento infalible para hacerla reaccionar, para devolverle a Sarah su aplomo proverbial.

Sarah apartó las manos de la cara y, al hacerlo, Edward sintió un escalofrío. Sin duda, ahora veía el rostro de otra persona, totalmente distinta, de una mujer que no había visto en su vida. O acaso no viese ningún rostro. Pero (y eso era casi lo peor) no vio más que a Sarah, con casi el mismo aspecto de siempre.

Ella sacó un Kleenex del bolso y se limpió la nariz. «Sí, es propio de mí», pensó. Entonces se levantó y volvió a alisarse la falda. Luego cogió el bolso y el paraguas plegable.

—Me apetece una naranja —dijo—. Las venden ahí, detrás de la taquilla. He visto el puesto al llegar. ¿Has encontrado a tu pájaro?

Aprendizaje

Rob debió de tardar varios minutos en advertir que el sol la deslumbraba. Al notarlo, porque vio cómo entornaba los ojos, la movió un poco hacia un lado para que pudiese ver mejor. Palpó los apoyabrazos acolchados del asiento, sobre los que descansaban sus desnudos y delgados brazos, sujetados por las tiras de cuero, para estar seguro de que no se calentaran demasiado. Debía llevar gorra, porque siempre les advertían del peligro de insolación. Había lucido el sol todo el día, aunque la noche anterior hubo tormenta. Pero le habían puesto la gorra al sacarla con la silla de ruedas.

—Han olvidado la gorra —le dijo—. Qué estupidez, ¿verdad?

Rob le ofreció entonces otra pieza de madera y le dio tiempo para pensar y fijarse en el rompecabezas que estaba a medio resolver en la bandeja.

—¿Por este lado? —le preguntó Rob, siguiendo con la mirada su mano izquierda, cuyo ligero movimiento hacia él le indicaba que sí.

Era uno de los pocos movimientos voluntarios que podía hacer.

Rob observaba sus ojos. Podía moverlos, pero su cabeza daba sacudidas como un pez atrapado en el anzuelo si intentaba girarla demasiado deprisa. Como no controlaba bien los músculos de la cara, nunca sabía si trataba de sonreír o si la mueca de la boca se debía al espontáneo anudar y desanudar de su carne asustadiza, el cuerpo que no respondía a la enorme fuerza de voluntad que adivinaba, o creía adivinar, precintado en sus ojos, como un pequeño pero feroz animal enjaulado. ¡No podía salir! Estaba atada en la silla, prisionera en su jaula de correas, bandejas, ruedas; solo porque estaba atada a su cuerpo como a una zarandeante, a una mareante atracción de feria. Si la desatasen se desintegraría, se derrumbaría, se agitaría, se precipitaría y caería de bruces al suelo. Era uno de los casos más graves que había tenido, le dijo Pam, la psicoterapeuta.

Pero todos estaban de acuerdo en que era inteligente, muy inteligente; asombraba lo que era capaz de hacer. Podía decir que sí moviendo la mano izquierda y, por lo tanto, podía jugar, contestar preguntas e indicar lo que quería. Solo necesitaba un poco más de esfuerzo del habitual por parte del monitor, que debía adivinar muchas cosas. Llevó tiempo, pero como ella le ganó dos veces seguidas a las damas, sin que él se dejase ganar, Rob estaba dispuesto a dedicarle todo el tiempo que fuese necesario. Pensó en enseñarle a jugar al ajedrez. Pero había demasiadas piezas, demasiados movimientos, y tardarían semanas en terminar una partida. Pensaba en ella, impacientemente atrapada en su cuerpo, aguardando a que él cogiese la pieza que ella quería mover e imaginase adónde quería moverla.

Ella no había dicho nada. Rob movió la pieza del rompecabezas por encima de las ya colocadas. «Sí», dijo su mano de inmediato, y él encajó la pieza. Era una jirafa, dos jirafas, la imagen de un curioso animal, una caricatura. Entonces cayó en la cuenta de que acaso ella no supiese qué era una jirafa; puede que nunca hubiese visto una de verdad, ni siquiera una fotografía.

—¿Te aburre este rompecabezas? —le preguntó.

«Sí», contestó ella.

—¿Qué tal si jugamos a las damas?

Eso le gustaba.

—De acuerdo, fiera —dijo él—. Pero esta vez te voy a ganar.

Sus ojos azules lo miraron fijamente; le temblaron los labios. Ojalá pudiera sonreírle, pensaba Rob empujando la silla para ir a buscar las damas y devolver el rompecabezas.

Su inteligencia lo fascinaba. Era tan asombroso como horrible ver aquella mente debatirse en su encierro. Puede que fuese un genio; ¿quién podía saberlo? Sin duda, sabía y sentía cosas que escapaban a los demás. Cuando lo miraba con sus opalinos ojos, claros y fríos, duros como caramelos de menta, era como si ella pudiera ver en su interior, más allá de aquella desesperante pose de amable pariente que sabía que no era más que eso: una pose. Tenía que tener mucho cuidado con lo que pensaba cuando estaba con ella. Porque ella lo captaba, y, sin saber exactamente por qué, le importaba la opinión que tuviese de él.

A veces pensaba que quizá se sentiría mejor si fuese como los demás. Los hidrocefálicos, por ejemplo, de enormes cabezas y cuerpos infantiles; había tres en el campamento, y todos podían hablar, aunque no eran muy inteligentes. O los afectados de distrofia muscular, que tan normales parecían a primera vista, postrados en las sillas, abatidos, pálidos y débiles como huérfanos. Pronto morirían; algunos no llegarían al siguiente verano. A Rob le parecía tan dolorosa la canción del campamento que era incapaz de cantarla.

> *¿Dónde encontráis*
> *a los niños y niñas*
> *que llegan a mayores?*
> *¡En el Pa-a-ara-a*
> *i-íso-o!*

La música era de la canción de Mickey Mouse; lo que a Rob le parecía aún peor, porque recordaba a Los Mosqueteros, aquellos niños rechonchos y coquetos, con ágiles brazos y piernas que utilizaban sus normales y hermosos cuerpos para aquello, para hacer cabriolas, piruetas y payasadas en televisión. Rob bajaba la mirada, la desviaba, miraba a cualquier parte salvo a la hilera de niños condenados, alineados en el auditorio, llevados allí para que Bert, el subdirector, pudiese tocar el acordeón y alimentar lo que él llamaba «el espíritu del campamento». Pero los niños cantaban la canción con brío. Les gustaba cantar. Y los que podían daban palmas.

Jordan no podía dar palmas. En cambio, tendría una larga vida. Su afección no era mortal. Solo tenía nueve años.

La sala de juegos estaba a la derecha, en la cabaña contigua a la casa principal. Habían agrandado la ventana delantera, y le habían incorporado unos postigos de madera y un toldo, y para cuando lloviera un mostrador. Jo-Anne Johnson, que estaba de turno aquella semana, se sentaba detrás del mostrador sobre un taburete alto, leyendo un libro de bolsillo. Llevaba una camiseta blanca de felpa con un ancla en el pecho izquierdo y unos minishorts rojos, y tenía las piernas cruzadas. Rob miró la línea de sus muslos donde el bronceado acababa, luego alzó la vista hacia la estantería instalada detrás del mostrador, donde estaban las pelotas de voleibol y los bates de béisbol. Jo-Anne tenía el cabello castaño y llevaba cola de caballo, sujeta con un pasador dorado, y gafas de sol con montura de concha. Cojeaba un poco al andar. Era una antigua campista que había vuelto como monitora. Rob la consideraba una buena chica, o al menos con él siempre fue amable.

—Querríamos cambiar el rompecabezas —dijo él—. Nos gustaría jugar a las damas.

—¿Otra vez las damas? —exclamó Jo-Anne Johnson—.

240

Debes de estar harto de las damas. Es la cuarta vez esta semana.

A Rob no le gustaba el modo en que algunos hablaban delante de Jordan, como si ella no pudiera oírlos.

—¡Qué va! —exclamó—. Soy yo quien quiere jugar con Jordan. Ya me ha ganado dos veces.

Jo-Anne le sonrió a Rob como si compartieran un secreto. Luego sonrió a Jordan, que la miró fijamente, sin apenas moverse.

—Sí, ya he oído que es toda una campeona —dijo Jo-Anne, que tachó el rompecabezas de la lista que tenía encima del mostrador y anotó el juego de damas junto a su nombre—. Hasta luego —añadió—. Que vaya bien la partida.

—Buscaremos una sombra —le dijo Rob a Jordan, empujando la silla de ruedas por el sendero de cemento, junto a la hilera de cabañas. Las cabañas eran blancas, pulcras, idénticas. Todas tenían una rampa en la entrada en lugar de escalones; en el interior había camas especiales y aseos también especiales, y aquel curioso olor, que no era como el olor de los niños sino más dulce, denso y húmedo, y que le recordaba el de los invernaderos. Un olor a tierra caliente y a polvos de talco, de cosas ligeramente enmohecidas. Naturalmente, siempre había mucha ropa sucia, en bolsas que aguardaban a que las retirasen. Algunos llevaban pañales, lo que resultaba grotesca en niños de doce años. Por las mañanas, antes de que cambiasen las camas, el olor era más fuerte. Se tardaba mucho en tenerlos a todos a punto para empezar la jornada.

A las monitoras les estaba prohibido levantar a los niños de las camas y de las sillas de ruedas; solo podían hacerlo los monitores. Rob se encargaba de su propia cabaña y de dos cabañas de chicas, la Número Siete y la Número Ocho, que era la de Jordan. Con su corte de pelo a lo chico y su carita dura y testaruda, Jordan parecía fuera de lugar en el fruncido camisón de color rosa que le ponían. Rob se preguntaba si le habrían permitido alguna vez elegir la ropa.

Al llegar a un cruce del sendero, giraron a la izquierda. Desde las ventanas abiertas del auditorio, que también se habilitaba para gimnasio, llegaba el sonido de música grabada y la voz de una mujer: «No, vuelve a tu sitio e inténtalo de nuevo. Puedes hacerlo, Susie». Ya habían llegado al final del ala de los chicos. La de las chicas estaba al otro lado del campo central, donde en aquellos momentos jugaban un partido de béisbol, como el día que él llegó. La furgoneta del campamento estaba aparcada al final del camino circular. Desde la fachada, la casa principal parecía la mansión de un millonario, y, efectivamente, lo fue. En el porche, a intervalos regulares, había varias mecedoras que, a primera vista, parecían ocupadas por plácidas ancianas. El director saludó a los monitores recién llegados y le encargó a Bert que les mostrase las instalaciones. A la vuelta de la esquina estaban jugando un partido de béisbol, y Rob pensó: «Bueno, no está tan mal», ya que, desde lejos, sobre el césped verde, bajo un radiante sol que parecía lucir eternamente, el partido parecía desarrollarse casi con normalidad.

Lo extraño era el silencio. A esa edad, lo normal sería que los chicos gritasen, formaba parte del juego; pero allí los partidos se jugaban en silenciosa concentración. La mayoría eran niños que podían caminar con la ayuda de aparatos ortopédicos o de muletas; algunos incluso podían correr. Otros jugadores, en cambio, estaban compuestos por parejas: un chico empujaba de base en base a otro que iba en silla de ruedas. Rob sabía por experiencia que los partidos se jugaban con una corrección y una deportividad que le parecían sobrecogedoras. Durante el partido, aquellos chicos se comportaban como los adultos insistían siempre en que debían comportarse los niños. El único ruidoso en aquellos momentos era Bert, el árbitro, que agitaba los brazos y daba gritos de ánimo porque Dave Snider, paralizado por la polio de cintura para abajo, acababa de batear la pelota y esta sobrepasó la segunda base. Dos jugadores con muletas iban tras ella mientras Dave alcanzaba la primera base.

Rob sabía que debía presentarse voluntario para más actividades deportivas y de supervisión, pero prefería pasar el mayor tiempo posible con Jordan. Además, detestaba el béisbol. Era el deporte de su familia, el deporte en el que daban por sentado que podía sobresalir, del mismo modo que esperaban de él que fuese médico. Su padre insistía en la importancia del deporte, acaso fascinado por los ilustres Kennedy, que aparecían en la revista *Life* jugando al rugby. Joseph Kennedy y sus tres estupendos hijos. Su padre llevaba una camiseta con las letras CHAMP estampadas, regalo de su madre. Sus dos hermanos mayores eran buenos jugadores, y también los hijos de los Miller. El doctor Miller era cirujano, también, como su padre; tenían el consultorio puerta por puerta. Su padre era cardiocirujano, el doctor Miller neurocirujano, y los hijos de Miller también serían médicos.

Jugaban en la playa, y el cielo azul, la luz del sol y las olas que rompían en la arena le producían a Rob la misma sensación de desaliento y de fracaso que él asociaba a aquel juego. Estas cosas que para otros significaban unas despreocupadas vacaciones, equivalían para él a una esclavitud casi insoportable. Negarse a jugar habría sido impensable. De haber sido mejor jugador, podría haber dicho que no le apetecía jugar un determinado partido, pero como no era así, los gritos de aguafiestas y de mal perdedor habrían sido demasiado certeros. Nadie le reprochaba que fuese tan mal jugador, que apenas supiese golpear la pelota porque quizá a causa de su miopía, la luz del sol se reflejaba en la montura de sus gafas, lo deslumbraba, y no le permitía ver la pelota cuando se precipitaba hacia él surcando el cielo azul como un proyectil asesino, y se le entumedían los dedos cuando alzaba las manos para desviarla, y le golpeaba en la cabeza o en el cuello o, lo que era aún más humillante, lo ignoraba tan completamente que tenía que correr detrás de ella e ir a recuperarla a la playa o al lago. Su familia se mofaba de él, especialmente su madre. «¿Qué te has roto hoy?», le preguntaba después del partido, mientras, en el porche superior que daba al embarcadero, repartía bocadillos y Coca-Cola para los chicos y cervezas para los hombres.

En la ciudad, su padre bebía whisky, pero en lo que él llamaba la «casa de verano», bebía cerveza. Los demás contaban anécdotas divertidas acerca de la torpeza de Rob, de sus derrotas ante aquella endemoniada pelota blanca, mientras él sonreía. La sonrisa era obligatoria para demostrar deportividad y lo poco que le importaba. «Has de saber encajar», gustaba de decir su padre, sin aclarar nunca qué era lo que había que saber encajar. Al acabar cada partido, casi indefectiblemente su padre decía que los deportes de competición eran buenos, porque enseñaban a encajar los fracasos. Rob sabía que lo único que pretendía su padre era que se sintiese mejor; sin embargo, de buena gana le hubiese contestado que ya tenía bastante práctica en encajar derrotas y que no le importaría que le enseñara a encajar el éxito.

Pero debía tener cuidado en decir cosas así. «Es el más sensible», acostumbraba a decir la madre a sus amistades, entre orgullosa y algo apenada. La fotografía de Rob preferida de su madre era la del coro infantil, donde aparecía con sobrepelliz, sacada un año antes de que le cambiase la voz. Su hermano mayor era el apuesto; el mediano, el listo, Rob, el sensible. Por eso era necesario, Rob estaba convencido de ello, mostrarse lo más insensible posible. Últimamente empezaba a conseguirlo, su madre se quejaba de que ya no hablaba nunca con ella. Incluso se sentía molesto de que ella mostrase un solícito interés por sus cosas.

La madre confiaba en que sus hijos mayores supiesen elegir su camino, pero no que lo hiciera Rob, quien, en su fuero interno, estaba de acuerdo con ella. Sabía que no llegaría a ser médico, aunque tenía la sensación de que le gustaría. También quería jugar bien al béisbol, pero no era bueno; el único futuro que veía ante sí era el fracaso en la Facultad de Medicina. ¿Cómo confesar que incluso los dibujos de los libros de medicina de su padre, aquellas regiones internas del organismo, abstractas como maquetas de yeso, le daban náuseas y que estuvo a punto de desmayare —no lo notó nadie porque estaba echado en la camilla— cuando dio sangre aquel año en la clínica y, por primera vez, vio el caliente gusano purpúreo de su propia sangre subiendo despacio por el tubo transparente desde su brazo desnudo? Su padre creía concederles a sus hijos un gran privilegio al dejarlos entrar en la sala de observación del hospital, mientras él realizaba operaciones a corazón abierto, pero Rob se sentía tan incapaz de rechazar la invitación como de reconocer sus náuseas («goma roja, no es más que goma roja», se repetía una y otra vez, cerrando los ojos, mientras sus hermanos observaban atentamente). Salía de aquel suplicio con temblor de piernas y las palmas de las manos heridas por los arañazos de sus uñas mordisqueadas. No podía hacerlo, nunca podría hacerlo.

James, el hermano apuesto, ya era interno, y la familia bromeaba en la cena de los domingos acerca de las enfermeras bonitas. Y Adrian sacaba las máximas notas en tercer curso. Ambos encajaban sin esfuerzo en el perfil que les habían trazado. ¿Quién era él, entonces? ¿Qué quedaba para él si sus hermanos ya acaparaban los roles prescritos? El torpe tercer hijo de un cuento de hadas sin princesa ni suerte. Aunque cordial y generoso, amable con los ancianos y los enanitos del bosque. Despreciaba su propia generosidad, porque sentía que no era más que cobardía.

Estaba previsto que Rob ingresase en la escuela preparatoria de Medicina en otoño, disciplinadamente lo haría. Pero tarde o temprano se vería forzado a abandonar. ¿Qué haría entonces? Se veía en lo alto de un furgón como un niño abandonado de los años treinta, sin un centavo, huyendo de la decepción de su familia, rumbo hacia alguna forma de olvido tan ajeno a él que ni siquiera podía imaginarlo. Pero no tenía a nadie con quien compartir su negro destino. El año anterior, su padre lo llamó aparte para darle la charla que Rob estaba seguro de que ya había dado a sus hermanos. La medicina no era un simple trabajo, le dijo a Rob. Era una llamada, una vocación. Una de las cosas más nobles que un hombre podía hacer era dedicar la vida de un modo desinteresado a cuidar de los demás. Los ojos de su padre brillaban de fervor. ¿Estaría Rob a la altura? (Fuera borda, pensaba Rob, casa de verano en la bahía, dos coches, una casa en Forest Hill.) «Tu abuelo fue médico», le dijo su padre, como si este fuera el punto clave.

Su abuelo fue médico, pero un médico de pueblo que iba en trineo a asistir a las parturientas bajo la ventisca. Habían oído a menudo aquellas historias heroicas. «No se le daba muy bien cobrar las facturas», solía decir el padre de Rob, meneando la cabeza con una mezcla de admiración e indulgente desdén. Esa no era una de sus debilidades—. Durante los años de la Depresión vivíamos gracias a los pollos; los campesinos nos los daban en lugar de dinero. Y yo solo tenía un par de zapatos.» Rob pensó en la hilera de pares de zapatos que tenía su padre frente a su armario de tres cuerpos, en aquellos relucientes zapatos dispuestos allí como testigos.

No podría soportar la escena cuando comprendiesen la realidad, se limitaría a desaparecer. Imaginaba que la catástrofe definitiva sucedería en un aula. Todos estarían diseccionando un cadáver y, de pronto, él empezaría a chillar. Saldría corriendo del aula, pasillo adelante, sufriendo arcadas a causa del formol, olvidaría el abrigo y las botas de goma, que eran una de las manías de su madre. Estaría nevando. Por la mañana se despertaría en una habitación de hotel de color gris verdoso, sin recordar nada de lo que había hecho.

Su familia le había elegido aquel trabajo, aquel campamento. Pensaban que sería una buena práctica para él pasar el verano con niños discapacitados, sería parte de su aprendizaje de lo que tenía que aprender a soportar. Su padre conocía al director y lo acordaron todo sin consultárselo a Rob. Sus padres estaban tan entusiasmados, tan satisfechos de la maravillosa oportunidad que le proporcionaban, que... ¿cómo iba a rechazarlo? «Utiliza tus dotes de observación —le dijo su padre en la estación de tren—. Ojalá yo hubiese tenido esta oportunidad a tu edad.»

Durante la primera semana había tenido pesadillas. Soñaba con cuerpos, partes de cuerpos, brazos, piernas y torsos, desmembrados y flotando en el aire; o sentía que no se podía mover ni respirar, y se despertaba bañado en sudor por el esfuerzo. Ver a aquellos niños, sobre todo a los más pequeños, le resultaba insoportablemente doloroso, y no comprendía que los otros miembros del equipo pudiesen deambular por allí todo el día con aquella impostada jovialidad profesional. Claro que él hacía lo mismo. Aunque por lo visto, con menos éxito de lo que creía, puesto que después de la segunda charla de orientación, Pam, la psicoterapeuta, fue a sentarse a su lado en la sala del personal. Tenía el pelo rubio, de un tono mate, y lo llevaba recogido hacia atrás con una cinta de terciopelo que hacía juego con sus bermudas a cuadros. Era bonita, pero a Rob le parecía que tenía demasiados dientes. Demasiados y demasiado macizos. «Es duro trabajar con niños así —le dijo ella—, pero compensa.» Rob asintió respetuosamente: ¿qué quería decir con que compensaba? Aún tenía un nudo en el estómago. Había estado de turno a la hora de cenar y apenas había podido soportar ver rezumar la leche de los tubos de plástico doblados, las bandejas de las sillas con emplastos de comidas («Dejad que hagan cuanto puedan por sí solos»), el ruido de los sorbos y la succión. Pam encendió un cigarrillo, y Rob observó sus uñas pintadas de rojo y sus fuertes y serviciales manos. «No les ayuda nada que te entristezcas —dijo ella—. Lo utilizarán contra ti. Muchos de ellos no conocen la diferencia. Siempre ha sido así.» Pam pensaba ganarse la vida con ese trabajo, ¿iba a hacer aquello toda su vida? «Te acostumbrarás», le dijo, dándole una palmadita en el brazo de un modo que a Rob le pareció insultante. Solo trataba de ser amable, rectificó rápidamente.

Aunque enseguida pensó que lo único que pretendía era ser amable.

«Conozco a tu hermano James —dijo ella, sonriéndole con dentadura maciza—. Lo conocí un día que salimos dos parejas. Es un chico estupendo.»

Rob se excusó y se levantó. Ella era mayor que él, probablemente tenía veinte años.

Pero Pam no se había equivocado, empezaba a acostumbrarse. Sus pesadillas habían desaparecido, aunque no antes de haberse puesto en evidencia ante los chicos de su cabaña. Su apodo era «el Gimiente». Todos tenían mote en el campamento.

—Eh, ¿oíste anoche al Gimiente?

—Sí. Aaah. Aaah... Pasándolo en grande.

—¿Lo has pasado bien, Gimiente?

—He tenido una pesadilla —farfulló Rob ruborizado, pero ellos se echaron a reír a carcajadas.

—Ah, sí. Ya te hemos oído. Ya me gustaría a mí tener pesadillas así.

Eran los chicos mayores de la cabaña, de entre catorce y dieciséis años, y había tenido problemas con ellos desde el principio. No eran como los más pequeños, educados, siempre dispuestos a entretenerse con lo que pudieran, agradecidos por la ayuda que se les prestaba. Los mayores se mostraban sarcásticos con respecto al campamento, con respecto al director, con respecto a Bert (a quien apodaban «el Plasta») y también consigo mismos y con sus vidas. Bebían cerveza en cuanto lograban echar mano a una botella y fumaban a escondidas; tenían revistas de chicas desnudas ocultas bajo los colchones, y contaban algunos de los chistes más verdes que Rob había oído nunca. Tenían dividido el mundo en dos campamentos, el de los «minus» y el de los «normas», y por lo general solo aceptaban a los «minus». A los «normas» los consideraban sus opresores, unos descerebrados que no entendían nada, que no daban su brazo a torcer y a quienes debían atacar y explotar al máximo. Experimentaban un amargo placer en ridiculizar la norma y la delicadeza, y en Rob encontraron un blanco fácil.

—Hola, Pete —empezaba diciendo Dave Snider, sentado en su silla, con una de sus camisetas que dejaban ver sus hiperdesarrollados músculos.

Rob sabía que tenía en casa un equipo gimnástico del Instituto Atlas y que estaba suscrito a revistas de culturismo.

—¿Qué hay, Dave? —decía Pete.

Ambos llevaban coleta engominada. El corte de pelo de Rob, al estilo de los colegios privados ingleses, les parecía ridículo. Pete estaba paralizado de cuello para abajo, pero se las había arreglado para acceder al segundo puesto en la clasificación de chulería de la cabaña. Dave lo peinaba a la moda del momento.

—¿Sabes qué es una cosa negra que se mete en la bragueta?

—¡Roy Campanella!

Todos reían a carcajadas y Rob se ruborizaba.

—Eso no me parece muy amable —dijo Rob la primera vez.

—¡No le parece muy amable! —exclamó Dave gesticulante—. ¿Qué pesa una tonelada y es gorda como una olla?

—¡Moby el Polla!

A esa clase de bromas las llamaban «chorradas». Lo que más desagradaba a Rob de aquellas vulgaridades era que le recordaban los chistes que contaban sus hermanos y sus compañeros de la Facultad de Medicina, mientras jugaban al billar americano en la sala de reconocimiento de su padre para relajarse después de las clases («Traed a vuestros amigos siempre que queráis, chicos, y tú también, Rob»). Salvo que las suyas solían basarse en hechos reales. Se gastaban continuamente bromas pesadas unos a otros, la mayoría usando partes de cadáveres que cortaban durante las disecciones: globos oculares en la taza de té, manos en los bolsillos del abrigo.

«Mira, tío, estábamos haciendo a este tipo y pensé, qué puñeta, le corto la herramienta, marronosa y arrugadita, como se ponen, y me la guardé en la cartera. Y entonces bajo al Babloor y me tomo unas cuantas cervezas y voy al meódromo, me abro la bragueta y saco la de ese tipo en lugar de la mía. Y sigo allí como si estuviera meando y espero a que entre alguien: en cuanto se coloca a mi lado, me la sacudo y me quedo con ella en la mano. Y entonces la tiro y digo: "Bah.

Total… para lo que me sirve…". ¡Tendríais que haber visto la cara que puso!»

Difundían rumores procedentes de Urgencias del hospital, la mayoría relacionados con mujeres con botellas de Coca-Cola que se les habían roto dentro, o de hombres que se habían masturbado metiendo la polla en la boca del grifo del agua caliente.

—Tuvieron que llamar al fontanero para sacársela y lo ingresaron con el grifo y medio metro de cañería encasquetada en el capullo.

—Y yo sé de uno que se lo montaba con un lápiz de color. Se lo metió en la vejiga. Lo ingresaron porque meaba azul y no sabía por qué.

—Pues yo sé de uno que se metía una serpiente.

—¿Por qué contáis esas cosas? —les preguntó Rob una noche que se sintió con valor suficiente.

—¿Y tú por qué las escuchas? —le replicó James sonriente.

—También tú lo harás —le dijo Adrian—. Espera y verás.

Luego, cuando los demás se marcharon a casa, se dirigió a él con más seriedad.

—Tienes que decírselo. Ya sé que te resulta de lo más grosero, no saber lo que es aquello. Es la realidad de la vida. O te ríes o te vuelves loco.

Rob trataba de rechazarlo, pero le obsesionaba. La realidad de la vida sería demasiado para él, no sería capaz de afrontarlo. No sería capaz de reírse. Se volvería loco. Saldría bajo la nevada sin botas, se esfumaría, se perdería para siempre.

—¿Qué pesa una tonelada y tiene la cabeza como una bomba?

—¡Moby el Hidrocefálico!

—¡Basta ya! —los cortó Rob, tratando de hacer valer su autoridad.

—¡Mira, Gimiente! —exclamó Dave—. Estás aquí para hacer que nos lo pasemos bien, ¿no? Pues, bueno, lo estamos pasando bien.

—Sí —lo secundó Pete—. Si no te gusta, me puedes pegar.

—Claro. Anda —dijo Dave—, haz tu buena obra de *boy scout* de la semana. Mata a un minusválido.

Y así lo ridiculizaban con su propia culpabilidad.

No facilitaba las cosas que Gordon Holmes, el otro monitor, les riera las gracias. Les llevaba cervezas y cigarrillos a escondidas, se comía con los ojos sus revistas de chicas, y los ponía al corriente de cuál de las monitoras era la más «fácil».

—¿Qué? ¿La metiste anoche? —le preguntaba Dave por la mañana.

—No estuvo mal, no estuvo mal.

—¿Se te abrió de piernas?

Gordon le dirigió una sonrisa de complicidad y le dio una palmadita en el cogote.

—¿Cuál de ellas? ¿Pam la Tranca?

—Cada vez que me da una palmada en la espalda, se me disloca el hombro.

—¿Ha sido Jo-Anne, entonces?

—Qué va. ¿No ves que es una minus? Gord no se tiraría a una minus, ¿verdad que no, Gord?

«Hay que seguirles la corriente —le aconsejó Gordon a Rob—. Bromear con ellos. Se sienten frustrados, tienen emociones normales, como tú y como yo —añadió, amagando un puñetazo al hombro de Rob—. Tómatelo con calma, hombre, piensas demasiado.»

Gordon había estudiado en un instituto de East York. Sus padres estaban divorciados y él vivía con su madre, a la que llamaba «la vieja». Había conseguido el trabajo en el campamento a través de una organización de orientación para jóvenes. No era un delincuente juvenil, y Rob le veía muy buenas cualidades, pero no soportaba su compañía durante mucho rato. A Rob no le consolaba pensar que probablemente Gordon terminaría trabajando de mecánico, que la clase de chicas de las que hablaba con tanto desparpajo eran las que su propia madre llamaría «tiradas», que dejaría a cualquiera de ellas embarazada, tendría que casarse y acabar malviviendo en un sórdido apartamento, bebiendo cerveza frente al televisor mientras su mujer se quejaba de lo mucho que ensuciaba la ropa. Con todo, sentía envidia al escuchar, muy a su pesar, las historias de magreos en los asientos traseros de los coches, furtivos lingotazos y lengüetazos en el aparcamiento; de los lotes que se daban, las incursiones de los audaces dedos de Gordon bajo las bragas, de sus victorias sobre los hostiles tirantes elásticos, de sus conquistas de tetas. Le dolía no haber gozado de aquella sórdida libertad, aunque era consciente de que no habría podido disfrutar de ella, porque no habría sabido qué decir, ni dónde meter las manos.

Rob no había salido nunca con más chicas que con las hijas de los amigos de su madre, pálidas jovencitas a las que tenía que acompañar a los bailes de su colegio privado porque no tenían a nadie más a quien pedírselo. Él les compraba ramitos de flores y las llevaba ágilmente, correctamente, hacia la pista con sus vestidos como capas de papel higiénico y sus pequeños y tersos senos apretándose ligeramente contra su pecho, con una mano en la espalda, notando la hilera de ojales, que habría podido desabrochar, pero no se atrevía; habría sido demasiado embarazoso. Y aunque más de una vez se le empinaba con los desangelados fox-trot (se abstenía de bailar los escasos castos rocks que tocaba el grupo contratado para la ocasión), no le gustaba ninguna de aquellas chicas, aunque se esforzaba por hacerles pasar un buen rato. Incluso besó a una de ellas al despedirse, porque tuvo la impresión de que ella lo esperaba. De eso hacía tres años, cuando aún llevaba aparatos en la boca. También la chica los llevaba, y al besar con mayor intensidad de lo que pretendía, sus dientes tuvieron un doloroso encontronazo, en la misma entrada de su casa, a la vista de todos los que pasaban por la calle. Quienes los vieran debieron de imaginar que se trataba de un beso apasionado, pero él aún recordaba el pánico en los ojos de la chica, de cuyo nombre prefería no acordarse.

Rob empujó a Jordan hacia la derecha para adentrarse en el Sendero Botánico, que describía un sinuoso óvalo a través de pequeñas frondas, por detrás de las cabañas de los chicos. El Sendero Botánico estaba asfaltado, como todos los demás. Los árboles estaban etiquetados y había una pequeña urna de cristal en uno de los extremos del óvalo donde Bert el Plasta, que era un fanático de la naturaleza, colocaba cada día una nueva especie. Ya había llevado a Jordan varias veces de paseo por allí y se detenía a leer las etiquetas de los árboles, a señalar a las ardillas y, en una ocasión, a un gato perdido. Apenas nadie más parecía interesarse por el sendero. Le gustaba empujar la silla de ruedas a través de los árboles, silbando o tarareando alguna canción. Y no se avergonzaba de su propia voz cuando estaba a solas con ella, e incluso cantaba canciones del repertorio de Bert, que se le atragantaban cuando reunía a los niños para cantarlas, dirigidos por el rubicundo Bert con su sonrisa de maestro de ceremonias y su brioso acordeón.

El río Jordán es gélido,
aleluya.
Hiela el cuerpo pero no el alma,
aleluya.

«Tienes el nombre de un famoso río», le dijo Rob, confiando en que eso le gustase. Rob se preguntaba si sus padres supieron de antemano lo de su minusvalía, si sabían cómo iba a ser cuando le pusieron ese nombre, y si luego pensarían que habían malgastado un nombre tan pomposo, porque nunca podría lucirlo, porque nunca tomaría cócteles en una terraza ni sonreiría como Grace Kelly con su carmín impecable. Aunque sin duda debían de saberlo. Porque en su expediente decía que era de nacimiento. Tenía un hermano y una hermana, ambos normales, y su padre trabajaba en un banco.

A veces, al pensar en la catástrofe que se le avecinaba, en su fracaso y en su huida, lo tentaba llevársela con él. La imaginaba colgada de su cuello al saltar al furgón (aunque… ¿cómo iba a poder colgarse de su cuello?). La veía en su habitación del hotel al despertar, sentada en su silla (¿cómo la había llevado hasta allí?), mirando sus intensos ojos opalinos, su rostro milagrosamente sereno. Entonces Jordan abriría la boca y le saldrían las palabras, se levantaría, de un modo, inexplicablemente él la habría curado. A veces, muy fugazmente (porque desechaba la idea de inmediato), se imaginaba lanzándose desde lo alto de un edificio. Un accidente, un accidente, se repetiría. No lo digo en serio.

El río Jordán es frío y ancho,
aleluya…

Rob canturreaba. Iba en dirección a un banco que estaba un poco más adelante, donde poder sentarse a jugar a las damas.

«Eh, mira esto —dijo, al ver la urna de Bert—. *Agrocybe aegirita* —leyó en la etiqueta mecanografiada—. "Hay varias especies de *Aagrocibe aegerita*. Es la llamada seta de chopo, una cortinácea comestible, de sombrero pálido y pie con anillo blanco." Puedes escribir tu nombre al pie con un palo», añadió. Él solía hacerlo en la casa de verano de su padre. Le gustaba pensar que su nombre crecería en secreto, cada año un poquito. Era difícil de saber si aquello le interesaba a Jordan o no.

Al llegar al banco, le dio la vuelta a Jordan, para ponerla de cara al asiento, y desplegó el tablero. «La última vez me tocaron las blancas —dijo—, así que hoy te tocan a ti. ¿De acuerdo? Faltaba una ficha blanca. Utilizaremos otra cosa —dijo él, y buscó alrededor una piedra plana, pero como no vio ninguna, se arrancó un botón del puño izquierdo de la camisa—. ¿Te parece bien esto?», le preguntó.

Jordan movió la mano para decir que sí. Entonces, él empezó el laborioso ejercicio de entender qué jugada quería hacer ella. Le iba indicando cada una de las fichas hasta que ella le daba la señal de asentir. Luego señalaba una por una las casillas posibles. Ahora que él ya había adquirido práctica en jugar de esa manera terminaban las partidas mucho más aprisa. Las facciones de Jordan se contraían, se distendían, se torcían y sufrían unos cambios que, cuando los veía en otros chicos del campamento, lo perturbaban. Los de ella no, pese a que se agudizaban al concentrarse.

Apenas habían hecho los primeros movimientos cuando sonó el timbre del edificio principal. Eso significaba que el tiempo de juego había terminado. Era la hora de las actividades en grupo de la tarde. A Jordan le trocaba nadar con los de su cabaña (no sabía nadar, pero un monitor se encargaba de sujetarla en el agua, donde, según ellos, controlaba sus movimientos mejor que fuera de ella). Él debía ayudar en terapéutica ocupacional. Hacer «tartas de barro», como llamaban a estas actividades los chicos de la cabaña de Rob, que se divertían moldeando esculturas obscenas de arcilla para escandalizar a Wilda, la monitora de terapia ocupacional, que, aun así, deseaba decirles que eran creativos.

Rob se guardó el botón de la camisa en el bolsillo. Sacó el cuaderno y anotó sus respectivas posiciones. «Mañana la terminaremos», le dijo a Jordan. Empujó su silla en la misma dirección que habían tomado por el ovalado sendero. Así llegarían antes, ya que estaban a tres cuartas partes del recorrido.

Al norte del sendero de cemento había un claro, una franja de hierba y, al otro lado, el plateado curso de agua: el arroyo que siempre estaba allí y que, por lo general, no era más que un fangoso reguerillo ahora discurría crecido por la lluvia de la noche anterior. «Puede que nunca haya tocado la hierba, que jamás haya sumergido la mano en un verdadero río», pensó Rob. Porque, de pronto, sintió el impulso de darle algo que nadie le había ofrecido y en lo que, probablemente, nadie pensaría.

«Te voy a bajar de la silla —le dijo—. Te sentaré en la hierba para que puedas tocarla. ¿De acuerdo?»

Jordan titubeó antes de mover la mano para decir que sí. Lo miraba fijamente, quizá sin comprender. «Es agradable —le dijo él—. Da gusto tocarla», añadió, pensando en las numerosas veces que él se había echado en el césped del jardín trasero, hacía ocho o diez años, masticando las blancas y suaves raicillas de las hojas de hierba y leyendo las casi prohibidas aventuras del Capitán Marvel.

Le desabrochó las correas que la sujetaban y aupó su delgado cuerpo. Pesaba muy poco, menos de lo que parecía, como un ser hecho de madera de balsa y papel. Pero fuerte, se dijo Rob. Lo comprendía, lo notaba en sus ojos. La acostó en la hierba, a su lado, para que viera el río fluir.

«Esto… —le dijo arrodillándose a su lado, cogiendo su mano izquierda e introduciéndola en el agua fría—. Esto es agua de verdad, no como la de la piscina.» Rob le sonrió. Se sentía magnánimo, dadivoso, un sanador. Pero ella había cerrado los ojos, y desde alguna parte surgió un extraño sonido, un gemido, un gruñido… Su cuerpo estaba flácido, agitaba un brazo y, de pronto, se le disparó la pierna con su bota de acero y le dio una patada en el mentón.

«¿Estás bien, Jordan?», exclamó él. Más gruñidos. ¿Eran de alegría o de terror? No lo sabía, y se asustó. Quizá aquello fuese demasiado para Jordan, demasiado excitante. La rodeó con los brazos y la aupó para volver a sentarla en la silla. La hierba estaba más húmeda de lo que creía y tenía todo el lado derecho de la cara manchado de barro.

—¿Qué puñeta estás haciendo con esa niña? —tronó la voz de Pam detrás de él.

Rob se dio la vuelta, sin soltar a Jordan, que agitaba los brazos como una hélice descontrolada. Pam estaba de pie en el sendero de cemento, con los brazos en jarras, en la postura de una madre acusadora que sorprende a sus hijos jugando a médicos entre los árboles. Estaba sulfurada y tenía el pelo alborotado, como si hubiese estado corriendo. Le colgaba una ramita de una oreja.

—Nada —contestó Rob—. Solo… —debe de pensar que soy un pervertido, se dijo sonrojado— he pensado que le gustaría saber cómo es la hierba —se justificó.

—Sabes que eso es peligroso —le reprochó Pam—. Sabes que no se la debe bajar de la silla. Podría darse un golpe en la cabeza y hacerse daño.

—No he dejado de vigilarla ni un momento —replicó Rob.

¿Quién era ella para reprenderlo de esa manera?

—Me parece que le dedicas demasiado tiempo a esa niña —dijo Pam, algo menos sulfurada, pero nada convencida de su explicación—. Deberías dedicarles más tiempo a los demás. No es bueno para ellos…, ya sabes, establecer… lazos que no pueden mantenerse después de los campamentos.

Jordan tenía los ojos muy abiertos y miraba a Rob.

—¿Qué diablos dices? —exclamó Rob casi a voz en grito—. ¿Qué sabes tú? Tú no sabes…

Porque lo acusaba, ya de antemano, de traicionar a Jordan, de abandonarla.

—No te voy a dar la paliza ahora —dijo Pam—. Pero creo que tendrías que hablar con Bert esta noche en la sala de profesores. Ya he comentado este problema con él.

Pam dio media vuelta y se dirigió a paso vivo hacia el edificio principal. Sus bermudas tenía un pequeño rodal de barro en la parte trasera.

Rob volvió a atar las correas a Jordan en la silla de ruedas. «Este problema.» ¿Dónde estaba el problema? No había mucho tiempo, le asignarían otros niños, lo desalentarían para que no la viese, y ella pensaría que... ¿Qué podía decirle? ¿Cómo explicárselo? Se arrodilló frente a ella, apoyando los brazos en la bandeja de su silla, y le cogió la mano izquierda.

«Siento que te hayas asustado al dejarte en el suelo —dijo—. Porque te has asustado, ¿verdad?» La mano izquierda de Jordan no se movió. «No hagas ni caso de lo que Pam acaba de decir —prosiguió él—. Después del campamento te escribiré. Te escribiré muchas cartas...» ¿De verdad le escribiría? «Y alguien en tu casa te las leerá.» Aunque, claro está, a lo mejor se olvidaban, o perdían las cartas. ¿Iba a tener tiempo de pensar en ella en la escuela preparatoria de medicina, cuando diseccionara cadáveres? Ella lo miraba fijamente. Podía leer en el interior de Rob.

«Voy a darte algo muy especial —le dijo, buscando desesperadamente algo que regalarle, rebuscando en el bolsillo con su mano libre—. Este botón es mío. Y es mágico. Lo llevaba en el puño de la camisa solo para disimular.» Rob se lo puso en la palma de la mano y le cerró el puño. «Te lo regalo. Siempre que lo veas...» No, eso no iba a servir. Cualquiera se lo encontraría en el bolsillo, lo tiraría y ella no podría explicarse. «Ni siquiera es necesario que lo veas, porque a veces es invisible. Todo lo que tienes que hacer es pensar en él. Y cada vez que pienses en él, sabrás que estoy pensando especialmente en ti. ¿De acuerdo?» Rob procuró decírselo del modo más convincente posible. Pero, probablemente, Jordan ya era demasiado mayor y demasiado inteligente. Puede que incluso comprendiese que solo trataba de infundirle confianza. Sea como fuere, ella movió la mano para decir que sí. Rob nunca podría saber si lo creía de verdad o era solo turbada amabilidad.

Después de terapia ocupacional, Rob volvió a su cabaña para ayudar a poner ropa limpiar a los chicos antes de cenar, lo que, según Bert, contribuía a levantar la moral. Los chicos estaban más excitados que de costumbre, tal vez eran solo figuraciones suyas, debidas a su propia inquietud y a su necesidad de sosiego. O acaso se debiera a la función que un grupito de los mayores tenía que dar por la noche. Todos aquellos chicos participarían en él, incluido Pete, que sería el maestro de ceremonias y llevaría un micrófono sujeto al hombro cerca de su boca. Ninguno de los monitores habituales tomaría parte en la función; junto con los niños más pequeños serían el público, mientras Scott y Martina dirigían el espectáculo, teatro y danza, respectivamente. Rob sabía que los chicos llevaban ensayando por lo menos dos semanas, pero no se había interesado lo bastante para preguntarles de qué trataba.

—Préstame tu crema para las espinillas.

—No te iría bien, caraculo.

—Sí, tiene espinillas en sus espinillas.

—¡Gilipollas!

Simulan ir a pegarse.

—¡Corta ya, capullo!

Rob se preguntó si accederían a trasladarlo a otra cabaña. Estaba ayudando a Dave Snider a ponerse la camisa limpia, de color rosa con franjas negras («vulgar», habría dicho su madre), cuando entró Gordon con retraso. Rob sospechó que se habría acercado al pueblo a tomar una jarra en la cervecería, un local poco escrupuloso con la edad. Últimamente, Gordon había llegado tarde varias veces, dejando que Rob tratase de controlar la cabaña por sí solo. Parecía muy satisfecho; no hizo caso de los gritos de admiración con los que lo saludaban siempre al llegar, sino que se puso una mano en el bolsillo y, como si nada, con total aplomo, dejó algo a los pies de su cama. Unos panties negros ribeteados de blonda roja.

—¡Joder! ¡Madre mía, Gord! ¿De quién son?

Ya ha terminado con el peine y retoca la rubia peluca con la mano.

—Eso es cosa mía. Y la vuestra, averiguarlo.

—Anda, vamos, Gord…

—¡Vamos, que eso no es justo, Gord! ¡Seguro que los has robado de la lavandería!

—Míralos bien, listillo. No son de la lavandería.

Dave se impulsó con la silla y cogió los panties. Se los encasquetó en la cabeza y empezó a dar vueltas por la cabaña.

—Mickey Mouse, Mickey Mouse —canturreó—. Así la

tendremos siempre tiesa. Eh, Gimiente, ¿quieres probártelos? Seguro que con esa cabezota te sientan bien.

Otras manos se levantaron para coger los panties. Rob salió del dormitorio y fue a los servicios, que estaban al fondo del pasillo. Debieron de estar en el bosque, cerca de él, cerca de Jordan. ¿Qué derecho tenía Pam a adoptar con él una actitud tan airada con la ramita en la oreja y las culeras de las bermudas manchadas de barro?

La cara de Rob, su rostro atractivo, suave y pecoso, nítidamente enmarcado en su pelo pajizo, lo miraba desde el espejo. Habría preferido una cicatriz, un parche en un ojo, arrugas quemadas por el sol, un colmillo. ¡Qué puro parecía! Como la grasa del beicon crudo. Era un rostro sin huellas digitales de nadie, sin la menor tacha, y Rob despreciaba tanta pureza. Pero, por otro lado, nunca podría ser como los demás, regodearse con unas almizcleñas bragas. Puede que yo no sea normal, pensó con triste orgullo.

Después de soportar el caos y el barullo de la cena, Rob fue al auditorio con los demás. El escenario, que era como el de la sala de actos de un colegio, salvo por las rampas instaladas a ambos lados, tenía las rojas corridas cortinas. No había asientos. Los que iban en silla de ruedas no los necesitaban y los demás se sentaban en el suelo, donde quisieran. Rob buscó con la mirada a Jordan y se acercó a ella. Estaba dispuesto a aplaudir cortésmente, representaran lo que representasen.

La intensidad de la iluminación se redujo. Se notaba movimiento tras las cortinas, y varias manos empujaban a Pete en su silla. El público aplaudió y lo vitoreó. Pete era bastante popular.

«No me disloquéis, locos», exclamó a través del micrófono. Varios chicos mayores se echaron a reír. Pete llevaba un vodevilesco sombrero de paja con una banda de papel crepé rojo y un bigote mal puesto.

«Señoras y caballeros», dijo Pete, haciendo oscilar el bigote de uno a otro lado, lo que arrancó las risas de los más pequeños. Y, en ese momento, Rob casi sintió simpatía por Pete. «Ante ustedes, Paraíso Follies —prosiguió Pete—, y será mejor que lo crean porque nos hemos dado muchas costaladas ensayando —añadió muy serio—. Todos hemos trabajado mucho para que sea una buena representación y quiero que aplaudáis mucho el primer número, una danza por parejas a cargo del Cuerpo Montado del Paraíso. Gracias.»

Tiraron de Pete hacia atrás, quedó unos momentos semioculto por la cortina y desapareció. Tras una pequeña pausa, las cortinas, titubeantes, se descorrieron. Frente a un decorado de papel de color marrón donde había un manzano y una vaca pintados, cuatro chicos y cuatro chicas se situaron por parejas en formación de baile. Iban todos en silla de ruedas, sin las bandejas.

Dos de las chicas eran poliomielíticas y dos parapléjicas. Llevaban los labios pintados y cintas de papel rojo en el cuello de sus blusas blancas; los aparatos ortopédicos quedaban ocultos por las largas faldas estampadas, y una de ellas, la que no llevaba gafas, era asombrosamente bonita. Dave Snider era el chico que estaba en uno de los extremos. Al igual que los demás, llevaba una pajarita estilo oeste y un sombrero vaquero de cartón. Los bailarines parecían algo cohibidos, pero orgullosos. Ninguno de ellos sonreía.

Martina estaba a un lado del escenario, con un viejo tocadiscos. «¡Ya!», exclamó a modo de señal. Una estridente música de violín empezó a sonar y Martina dio palmas rítmicamente. «¡Saludad a vuestra pareja!» Y las dos líneas de bailarines se hicieron una mutua reverencia. Luego, mediante rápidos giros de las ruedas, ejecutaron un perfecto *pas de quatre*.

Dios mío..., pensó Rob. Debían de haberlo ensayado durante horas. Notaba la concentración en el rostro de Dave Snider y, por un instante, pensó: Esto le interesa, y luego se dijo en tono triunfal: Ahora tengo algo con qué presionarlo. Pero enseguida se avergonzó de ese pensamiento. Los bailarines seguían danzando, entrelazando ruedas y brazos, y balanceándose peligrosamente. Parecían haberse olvidado del público: solo estaban pendientes del ritmo y de los intrincados movimientos de las ruedas al estar tan cerca unos de otros.

Rob miró a Jordan. Estaba sentada, casi inmóvil, solo movía un poco los brazos bajo las correas de cuero que los sujetaban. Deseaba que lo mirase para sonreírle, pero ella seguía atentamente la danza, sus ojos brillaban, por lo que, con el corazón en un puño, vio que eran lágrimas. Era la primera vez que lloraba: Rob no sabía que podía hacerlo, la había imaginado como una especie de trasgo, una criatura de otro planeta, no del todo humana. ¿Qué le ocurría? Rob trataba de ver como lo hacía ella, naturalmente, no podía darle nada de lo que pudiese desear. Jordan quería algo que ella era capaz de imaginar, algo casi posible para ella, ¡quería hacer aquello! Un baile por parejas en silla de ruedas. Anhelaba poder hacer por lo menos aquello, aquel baile concreto; sería maravilloso. Y era maravilloso. Rob lo había echado todo a perder, su cuerpo, ¿por qué no podía haberse movido con ese abandono, con ese gozo por la precisión, durante aquellos formales e interminables bailes, cuando notaba las piernas agarrotadas como palos, los pies convertidos en torpes bloques dentro de sus lustrosos zapatos…?

Aquello le resultaba grotesco, pero no podía apartar la visa. Era una burla, de sí mismos y de la danza. ¿Quién les había permitido hacer aquello? Todo su esfuerzo, incluso su perfección, se reducía a aquello: estaban ridículos en sus engorrosas máquinas. Bailaban como cómicos robots. Bailaban como él.

Rob sintió algo en su interior, algo que surgía, que brotaba. Se dobló hacia delante, se llevó las manos a la boca. ¡Se estaba riendo! Trató de contener la risa, de ahogarla, de convertirla en tos, pero fue inútil. Estaba rojo de vergüenza y temblando de arriba abajo, no podía parar. Agachado se dirigió hacia la puerta, se tapó la cara con las manos, tropezó y se desplomó en el césped del campo de béisbol. Confiaba en que creyeran que le dolía el estómago. Era lo que pensaba decir. ¿Cómo podía haberse comportado con tal insensibilidad y grosería? Pero seguía desternillándose, le dolía el estómago de tanto reír. Y ella lo había visto, lo había mirado con sus húmedos ojos y se había dado cuenta, pensaría que la había traicionado.

Rob se quitó las gafas y se secó los ojos. Luego apretó la frente contra el césped, fresco, humedecido por el rocío. Desde las ventanas abiertas del auditorio le llegaba la música en un *crescendo* contrapuntado por el ruido de las ruedas al girar. «Tendré que marcharme. No podré explicarlo. Nunca podré mirarlos a la cara.» Pero entonces comprendió que solo se había dado cuenta ella, y que no podría contarlo. Estaba a salvo. Y… ¿quién era aquel? ¿El de la luminosa estancia del fondo de su mente, aquel hombre de bata verde y mascarilla, que, tras la pared de cristal del quirófano, levantaba un bisturí?

Vidas de poetas

Estoy echada en el suelo del cuarto de baño de esta anónima habitación de hotel, con los pies sobre el borde de la bañera y una toallita empapada de agua fría en la nuca. Una aparatosa hemorragia nasal. Un buen adjetivo, que funciona, como dicen los alumnos de las clases de escritura creativa que son a veces parte del lote. Tan colorista. Es la primera vez que tengo una hemorragia nasal y no sé qué hay que hacer. Un cubito de hielo estaría bien. Imagen de la máquina de Coca-Cola y hielo del final del pasillo, yo arrastrándome hacia ella, sobre la cabeza una toalla blanca, en la que se extiende la mancha de sangre. Un cliente del hotel abre la puerta de su habitación. Espanto, un accidente. Apuñalada en la nariz. No quiere meterse en líos, la puerta se cierra, mi cuarto de dólar se atasca en la máquina. Seguiré con la toallita.

El aire es demasiado seco, debe de ser eso, nada que ver conmigo ni con las protestas del cuerpo empapado. Ósmosis. La sangre mana porque no hay bastante vapor de agua; tienen los radiadores al máximo y no hay llave para cerrarlos.

Tacaños, ¿por qué no podía alojarme en el Holiday Inn? Me ha tocado este, con motivos pseudoisabelinos clavados con chinchetas en un esqueleto carcomido, un intento desesperado de sacarle algún partido a este rincón del bosque. Las afueras de Sudbury, la capital mundial de la fundición del níquel. ¿Quiere que le enseñemos la zona?, dicen. Me gustaría ver los montones de escoria y los lugares donde la vegetación ha sido arrasada. Oh, ja, ja, dicen. Está volviendo a crecer, han construido chimeneas. Se está convirtiendo en un sitio bastante civilizado. Antes me gustaba, digo, se parecía a la luna. Algo hay que decir a favor de un lugar donde no crece absolutamente nada. Pelado. Muerto. Liso como un hueso. ¿Entienden? Intercambio de miradas furtivas, jóvenes rostros barbudos, uno fuma en pipa, escriben notas a pie de página, mientras suben, ¿por qué siempre nos endosan al poeta visitante? El último vomitó en la alfombrilla del coche. Ya veréis cuando seamos trabajadores fijos.

Julia movió la cabeza. El reguerillo de sangre descendía lentamente por el cuello, espesa y con sabor a púrpura. Estaba sentada junto al teléfono, tratando de descifrar las instrucciones para poner una conferencia a través de la centralita del hotel, cuando estornudó y la página que tenía delante quedó salpicada de sangre. Totalmente espontáneo. Y Bernie estará en casa, aguardando su llamada. Ella tenía que leer unos poemas al cabo de dos horas. Tras una amable presentación, se levantaría y se acercaría al micrófono, sonriente, abriría la boca y empezaría a gotearle sangre de la nariz. ¿Aplaudirían? ¿Fingirían no darse cuenta? ¿Creerían que era parte del poema? Tendría que hurgar en el bolso en busca de un Kleenex o, mejor aún, se desmayaría y tendrían que componérselas como pudiesen. (Pero todos creerían que estaba borracha.) Menuda contrariedad para la comisión. ¿Le pagarían igualmente? Los imaginaba discutiéndolo.

Levantó un poco la cabeza, para ver si había cesado. Tuvo la sensación de que algo semejante a una babosa caliente le reptaba por el labio superior. Se lo lamió y le supo a sal. ¿Cómo iba a llegar al teléfono? Arrastrándose boca arriba por el suelo, apoyándose en los codos e impulsándose con los pies, como si nadase, como un gigantesco insecto acuático. No era a Bernie a quien debía llamar, sino a un médico. Pero no era para tanto. Siempre le ocurrían cosas así cuando tenía un recital de poesía, algo doloroso pero demasiado leve para llamar al médico. Además, siempre le pasaba cuando estaba de viaje, en alguna ciudad en la que no conocía a ningún médico. Una vez pilló un resfriado y le quedó una voz que parecía surgir a través de una capa de barro. Otra vez se le hincharon las manos y los tobillos. Y las jaquecas eran un clásico; en casa nunca tenía jaquecas. Era como si algo se opusiera a aquellas lecturas, como si tratase de impedir que las hiciese. Esperaba a que adoptase una forma más drástica, parálisis de los maxilares, ceguera temporal, crisis nerviosa. En eso pensaba durante las presentaciones, siempre: se imaginaba tendida en una camilla, una ambulancia aguardando, y luego se despertaría, a salvo y curada, con Bernie sentado junto a su cama. Él le sonreiría, la besaría en la frente y le diría... ¿qué? Algo mágico. Que les había tocado la lotería. Que había heredado una fortuna. Que la galería era solvente. Algo que significase que nunca más tendría que hacer aquello.

Ese era el problema: necesitaban el dinero. Siempre habían necesitado el dinero, durante los cuatro años que llevaban viviendo juntos, y aún lo necesitaban. Al principio no les pareció tan importante. Bernie recibía una beca, para pintar, y luego se la renovaron. Ella tenía un empleo de media jornada en una biblioteca, catalogando libros. Después publicó un libro, en una editorial de segunda fila, y consiguió también una beca. Como es natural, dejó el empleo para aprovechar el tiempo al máximo. Pero Bernie se quedó sin dinero y le costaba mucho vender los cuadros. Cuando vendía alguno, la galería se llevaba la mayor parte. El sistema de galeristas era injusto, le decía él, y con otros dos pintores creó una cooperativa de artistas y abrieron una galería que, después de mucho hablarlo, decidieron llamar The Notes from Underground. Uno de sus socios tenía dinero, pero no querían aprovecharse de él; dividirían gastos e ingresos a partes iguales. Bernie le explicó todo esto a Julia, tan entusiasmado que a ella le pareció natural prestarle la mitad del dinero de su beca, para que pudiesen empezar. En cuanto hubiese beneficios, le dijo él, se lo devolvería. Incluso le regaló dos acciones de la galería. Pero aún no tenían beneficios y, tal como señaló Bernie, la verdad era que Julia no necesitaba que le devolviese el dinero precisamente en aquel momento. Julia podía conseguir más. Ya tenía una reputación; modesta, sí, pero le permitía ganar dinero con mayor facilidad y rapidez que él, viajando y ofreciendo lecturas de poemas en universidades. Julia era una «promesa», lo que significaba que cobraba menos que quienes ya eran más que promesas. Recibía suficientes invitaciones para ir tirando y, aunque las estudiaba una por una con Bernie, con la esperanza de que él vetase alguna, hasta entonces no le había aconsejado que rechazase ni una sola. Pero, en honor a la verdad, Julia nunca le había confesado lo mucho que detestaba aquello, las miradas fijas en ella, oír su propia voz flotar, distante, la única pregunta corrosiva que estaba segura de que se agazapaba entre las más inocuas: «¿De verdad cree usted que tiene algo que decir».

En pleno febrero, en plena nevada, sangrando en las baldosas del suelo del cuarto de baño. Las veía al ladear la cabeza: hexágonos blancos unidos como celdillas de un panal, con una baldosa negra a intervalos regulares.

Por unos irrisorios ciento veinticinco dólares —aunque no hay que olvidar que eso representa la mitad del alquiler— y veinticinco dólares diarios en concepto de dietas. He tenido que coger el avión de la mañana, pues por la tarde no había plazas; ¿quién demonios viene a Sudbury en febrero? Un grupo de ingenieros. Ciudadanos prácticos, que extraen el metal, que ganan una fortuna, dos coches y piscina. No se alojan aquí. El comedor estaba casi vacío a la hora del almuerzo.

Aparte de mí, únicamente había un anciano que hablaba solo. ¿Qué le pasa?, le he preguntado a la camarera. ¿Está chiflado? Se lo he susurrado. Está bien, pero es sordo, me ha dicho ella. No es que se sienta solo, sino que está completamente solo desde que murió su esposa. Vive aquí. Supongo que es mejor que una residencia de ancianos. En verano, el hotel está más concurrido. Muchos de nuestros clientes están en trámites de divorcio. Se les cala enseguida, por lo que piden de comer.

No la he alentado a seguir con el tema. Sin embargo, tenía que haberlo hecho, porque ahora nunca lo sabré. Lo que piden de comer... He buscado, como de costumbre, lo más barato de la carta. Necesito los ciento veinticinco dólares íntegros, ¿por qué malgastarlos en comida? En esta comida. La carta, un torpe intento de parecer isabelina, todo con una «e» al final. He pedido un especial Ana Bolena, una hamburguesa sin panecillo, con un cuadrado de gelatina roja a modo de guarnición, seguida de «mousse royale». ¿Sabrán que a Ana Bolena le cortaron la cabeza? ¿Por eso sirven la hamburguesa sin panecillo? ¿Qué pasa por la cabeza de la gente? Todo el mundo cree que los escritores saben más acerca de la mente humana, pero es un error. Saben menos. Por eso escriben. Para tratar de descubrir lo que todos los demás dan por sentado. El simbolismo de la carta, por el amor de Dios, ¿cómo se me ocurre pensar siquiera en eso? La carta no tiene simbolismo, no es más que el desacertado intento de un lerdo por ser gracioso. ¿No es así?

Eres demasiado complicada, le decía Bernie cuando aún se acariciaban y escudriñaban sus respectivas psiques. Deberías tomártelo con calma. Tumbarte. Comerte una naranja. Pintarte las uñas de los pies.

Y con eso, para él, ya estaba todo arreglado.

Tal vez ni siquiera se hubiese levantado aún. Solía dar una cabezada por las tardes, debía de estar tumbado bajo la maraña de mantas del apartamento que compartían en Queen Street West (encima de la tienda, que antes era una ferretería y ahora era una boutique, y el alquiler se estaba poniendo por las nubes), boca abajo, los brazos abiertos a cada lado, los calcetines en el suelo, donde los había tirado, uno tras otro, como pies desinflados o endurecidas pisadas azules que conducían a la cama. Incluso por las mañanas se levantaba cansinamente e iba casi a tientas a la cocina en busca del café, que ella ya había preparado. Era uno de sus pocos lujos: verdadero café. Ella ya llevaba horas levantada, inclinada sobre la mesa de la cocina, concentrada delante de una hoja de papel, royendo palabras, despedazando el lenguaje. Él posaba la boca, llena aún de sueño, sobre la suya, y quizá la arrastrase de nuevo al dormitorio y a la cama con él, a aquella piscina líquida de carne, recorriera su cuerpo con la boca, placer peludo, la colcha cubriéndolos mientras se sumían en la ingravidez. Pero él llevaba tiempo sin hacerlo. Se levantaba cada vez más temprano, y a ella le costaba cada vez más salir de la cama. Estaba perdiendo aquella compulsión, aquella alegría, lo que quiera que la impulsase a salir al frío aire de la mañana, a llenar todos aquellos cuadernos, todas aquellas páginas impresas. Ahora se daba la vuelta bajo las mantas cuando Bernie se levantaba, remetía bien los bordes, se arrebujaba en lana. Había empezado a tener la sensación de que nada la esperaba fuera de los límites de la cama. No se trataba de vacío, sino de nada, un cero con patas en el libro de aritmética.

«Salgo», decía él a su espalda arropada, aturdida. Estaba lo bastante despierta para oírlo; luego volvía a sumirse en un sueño húmedo. La ausencia de Bernie era una razón más para no levantarse. Él iría a The Notes from the Underground, donde, por lo visto, pasaba ahora la mayor parte del tiempo. Estaba contento de cómo iba, les habían hecho varias entrevistas para periódicos, y ella comprendía perfectamente que algo pudiera considerarse un éxito aunque no diese dinero, ya que lo mismo había ocurrido con su libro. Pero estaba un poco preocupada porque él ya no pintaba mucho. Su último cuadro había sido un intento de realismo mágico. Era ella, sentada a la mesa de la cocina, envuelta en la alfombra a cuadros que tenían al pie de la cama, el cabello recogido en un moño desgreñado, con aspecto de víctima de una hambruna. Lástima que la cocina fuese amarilla, porque volvía verde su piel. De todas formas, no lo había terminado. Papeleo, decía él. En eso debían de írsele las mañanas en la galería, en eso y en contestar al teléfono. Tenían acordado turnarse los tres y él debía de quedar libre a las doce, pero por lo general terminaba yendo también por las tardes. La galería había atraído a varios pintores jóvenes, que se sentaban a beber Nescafé en vasitos de plástico y cervezas en lata y discutían sobre si todo aquel que comprase una acción de la galería debía tener derecho a exponer, si la galería debía cobrar comisiones y, de no ser así, cómo iba a sobrevivir. Tenían varios planes, y hacía poco habían contratado a una chica para que se ocupase de las relaciones públicas, de los carteles, de la correspondencia y de dar la lata a los medios de comunicación. Trabajaba por cuenta propia y colaboraba con otras dos galerías y un fotógrafo publicitario. Estaba empezando, explicaba Bernie. La chica decía que debían hacerse un nombre. Se llamaba Marika. Julia la había conocido en la galería, cuando aún tenía la costumbre de ir allí por las tardes. Le parecía que hacía una eternidad.

Marika era una rubia de cutis aterciopelado, de veintidós o veintitrés años, en todo caso, no más de cinco o seis menor que Julia. Aunque su nombre sonaba exótico, acaso húngaro, tenía un marcado acento de Ontario y se apellidaba Hunt. Un capricho de la madre, o un cambio de apellido por parte del padre, o quizá lo había adoptado la propia Marika. Estuvo muy simpática con Julia. «He leído tu libro —le dijo—. No leo mucho, no tengo tiempo, pero saqué el tuyo de la biblioteca porque Bernie me lo comentó. No creía que fuese a gustarme, pero la verdad es que está muy bien.» Julia agradecía —en exceso, según Bernie— que alguien dijese que le gustaba su obra o, simplemente, que la hubiese leído. Sin embargo, oyó una voz en su interior que decía: «Vete a la mierda». Era la manera en que Marika había hecho el cumplido: como quien da una galleta a un perro, en parte un premio, en parte un soborno, y con suficiencia.

Desde entonces habían tomado café juntas en varias ocasiones. Era siempre Marika quien se dejaba caer, por algún que otro recado de Bernie. Se sentaban a hablar en la cocina, pero nunca llegaron a conectar. Eran como dos madres en una fiesta de cumpleaños, sentadas en un extremo, mientras sus hijos alborotaban y se atiborraban: se trataban con amabilidad, pero el verdadero centro de atención estaba en otra parte.

—Siempre he pensado que a mí también me gustaría escribir —dijo en una ocasión Marika, y Julia tuvo la sensación de que se producía una pequeña explosión roja en su nuca. Estuvo a punto de derramarse el café encima, pero enseguida comprendió que Marika no lo había dicho con la intención que ella creía. Solo quería mostrar interés—. ¿No te da miedo quedarte sin materia?

—No hay materia sin energía —contestó Julia en son de broma, aunque en el fondo no hacía más que expresar un temor auténtico. ¿Acaso no eran lo mismo?—. Según Einstein —añadió, y Marika, que no captó la relación, le dirigió una mirada de extrañeza y desvió la conversación hacia el cine.

La última vez que Marika se presentó en el apartamento, Julia aún no se había levantado de la cama. No tenía excusa, ninguna explicación. Estuvo a punto de decirle que se marchase, pero Bernie necesitaba la libreta negra, en la que tenía anotados los números de teléfono, y no tuvo más remedio que dejarla entrar.

Marika se recostó en el marco de la puerta del dormitorio, bien arreglada con su atuendo de varias capas, balanceando el bolso tejido a mano, mientras Julia, con el pelo sin lavar, que caía lacio sobre los hombros del camisón, la boca pastosa y la mente embotada, se arrodillaba en el suelo y rebuscaba en los bolsillos de Bernie. Por primera vez desde que vivían juntos deseó que, para variar, hubiese colocado bien la ropa. Tenía la impresión de que la ponía en evidencia, aunque sin razón, porque no era su ropa, no era ella quien la dejaba tirada por el suelo. Marika exudaba sorpresa, incomodidad y cierto júbilo, como si los calcetines sucios y los tejanos pisoteados de Bernie fuesen la parte vulnerable de Julia, que siempre había deseado ver.

—No sé dónde la habrá puesto —dijo Julia exasperada—. Tendría que dejarlo todo como es debido —añadió, demasiado a la defensiva—. Aquí arrimamos el hombro los dos.

—Claro, con tu trabajo… —dijo Marika.

Escudriñaba la habitación, la cama grisácea, el suéter de Julia hecho un higo en la silla del rincón, el aguacate con hojas de bordes marronosos del alféizar, la única planta. Julia había plantado una semilla tras un atracón de aguacates —ya no recordaba la razón de semejante festín—, pero estaba mustia. Hojas de té. Había que echarle hojas de té, ¿o era carbón lo que había que echarle?

La libreta apareció al fin debajo de la cama. Julia la sacó con una bola de pelusa que había quedado prendida. Vio mentalmente una plaquita, como las que colocan en las casas históricas: «BOLA DE PELUSA. Perteneció a Julia Morse, poeta». Con un grupito de escolares aburridos mirando a través del cristal de una urna. Ese era el futuro, si es que había futuro, si seguía escribiendo, si llegaba a tener una importancia siquiera marginal, a ser una obligada nota a pie de página en una tesis doctoral. Fragmentos residuales después de la podredumbre generalizada, clasificados, acumulando polvo, como las vértebras de los dinosaurios. Exangües.

Tendió la libreta a Marika.

—¿Te apetece una taza de café? —le preguntó, con un tono que invitaba a rehusar.

—No quiero molestar —respondió Marika, que, sin embargo, se quedó a tomar café y habló con entusiasmo de sus planes para organizar una exposición colectiva que titularían «De abajo arriba».

Sus ojos recorrían la cocina, se fijaban en el grifo que goteaba, en el trapo maloliente con que lo habían vendado, en la vieja tostadora rodeada de migas como residuos de un leve deslizamiento de tierras.

—Me alegra mucho que podamos ser amigas —dijo antes de marcharse—. Dice Bernie que no tenemos nada en común, pero creo que nos llevamos realmente bien. Allí casi todos son hombres.

Esto podía ser una variedad adulterada de feminismo, pensó Julia, pero no lo era. La voz de Marika apestaba a club de bridge. «Realmente bien.» Qué incongruencia, con aquellos zapatos de plataforma y aquel trasero a la moda. Las visitas de Marika hacían que se sintiera como la beneficiaria de una pensión asistencial. No sabía qué hacer para que dejase de venir, sin ser demasiado grosera. Porque, además, la exasperaba que la privase de un tiempo que necesitaba para trabajar. Aunque cada vez tenía menos trabajo.

Bernie parecía no percatarse de que apenas hacía nada. Ya no le pedía que le dejase leer lo que hubiese escrito durante el día. Cuando llegaba a casa a la hora de cenar, hablaba obsesivamente de la galería mientras comía un plato tras otro de espaguetis y —al menos así se lo parecía a ella— devoraba barras de pan. Cada vez tenía más apetito, y habían empezado a discutir por lo mucho que gastaban en comida y por quién debía ir a la compra y cocinar. Al principio lo compartían todo, ese era el acuerdo. De buena gana Julia le hubiese dicho que, como ahora él comía el doble que ella, debía ir más a la compra y pagar más de la mitad, pero pensaba que sería mezquino por su parte. Sobre todo porque, siempre que hablaban de dinero, él decía: «No te preocupes, que cobrarás», como si ella le echase en cara el préstamo para la galería. Y Julia suponía que eso era lo que hacía.

¿Qué hora es? Arriba la muñeca: las seis treinta. La hemorragia parece haber remitido, pero la sangre sigue ahí, espesa como lodo, descendiendo por el cuello. Una vez, una profesora entró en el aula con los dientes ribeteados de sangre. Debía de haber ido al dentista y luego no se había mirado al espejo. Le teníamos tanto miedo que no le dijimos nada y pasamos toda la tarde dibujando tres tulipanes en un jarrón, presididos por aquella sonrisa sedienta de sangre. Tengo que recordar cepillarme los dientes y lavarme bien la cara, porque una gota de sangre en el mentón podría perturbar al público. La sangre, el fluido elemental, el jugo de la vida, subproducto del nacimiento, preludio de la muerte. La roja medalla al valor. La bandera del pueblo. Quizá podría ganarme la vida redactando discursos políticos, si todo lo demás falla. Pero cuando mana de la nariz no es mágica ni simbólica, sino ridícula. Sujeta por la nariz a la retícula geométrica del suelo del cuarto de baño. No seas estúpida, ponte en marcha. Levántate con cuidado: si la hemorragia persiste, anula el recital y coge el avión. (¿Dejando un reguero de coágulos?) Esta noche podría estar en casa. Bernie está allí ahora, aguardando a que llame, que ya es tarde.

Se levantó despacio, sujetándose al lavabo, y fue al dormitorio con la cabeza ligeramente echada hacia atrás. Buscó a tientas el teléfono y lo cogió. Marcó el cero y pidió a la telefonista que hiciese la llamada. Oyó los ruidos del espacio exterior que hacía el teléfono mientras esperaba nerviosamente oír la voz de Bernie, notando ya su lengua en la boca. Se meterían en la cama y después tomarían una especie de resopón, los dos solos en la cocina, con el horno de gas encendido y abierto para caldearla, como solían hacer. (Su mente prescindió de los detalles de lo que podían comer. Sabía que no había nada en el frigorífico, salvo un par de salchichas casi caducadas. Ni siquiera panecillos.) Las cosas irían mejor, el tiempo daría marcha atrás, hablarían, ella le diría lo mucho que lo había echado de menos (porque ciertamente había estado fuera más de un día), se abriría el silencio, el lenguaje fluiría de nuevo.

Comunicaba.

No quería pensar en su decepción. Llamaría más tarde. Ya no sangraba, aunque notaba cómo se formaba la costra en el interior de su cabeza. De modo que se quedaría, haría la lectura, cobraría y destinaría el dinero a pagar el alquiler. ¿Qué otra posibilidad cabía?

Ya era la hora de cenar y tenía hambre, pero no podía permitirse pagar otra comida. A veces invitaban al poeta a cenar; a veces ofrecían una fiesta en la que podía atiborrarse de galletitas saladas y queso. Pero allí no organizaban nada de nada. La recogían en el aeropuerto, eso era todo. Suponía que no habrían pegado carteles, que no habrían hecho ninguna publicidad. Poco público y nervioso al ver que habían ido ellos pero nadie más, atrapados en una lectura sin interés. Y ella ni siquiera tenía pinta de poeta, vestía un traje pantalón azul marino, cómodo para subir escaleras y a coches.

Quizá llevar vestido ayudase, algo vaporoso y etéreo. ¿Pulseras, un fular?

Se sentó en el borde de la silla de respaldo recto, frente a un cuadro de dos patos muertos y un setter irlandés. Tenía que hacer tiempo. No había televisor. ¿Leer la Biblia? No, no debía hacer nada demasiado agotador, no quería volver a sangrar. Al cabo de media hora pasarían a recogerla. Y luego los ojos, las manos educadas, las sonrisas forzadas. Después todo el mundo murmuraría. «¿No se siente vulnerable ahí arriba?», le preguntó un día una jovencita. «No», contestó ella, y era la verdad, porque no era ella, solo leía sus poemas más tranquilizadores, no quería perturbar a nadie. Pero recelaban de todas maneras. Al menos ella no se emborrachaba antes como hacían muchos otros. Quería ser amable y todos lo aprobaban.

Salvo los más ávidos, los que querían conocer el secreto, los que creían que había un secreto. Después se dispersarían, estaba segura, aguardarían en los bordes, tras los susurrantes miembros de la comisión, aferrados a paquetitos de poemas que le tenderían medrosamente, como si las páginas fuesen carne viva que no soportasen haber tocado. Recordaba la época en que se había sentido así. La mayoría de los poemas serían decepcionantes, pero de vez en cuando surgía alguno que tenía algo, la energía, lo inefable. «No lo hagáis —quería decirles—, no cometáis el mismo error que yo.» Pero ¿cuál había sido su error? Pensar que podía salvar su alma, sin duda. Solo mediante la palabra.

¿De verdad creía yo eso? ¿De verdad creía que el lenguaje podía agarrarme del pelo y auparme hasta hacerme asomar al aire libre? Pero si dejamos de creer, ya no podemos seguir haciéndolo, ya no podemos volar. De modo que aquí estoy, clavada a la silla. «Un sonriente hombre público de sesenta años.» ¿Crisis de fe? ¿Fe en qué? La resurrección, eso es lo que se necesita. De abajo arriba. Desembarazarse de esas obsesiones, de esas ficciones, «él dijo», «ella dijo», acumulando razones y agravios; los diálogos de las sombras. De lo contrario, no quedará más que el resto de mi vida. Algo se ha congelado.

Sálvame, Bernie.

Él se mostró muy amable por la mañana, antes de que ella se marchase. De nuevo el teléfono, la voz vuela a través de la oscuridad del espacio. Timbrazos sordos, un clic.

—Hola. —Una voz de mujer, la de Marika. Sabía quién llamaba.

—¿Puedo hablar con Bernie, por favor? —Qué estupidez actuar como si no reconociese la voz.

—Hola, Julia —dijo Marika—. Bernie no está. Ha tenido que marcharse un par de días, pero sabía que ibas a llamar esta noche y me ha pedido que viniese. De modo que no te preocupes por nada. Me ha dicho que te vaya bien la lectura y que no olvides regar la planta cuando vuelvas.

—Oh, gracias, Marika —dijo ella.

Como si fuese su secretaria, dejándole mensajes para la idiota de su esposa mientras él… No podía preguntar adónde había ido. Si ella iba de viaje, ¿por qué no podía hacerlo él? Si él quería decirle adónde, se lo diría. Se despidió y, al colgar el teléfono, creyó oír algo. ¿Una voz? ¿Una risa?

No ha ido a ninguna parte. Está allí, en el apartamento, como si lo viera, debe de hacer semanas que dura, meses, en la galería, «he leído tu libro», observando a la competencia. Debo de ser idiota, todo el mundo lo sabía menos yo. Viniendo a casa a tomar café conmigo, estudiando el terreno. Espero que tengan la delicadeza de cambiar las sábanas. No ha tenido valor para decírmelo, va a regar la planta quien yo me sé, de todas maneras está muerta. Melodrama en un aparcamiento, largas franjas de asfalto salpicadas de manchas de animales atropellados, ¿en esto se ha convertido mi vida?

Tocando fondo en esta habitación entre los montones de escoria, el espacio exterior, en la luna muerta, con dos patos sacrificados y un perro disecado, ¿por qué has tenido que hacerlo así, estando yo de viaje, que sabes que me agota, estas duras pruebas, caminar entre ojos? ¿No podías haber aguardado? Te lo has montado muy bien. Volveré y chillaré y gritaré, y tú lo negarás todo, me mirarás, muy tranquilo, y dirás: «Pero ¿de qué hablas?». Y de qué hablaré, puede que esté equivocada. Nunca lo sabré. Precioso.

Es casi la hora.

Llegarán los dos jóvenes amables que aún no son trabajadores fijos. Ella se sentará en el asiento delantero del Volvo y durante todo el trayecto hasta el lugar de la lectura, mientras avanzan entre la nieve acumulada hasta la mitad de los postes del tendido telefónico, los dos jóvenes hablarán de las virtudes de este coche comparado con el coche que tiene el que no conduce, el cual está sentado detrás, con las piernas dobladas como un saltamontes.

Ella será incapaz de abrir la boca. Mirará la nieve que se estrella contra el parabrisas y que los limpiaparabrisas se encargan de despejar, y será roja, será como un compacto muro rojo. Una traición, eso es lo que detesta, porque se prometieron no mentirse nunca.

El estómago lleno de sangre, la cabeza llena de sangre, rojo ardiente, al fin la siente, la rabia acumulada durante mucho tiempo, la energía, un enjambre de palabras tras sus ojos como abejas en primavera. Algo está hambriento, algo se enrosca. Una larga canción se enrosca y desenrosca justo delante del parabrisas, donde cae la nieve roja, vivificándolo todo. Aparcan el virtuoso coche y los dos jóvenes la conducen al auditorio, un bloque de color gris ceniza, donde un grupo de rostros amables aguarda a oír la palabra. Las manos aplaudirán, se dirán cosas acerca de ella, nada asombroso, se da por sentado que es buena para ellos, tienen que abrir la boca y aceptarla, como vitaminas, como una inocua medicina. No. Nada de dulce identidad. Subirá al estrado, con las palabras enroscadas, abrirá la boca y la sala estallará en sangre.

Chicas bailarinas

La primera señal de que había un nuevo huésped fue una llamada a la puerta. Era la casera, que no llamaba a la puerta de Ann, como le pareció a ella, sino a la otra, a la que estaba a la derecha del cuarto de baño. Toc, toc, toc; luego una pausa, pisadas suaves, el ruido de la cerradura al abrirse. Ann dejó a un lado el libro sobre canales que estaba leyendo y encendió un cigarrillo. No pretendía curiosear: en aquella casa era imposible no enterarse de todo.

—¡Hola! —Era la voz de la señora Nolan, muy efusiva—. Me he dicho que a mis hijos les encantaría ver su traje nacional. ¿Le importaría ponérselo y bajar?

Una vocecita ininteligible.

—¡Sí, qué bien! ¡Nos gustaría mucho!

Ruido de la puerta al cerrarse, el chancleteo de la señora Nolan por el pasillo, con — Ann lo sabía— las babuchas de felpa color malva y la bata floreada, después escaleras abajo, gritos a sus dos hijos.

—¡Venid a la habitación ahora mismo! —La voz le llegó

a Ann a través de la rejilla de la calefacción como si fuese un sistema de megafonía. No son los chicos quienes quieren verlo, sino ella, pensó Ann. Apagó el cigarrillo con la idea de reservar la otra mitad para más tarde y volvió a abrir el libro. ¿Qué traje? ¿Qué país, esta vez?

Ruido de la cerradura y luego de la puerta, pisadas quedas en el pasillo, como de pies descalzos. Ann cerró el libro y abrió la puerta. Una túnica blanca, una cabeza castaña, que avanzaban con sigilo o con cautela hacia las escaleras. Ann fue al cuarto de baño y encendió la luz. Lo compartirían; el huésped de aquella habitación siempre compartía su cuarto de baño. Confiaba en que fuese mejor que el anterior, que al parecer siempre se dejaba la maquinilla de afeitar y llamaba a la puerta mientras Ann estaba bañándose. De todas formas, en aquella casa no había que temer una violación ni nada por el estilo; era una de sus ventajas. La señora Nolan era mejor que cualquier alarma antirrobo y siempre estaba allí.

Aquel era francés, estudiante de cinematografía. Antes había habido una turca, que estudiaba literatura comparada, Lelah, o por lo menos así se pronunciaba. Ann encontraba a menudo sus preciosos cabellos color caoba en el lavabo; deslizaba por ellos el índice y el pulgar, con envidia, antes de tirarlos. Ella tenía que llevar el pelo corto porque lo tenía quebradizo y se le abrían las puntas. Lelah tenía un diente de oro, un incisivo, que se veía cada vez que sonreía. Curiosamente, Ann también le envidiaba ese diente. El incisivo, el pelo y los pendientes con turquesas engastadas daban a Lelah aspecto de cíngara, un aspecto sabio, que Ann, con sus cejas beige y su boca delicada, sabía que nunca tendría, por más sabia que llegase a ser. Estudiaba «clásicas», llevaba faldas rectas y jerséis de shetland. Era el único estilo que le sentaba bien. Ella y Lelah trabaron amistad, fumaban cigarrillos en la habitación de cualquiera de las dos y se compadecían mutuamente por las dificultades de sus estudios y por las voces que daba la señora Nolan. Por eso Ann conocía aquella habitación; sabía cómo era por dentro y cuánto costaba. No era una suite de lujo, desde luego, y no le sorprendía que quedase libre tan a menudo. Tenía un conducto más directo aún que el suyo para captar el ruido que armaba la familia Nolan. Lelah se había marchado porque no lo soportaba.

La habitación era más pequeña y barata que la suya, pero estaba pintada de la misma tonalidad verdosa deprimente. A diferencia de la suya, no tenía frigorífico, fregadero ni fogón. Había que utilizar la cocina de la parte delantera de la casa, de la que hacía tiempo se había apoderado un grupito de matemáticos, dos hombres y una mujer, de Hong Kong. Quien alquilase aquella habitación no tenía más remedio que comer siempre fuera o soportar el sonsonete de su conversación, que incluso cuando no era en chino era tan abstrusa que resultaba ininteligible. Y nunca había ningún hueco en el frigorífico, siempre estaba lleno de setas. Eso lo sabía por Lelah; Ann no tenía que soportarlos porque podía cocinar en su habitación. Sin embargo, los veía al entrar y al salir. A las horas de las comidas solían estar sentados tranquilamente a la mesa de la cocina, hablando de números irracionales, suponía ella. Ann sospechaba que lo que a Lelah le molestaba de ellos en realidad no eran las setas: simplemente hacían que se sintiera estúpida.

Todas las mañanas, antes de salir hacia la facultad, Ann buscaba en el cuarto de baño algún rastro del nuevo huésped —pelos, cosméticos—, pero no había nada. Apenas lo oía; a veces captaba tenues pisadas de pies descalzos, el clic de la cerradura, pero no se oía la radio, ni toser, ni conversaciones. Durante las dos primeras semanas, aparte de un atisbo de una figura alta y cimbreante, ni siquiera lo vio. Al parecer no utilizaba la cocina, donde los matemáticos continuaban con sus misterios sin que nadie los molestase; o bien cocinaba cuando no había nadie. Ann se habría olvidado por completo de él si no hubiera sido por la señora Nolan.

«Es muy amable, no como otros», le dijo a Ann con un susurro penetrante. Aunque gritase a su marido, cuando estaba en casa, y sobre todo a sus hijos, con Ann siempre hablaba en voz baja, con un murmullo áspero y ávido, como si compartiesen secretos vergonzosos. Ann estaba delante de la puerta de su habitación con la llave en la mano, su ubicación habitual durante aquellas confidencias. La señora Nolan conocía las costumbres de Ann. No le resultaba difícil fingir que estaba limpiando el cuarto de baño a fin de asomarse y asaltar a Ann, con el Ajax y la bayeta en la mano, siempre que tenía algo que contarle. Era una mujer bajita, con forma de tonel: su cabeza apenas llegaba a la nariz de Ann, de modo que tenía que alzarla para mirarla, por lo que en aquellos momentos tenía un aspecto infantil que resultaba chocante.

—Es de uno de esos países árabes, aunque yo creía que llevaban turbante…, bueno, turbantes no, esas cosas blancas que se ponen. Pero solo lleva ese gorro tan gracioso. No me parece a mí que tenga mucha pinta de árabe. Tiene marcas de tatuaje en la cara. Pero es muy amable.

Ann aguardó, mientras su paraguas goteaba en el suelo, a que la señora Nolan terminase. Ella, por su parte, nunca tenía mucho que decir; tampoco hacía falta.

—¿Cree que podría pagarme el alquiler el miércoles? —le preguntó la señora Nolan. O sea, tres días antes; probablemente, el verdadero motivo de la conversación. De todas formas, la señora Nolan, como le había comentado en septiembre, apenas tenía con quien hablar. Su marido pasaba la mayor parte del tiempo fuera de casa y sus hijos se escapaban a la menor oportunidad. Ella apenas salía, salvo para ir a la compra y a misa los domingos.

«Me alegro de que alquilara usted la habitación —le había dicho a Ann—. Con usted puedo hablar. No es como los extranjeros. No es como la mayoría de los extranjeros. Fue idea de mi marido alquilar una casa tan grande para tener huéspedes. Claro que él no tiene que ocuparse del trabajo ni de bregar con ellos. Nunca se sabe lo que van a hacer.»

Ann quiso decirle que sí era extranjera, tan extranjera como los demás, pero sabía que la señora Nolan no lo iba a entender. Sería como lo del chasco de octubre. «Pónganse sus trajes nacionales.» Ann aceptó la invitación por sentido del deber, así como por sentido de la ironía. Espera a que vean mi traje nacional, se dijo Ann, que pensó en ponerse raquetas de nieve y una parka, aunque luego se puso el traje de lana azul. Lo de «traje nacional» solo le recordaba una cosa: la fotografía de la portada del boletín de la Escuela Dominical Misionera que le dieron una vez, donde se veía a niños de todos los países del mundo bailando en corro alrededor de un sonriente Jesús de rostro blanco envuelto en una sábana. Eso y el poema del *Golden Windows Reader*:

> *Niño sioux o algonquino,*
> *oh, ¿no te gustaría ser como yo?*

Lo terrible, como le comentó a Lelah después, fue que solo se presentó ella. «La señora Nolan tenía un montón de comida preparada y no había nadie más que yo. Estaba muy enfadada, y me sentí mal por ella. Era una actividad de los Amigos de los Estudiantes Extranjeros, solo para mujeres: estudiantes y las esposas de los estudiantes. Estaba claro que a mí no me consideraba lo bastante extranjera y no entendía por qué no venía nadie más.» Tampoco lo entendía Ann, que se quedó mucho rato y se hartó de galletitas saladas y de queso, aunque no le apetecían, para alentar el sentido de la hospitalidad frustrado de su anfitriona. La mujer, que llevaba elegantes mechas rubio ceniza y en cuyo salón todas las superficies relucían como los chorros del oro, la apremiaba a que comiese y miraba a la puerta, como si esperase que en cualquier momento fuera a aparecer un desfile de extranjeros con sus trajes nacionales.

Lelah sonrió, mostrando su incisivo dorado.

—¿A quién se le ocurre organizarlo por la noche? —dijo—. Los hombres no van a dejar que sus mujeres salgan a esas horas. Y las solteras tienen miedo de caminar solas por las calles. Yo lo tengo.

—Pues yo no —repuso Ann—. Hay que ir por las principales, que están iluminadas.

—Entonces es que eres una insensata. ¿No sabes que han asesinado a una chica a tres manzanas de aquí? No cerró la ventana del cuarto de baño. Un hombre se coló por ella y la degolló.

—Yo siempre llevo el paraguas —dijo Ann. Por supuesto, había que evitar ciertos lugares. Por ejemplo, Scollay Square, por donde merodeaban las prostitutas y podían seguirla o algo peor. Trató de explicarle a Lelah que ella no estaba acostumbrada a aquello, a nada de aquello, que en Toronto se podía pasear por toda la ciudad, bueno, prácticamente por cualquier parte, sin el menor problema. Le dijo que por lo visto allí nadie entendía que no era como ellos, que procedía de un país distinto, que no era lo mismo; pero Lelah no tardó en aburrirse. Tenía que volver con Tolstói, dijo, y apagó el cigarrillo en la taza de café soluble a medio beber. (No debe de ser lo bastante fuerte para ella, pensó Ann.)

—No deberías preocuparte —dijo Lelah—. Tú estás a tus anchas. No tienes una familia a punto de repudiarte por hacer lo que deseas. —El padre de Lelah no dejaba de escribirle cartas exhortándola a regresar a Turquía, donde la familia le había encontrado el marido perfecto. Lelah le había dado largas durante un año, y tal vez consiguiera darle largas durante otro más, pero de ahí no iba a pasar. Probablemente no tendría tiempo de terminar la tesis.

Ann apenas la veía desde que se había mudado. En ese lugar enseguida se perdía de vista a la gente, en la cambiante población de esperanzados y desesperados de paso.

A ella nadie le escribía cartas exhortándola a volver a casa, nadie le había encontrado el marido perfecto. Al contrario. Imaginaba la expresión derrotada de su madre, el rostro cetrino y desencajado, si de pronto anunciase que pensaba dejar la facultad, renunciar a sus ambiciones y casarse. Ni siquiera a su padre le gustaría. «Termina lo que has empezado —le diría—. Yo no lo hice y mírame ahora.» El bungalow en la parte alta de Avenue Road, junto a la gasolinera, con el estruendo de la autopista siempre presente, como el mar, y los humos que corroían el seto de olmos chinos que su madre plantó para ocultar los surtidores. Sus dos hermanos ni siquiera terminaron la secundaria. No eran tan buenos estudiantes como Ann. Uno trabajaba en una imprenta y se había casado; el otro se había marchado a Vancouver y nadie sabía qué hacía. Ann recordaba a su primer novio de verdad, Bill Decker, un chico fornido y despreocupado, con un coche de dos colores que siempre perdía el silenciador del tubo de escape. Habían pasado muchas horas aparcados en callejas, sobándose por encima de los montones de ropa. Pero incluso en aquella obnubilación sensual, el capullo de aliento y piel que tejían a su alrededor, las conversaciones telefónicas que eran una forma de caricia, Ann sabía que no podía implicarse demasiado. Probablemente ahora era un individuo fofo, aposentado. Desde entonces había tenido relaciones con otros hombres, pero con todos se había mostrado de la misma manera. Circunspecta.

De todas formas, la habitación trasera de la señora Nolan no representaba una gran mejora. Una ventana daba a la funeraria de al lado; la otra, al patio, que los hijos de la señora Nolan se habían encargado de arrasar hasta dejarlo sin una brizna de hierba y que ahora no era más que una ciénaga de barro medio helado. Tenían el perro, un cruce de pastor alemán, atado allí, donde los chicos unas veces lo abrazaban y otras lo atormentaban. («¡Jimmy! ¡Donny! ¡Dejad en paz al perro!» «¡No hagáis eso, que está sucio! ¡Mirad cómo vais!» Ann se tapaba los oídos mientras leía monografías sobre galerías comerciales subterráneas.) Había tratado de arreglar la habitación: había puesto una colcha de madrás a modo de cortina delante de la cocina y colgado varias reproducciones de naturalezas muertas con guitarras y relajantes frutas cubistas de Braque, y tenía plantas aromáticas en el alféizar de la ventana; necesitaba un entorno que por lo menos intentase no ser feo. Pero nada de eso servía de mucho. Por la noche se ponía tapones en los oídos. Antes de ir allí ignoraba que el alojamiento era escaso, que la ciudad estaba llena de estudiantes, que los alquileres eran altos y las habitaciones asequibles, deprimentes. El año próximo sería distinto; llegaría con antelación y tendría la oportunidad de elegir. Estaba claro que la casa de la señora Nolan era un último recurso. Era posible encontrar algo mejor por el mismo dinero; era posible incluso tener un apartamento entero si se estaba dispuesto a vivir en pleno centro del barrio estudiantil, que se extendía por calles estrechas, con casa de tres pisos de color amarillo mostaza y gris hollín, cerca del río. Pero Ann no creía que le gustara. Una habitación en una buena casa antigua, en una calle secundaria tranquila, con algunos vitrales, sería mucho más agradable. Su amiga Jetske vivía en un sitio así.

Pero sí estaba haciendo lo que deseaba, no cabía duda. En el instituto había decidido ser arquitecta, pero al finalizar los cursos preuniversitarios comprendió que los edificios que quería diseñar eran imposibles (¿quién podría pagarlos?) o inútiles. Quedarían perdidos, asfixiados, deslucidos por los otros edificios apiñados alrededor de forma inarmónica. Por eso se decantó por el diseño urbano, y había venido aquí porque esa facultad era la mejor. O al menos eso decían. Cuando terminase, esperaba salir tan bien preparada, tan armada de conocimientos, que cuando volviera a su ciudad nadie se atrevería a negarle el empleo que ansiaba. Quería remodelar Toronto. Toronto serviría para empezar.

Aún no estaba demasiado segura de los detalles. Imaginaba espacios, hermosos espacios verdes, con agua que discurría entre ellos y con árboles. Pero nada de grandes campos de golf, sino algo más sinuoso, con recodos inesperados, rincones secretos y vistas sorprendentes. Y nada de arriates de flores. Las casas, o lo que fuesen, se alzarían sin estorbar entre los árboles. ¿Y dónde dejarían los coches? ¿Y adónde iría la gente a comprar? ¿Y quién viviría en aquellos lugares? Ese era el problema: imaginaba las vistas, los árboles y los arroyos o canales con total claridad, pero no conseguía visualizar a las personas. Sus espacios verdes estaban siempre vacíos.

No volvió a ver al vecino de la habitación de al lado hasta febrero. Ann regresaba del pequeño supermercado local donde compraba lo necesario para preparar sus comidas baratas y cuidadosamente equilibradas. Estaba recostado en la puerta de lo que en su casa ella habría llamado el recibidor, fumando un cigarrillo y contemplando la lluvia por el ventanal contiguo. Tendría que haberse apartado un poco para permitirle dejar el paraguas, pero no se movió. Ni siquiera la miró. Ann se encogió para pasar, sacudió el paraguas cerrado y miró su buzón, que no tenía llave. No solía tener carta, y ese día no era una excepción. El hombre vestía una camisa blanca que le venía grande y pantalones verdosos. No iba descalzo; llevaba unos zapatos marrones normales y corrientes. En efecto, tenía marcas de tatuaje en la cara, o más bien cicatrices, varias en cada mejilla. Era la primera vez que Ann lo veía de frente. Le pareció un poco más bajito que cuando lo había vislumbrado dirigiéndose hacia las escaleras, quizá porque ahora no llevaba el gorro. Estaba recostado de forma tan lánguida que daba la impresión de no tener huesos.

No había nada que ver desde la puerta de la señora Nolan, salvo el tráfico, que se deslizaba chirriante como todos los días. Debía de estar deprimido, sin duda era eso. Ese clima deprimiría a cualquiera. Ann se compadeció de su soledad, pero no quería implicarse. Ya tenía bastantes problemas para afrontar la suya. Le sonrió, aunque, como él no la miraba, su sonrisa se perdió. Lo dejó atrás y subió por las escaleras.

Mientras buscaba la llave en el bolso, la señora Nolan salió del cuarto de baño.

—¿Lo ha visto? —le susurró.

—¿A quién?

—¡A él! —La señora Nolan señaló con el pulgar—. Abajo, junto a la puerta. Lo hace muy a menudo. Me preocupa un poco. No tengo los nervios para estas cosas.

—No hace nada.

—A eso me refiero —susurró la señora Nolan con tono agorero—. Nunca hace nada. Que yo sepa, apenas sale. Lo único que hace es pedirme la aspiradora.

—¿La aspiradora? —repitió Ann sorprendida.

—Eso he dicho. —La señora Nolan jugueteaba con el desatascador de goma que tenía en la mano—. Y hay más como él. La otra noche estuvieron en su habitación. Son dos, con las mismas marcas en la cara. Debe de ser una religión o algo así. Y nunca devuelve la aspiradora hasta el día siguiente.

—¿Paga el alquiler? —preguntó Ann, con el propósito de desviar la conversación hacia temas prácticos. La señora Nolan se estaba dejando llevar por la imaginación.

—Puntualmente —contestó la casera—. Pero no me gusta esa manera que tiene de bajar, con tanto sigilo, a nuestra casa. Sobre todo no estando Fred.

—Yo no me preocuparía —dijo Ann con una voz que esperaba fuera tranquilizadora—. Parece una buena persona.

—Sí, siempre lo parecen.

Ann se preparó la cena: pechuga de pollo, guisantes, una galleta digestiva. Luego se lavó el pelo en el cuarto de baño y se puso los rulos. Tenía que ponérselos para darle volumen. Con la cabeza cubierta por la capucha de plástico del secador portátil, se sentó a la mesa y, mientras bebía café soluble y fumaba el medio cigarrillo de costumbre, intentó leer un libro acerca de los acueductos romanos, del que esperaba sacar algunas ideas originales para el proyecto en el que trabajaba. (¿Un acueducto que cruzase por la mitad el inevitable centro comercial? ¿Le interesaría a alguien?) Sin embargo, su mente volvía una y otra vez al hombre de la habitación contigua. Ann no se había parado mucho a pensar en cómo sería ser un hombre. Pero ese hombre en concreto… ¿Quién era, qué le había ocurrido? Debía de ser estudiante; allí todos eran estudiantes. Y debía de ser inteligente, por descontado. Probablemente le habían concedido una beca. Todos los de la facultad eran becarios, salvo los estadounidenses, que a veces no lo eran. Las chicas sí, pero algunos muchachos solo estaban allí para evitar el servicio militar, aunque el presidente Johnson había anunciado que se proponía acabar con eso. Ella no hubiese podido llegar a la universidad de no haber sido por las becas, porque sus padres no podían costearle los estudios.

De modo que era becario y estudiaba algo práctico, física nuclear o cómo construir presas, y, al igual que ella y los demás extranjeros, se esperaba que volviera a su país en cuanto hubiese aprendido lo que había ido a aprender. Pero nunca salía de casa; se plantaba en la entrada y contemplaba el brutal flujo del tráfico, la lluvia del invierno, mientras en su país quienes lo habían enviado allí esperaban confiados a que regresase algún día, rebosante de saber, dispuesto a solucionarles la vida. Se ha desmoralizado, pensó Ann. Suspenderá. El curso estaba demasiado avanzado para que pudiera ponerse al día. Tales fracasos, tales parálisis, eran muy corrientes allí, sobre todo entre los extranjeros. Estaba lejos de su hogar, de su lengua, de los que llevaban su traje nacional. Estaba exilado, se ahogaba. ¿Qué hacía, solo en su habitación, por las noches?

Ann accionó el interruptor del aire frío del secador y se obligó a concentrarse de nuevo en los acueductos. Veía que el hombre se ahogaba pero no podía hacer nada. No valía la pena intentar nada a menos que se fuera muy bueno en esas cosas; era lo bastante sensata para saberlo. Lo único que se podía hacer por los que se ahogaban era asegurarse de no ser uno de ellos.

Bien..., el acueducto. Sería de ladrillo rústico, de color rojo tierra. Tendría arcos bajos a cuya sombra habría helechos y, quizá, espuelas de caballero de diversos tonos de azul. Tenía que documentarse más acerca de las plantas. Antes de cruzar el centro comercial (confiaría en él y le asignaría un centro comercial; antes él habría pedido un proyecto de viviendas de protección social), pasaría por sus espacios verdes, en los que, ahora lo veía, había gente paseando. ¿Niños? «Pero no niños como los hijos de la señora Nolan.» Convertirían la hierba en un barrizal; clavarían cosas en los árboles; sus chuchos defecarían en los helechos; tirarían botellas y latas de refrescos en el acueducto. Y a la señora Nolan y su Arca de Noé con extranjeros desaliñados e inteligentes, ¿dónde los pondría? Porque las casas de las señoras Nolan de este mundo tendrían que desaparecer; era un axioma del urbanismo. Podría reconvertirlas en edificios de oficinas o apartamentos; unos cuantos arbustos y plantas colgantes y una capa de pintura obrarían maravillas. Pero se daba cuenta de que eso era contemporizar. Alrededor de su espacio verde veía ahora una alta alambrada. En el interior había árboles, flores y hierba; fuera, la nieve sucia, la lluvia incesante, los coches berreantes y el barro medio helado del desangelado patio trasero de la señora Nolan. Eso significaba «exclusivo»: que algunas personas quedaban excluidas. Sus padres estaban al otro lado de la alambrada, bajo la lluvia, observando con orgullo mohíno cómo ella caminaba bajo la eterna luz del sol. El único éxito de sus padres.

«Basta ya —se ordenó—. Quieren que haga eso.» Se quitó los rulos y se cepilló el pelo. Sabía que al cabo de tres horas volvería a tenerlo tan lacio como siempre debido a la humedad.

Al día siguiente intentó plantear el nuevo problema teórico a su amiga Jetske, que también estudiaba urbanismo. Era holandesa y recordaba que de niña había recorrido las calles devastadas mendigando monedas, primero a los alemanes y luego a los soldados norteamericanos, a quienes se podía sacar un par de tabletas de chocolate.

«Una aprende a cuidar de sí misma —le había dicho Jetske—. En aquella época no parecía duro, porque para los niños nada resulta duro. Todos estábamos en la misma situación, nadie tenía nada.» Ann respetaba sus opiniones debido a ese pasado, que era más insólito y cruel que cualquier cosa que ella hubiera conocido (¿qué era crecer junto a una gasolinera comparado con los nazis?). Además, le caía bien porque parecía ser la única de allí que sabía dónde estaba Canadá. Había muchos soldados canadienses enterrados en Holanda. A Ann eso le proporcionaba al menos una sombra de identidad, que creía necesitar. No tenía traje nacional, pero al menos tenía unos cuerpos heroicos a los que estaba vinculada, aunque fuese remotamente.

—El problema de lo que hacemos… —le dijo a Jetske mientras caminaban hacia la biblioteca bajo el paraguas de

Ann— es que podemos reconstruir una zona, pero ¿qué se hace con el resto?

—¿De la ciudad? —preguntó Jetske.

—No, me refiero al resto del mundo —contestó Ann despacio.

Jetske se echó a reír. Tenía lo que Ann consideraba ahora una dentadura holandesa: regular y blanca, con mucha encía.

—No sabía que fueses socialista —dijo Jetske, que tenía las mejillas sonrosadas, saludables, como en los anuncios de queso.

—No lo soy. Pero creía que debíamos pensar en términos globales.

Jetske se echó a reír de nuevo.

—¿Sabes que en algunos países se necesitan permisos especiales para trasladarse de una localidad a otra? —preguntó.

A Ann no le gustó nada la idea.

—Así controlan los movimientos de población —explicó Jetske—. De lo contrario no es posible tener un verdadero urbanismo, ¿no crees?

—Me parece espantoso —dijo Ann.

—Claro que te lo parece —repuso Jetske con una acritud que nunca había mostrado—. Vosotros jamás habéis tenido que recurrir a algo así. Aquí vivís entre algodones, creéis que siempre podéis tenerlo todo. Creéis que hay libertad de elección. Eso acabará ocurriendo en todo el mundo. Ya lo verás. —A continuación Jetske se burló una vez más de su gorro de plástico. Ella nunca se ponía nada en la cabeza.

Ann diseñó su centro comercial, con un tragaluz y arriates de plantas de interior, sin acueducto. Sacó un sobresaliente.

La tercera semana de marzo, Ann asistió con Jetske y otros compañeros a una conferencia en el Buckminster Fuller. Luego fueron todos al pub de la esquina de la plaza a tomar un par de jarras de cerveza. Ann se marchó a las once con Jetske y caminaron un trecho juntas, hasta que Jetske giró hacia su preciosa casa antigua con vidrieras. Ann siguió sola, con precaución, pasando por las calles mejor iluminadas. Llevaba el bolso bajo el brazo y el paraguas preparado. Por una vez no llovía.

En cuanto empezó a subir por las escaleras de su casa, advirtió que había algo distinto. Al llegar arriba, no le cupo duda. Ocurría algo desacostumbrado. Se oía una extraña música en la habitación contigua, una flauta aguda, tambores, ruidos sordos, voces. Por lo visto, su vecino había organizado una fiesta. Bien por él, pensó Ann. Le convenía hacer algo de vez en cuando. Se acomodó y se dispuso a leer durante una hora.

Pero el ruido era cada vez más fuerte. Oyó arcadas en el cuarto de baño. Habría problemas. Ann se aseguró de que había cerrado la puerta con llave, sacó la botella de jerez que guardaba en el aparador contiguo al horno y se sirvió una copa. Apagó la luz, se sentó con la espalda apoyada en la puerta y se bebió el jerez a la tenue luz azulada de la funeraria de al lado. Era inútil meterse en la cama: ni siquiera con los tapones para los oídos podría dormir.

La música y los ruidos sordos eran más fuertes. Al cabo de un rato oyó un golpetazo en el suelo, luego gritos, que llegaban con nitidez por la rejilla de la calefacción.

—¡Voy a llamar a la policía! ¿Me oye? ¡Voy a llamar a la policía! ¡Sáquelos de aquí y váyase usted también!

Cesó la música, se abrió la puerta y se oyeron carreras escaleras abajo. Luego más pisadas —Ann no sabía si hacia arriba o hacia abajo— y más gritos. Se oyó un portazo en la entrada y los chillidos continuaron en la calle. Ann se desnudó, se puso el camisón y, sin encender la luz, se dirigió al cuarto de baño. La bañera estaba llena de vómitos.

En esta ocasión la señora Nolan ni siquiera aguardó a que Ann volviese de la facultad. La abordó por la mañana cuando salía de la habitación. La señora Nolan llevaba una lata de Drano en la mano y tenía ojeras. Curiosamente, así parecía más joven. No debe de ser mucho mayor que yo, pensó Ann; hasta entonces le había echado unos cuarenta.

—Supongo que habrá visto el desaguisado —le susurró.

—Sí.

—Y supongo que oiría todo lo de anoche. —La señora Nolan vaciló.

—¿Qué pasaba? —preguntó Ann. La verdad es que sentía curiosidad.

—¡Se trajo bailarinas! Tres bailarinas y dos amigos. ¡Los seis metidos en la habitación, con lo pequeña que es! Temí que fuera a caerse el techo sobre nuestras cabezas.

—Sí, me pareció oír que bailaban.

—¿Bailar? ¡Menudos saltos! Parecía que saltasen de la cama al suelo. Empezó a desconcharse el yeso. Fred no estaba, aún no ha vuelto. Y me asusté por los niños. Con esos tatuajes, quién sabe lo que estarían haciendo. —La voz sibilante de la señora Nolan insinuaba asesinatos rituales; el pequeño Jimmy y el mocoso Donny sacrificados a alguna oscura deidad.

—¿Y qué hizo usted? —preguntó Ann.

—Llamé a la policía. Bueno, en cuanto oyeron que iba a llamar a la policía, las bailarinas se marcharon. Se pusieron los abrigos y corrieron escaleras abajo como una exhalación. Está claro que no querían problemas con la policía. Pero por lo visto los otros no saben lo que significa la policía.

La señora Nolan vaciló de nuevo.

—¿Y vino? —preguntó Ann.

—¿Quién?

—La policía.

—Bueno, ya sabe que la policía tarda mucho en acudir, a menos que haya una patrulla cerca. Lo sé, no es la primera vez que he tenido que llamarla. Conque ¿quién sabe lo que harían mientras tanto? Los oí bajar, cogí la escoba y corrí tras ellos por la calle.

Ann comprendió que la señora Nolan creía haber dado muestras de gran valor, y en efecto así era. Estaba convencida de que el huésped y sus amigos eran peligrosos, una amenaza para sus hijos. Los había echado sola, gritándoles asustada y desafiante. Pero lo único que había hecho el hombre de al lado era dar una fiesta.

—Dios mío —murmuró Ann.

—Y eso no es todo —prosiguió la señora Nolan—. Esta mañana he entrado a recoger sus cosas para dejarlas donde pueda llevárselas sin que tenga que volver a verlo. No están mis nervios para eso. No he pegado ojo, ni siquiera cuando se marcharon. Fred tendrá que dejar de conducir por las noches. No aguanto más. Pues bien, ¿sabe que no tenía nada en la habitación? Nada de nada. Solo una vieja maleta vacía.

—¿Y su traje nacional? —preguntó Ann.

—Lo llevaba puesto. Corría por la calle con el traje, como un chiflado. ¿Y sabe qué más he encontrado? En un rincón había un montón de botellas vacías. De licor. Debe de haber empinado el codo durante meses sin tirar los cascos. Y en otro rincón había un montón de cerillas usadas. Podría haber pegado fuego a la casa, tirándolas así en el suelo. Pero lo peor es que… ¿Se acuerda de que siempre me pedía la aspiradora?

—Sí.

—Pues bien, nunca tiraba la suciedad que recogía. La tenía en otro rincón. Por lo visto vaciaba la aspiradora en la habitación y dejaba la basura ahí. No me cabe en la cabeza. —La señora Nolan estaba ahora más perpleja que furiosa.

—Ciertamente es raro —reconoció Ann.

—¿Raro? —exclamó la señora Nolan—. ¡Y tan raro! Siempre pagaba puntualmente el alquiler. Ni un día de retraso. ¿Por qué dejaba la porquería en un rincón, pudiéndola meter en una bolsa como todo el mundo? No era por ignorancia. Le expliqué cuáles eran los días de recogida de la basura cuando vino a vivir aquí.

Ann dijo que llegaría tarde a clase si no se daba prisa. En la puerta se cubrió el pelo con el gorro de plástico. Solo lloviznaba, no valía la pena coger el paraguas. Echó a andar con paso vivo junto a la fila doble del tráfico.

Se preguntaba adónde habría ido su vecino, perseguido por la señora Nolan, que, con las babuchas y la bata floreada, le gritaba y blandía la escoba hacia él. Tenía que haber sido un espectáculo tan aterrador para él como lo era para ella, e igualmente inexplicable. ¿Por qué esa mujer, esa gorda loca, deseaba irrumpir en una escena de hospitalidad inocua dando golpes y gritando? Él y sus amigos habrían podido reducirla fácilmente, pero ni siquiera debió de pasarles por la cabeza. Debían de estar demasiado asustados. ¿Qué tabú tácito habían violado? ¿Qué más sería capaz de hacerles esa gente fría y chiflada?

En cualquier caso, el hombre tenía amigos. Se ocuparían de él, al menos durante un tiempo. Lo cual era un alivio, suponía Ann. De todas formas, lo que ella sentía era una contrariedad infantil por no haber visto a las bailarinas. De haber sabido que estaban allí, podría haberse arriesgado incluso a abrir la puerta. Sabía que no eran verdaderas bailarinas. Probablemente no eran más que putas de Scollay Square. La señora Nolan las había llamado bailarinas como un eufemismo, o acaso por una asociación inconsciente de ideas con la palabra «árabe», con esa imprecisa tierra de Arabia. Nunca había llegado a saber qué era. Sin embargo, le hubiese gustado verlas. A Jetske le parecería cómico todo eso, especialmente la imagen de Ann apoyada en la puerta, bebiendo jerez a oscuras. Habría sido mejor que hubiese tenido valor para mirar.

Empezó a pensar en su espacio verde, como hacía a menudo durante ese paseo. El perfecto espacio verde del futuro. Ahora ya sabía que estaba anulado de antemano, que nunca sería realidad, que ya era demasiado tarde. En cuanto se licenciase, volvería a proyectar bonitos complejos de viviendas y centros comerciales, con muchas galerías subterráneas y arcadas para proteger a la gente de la nieve. De todas formas, podía permitirse verlo una última vez.

La alambrada había desaparecido y el verde se extendía sin solución de continuidad, campos, árboles y cursos de agua, hasta donde alcanzaba la vista. A lo lejos, bajo los arcos del acueducto, pacía una manada, de ciervos o algo parecido. (Tenía que documentarse más acerca de los animales). Grupos de personas paseaban felices entre los árboles, cogidas de la mano, no solo en parejas, sino en grupitos de tres, de cuatro y de cinco. Su vecino estaba allí, con su traje nacional, y también los matemáticos, todos con su traje nacional. En la orilla del río un hombre tocaba la flauta y a su alrededor, con túnicas floreadas y babuchas color malva, las melenas caoba ondeando en torno a los saludables rostros sonrosados, con sonrisas holandesas, las bailarinas danzaban muy serias.

La Comepecados

Este es Joseph, con zapatillas de piel granate, de suela lisa, con las puntas desgastadas, y una chaqueta de punto amarilla, raída y descolorida, que apesta a saldo de grandes almacenes, chupando la pipa, el pelo canoso y ralo, la dicción tan hermosa, precisa e inglesa como siempre.

—En Gales —dice—, sobre todo en las zonas rurales, había un personaje conocido como Comepecados. Cuando alguien agonizaba, mandaban llamar a la Comepecados. La familia preparaba comida y la depositaba en el féretro. Como es natural, ya tenían el féretro a punto; en cuanto decidían que una persona iba a fallecer, esta apenas tenía voz ni voto. Según otras versiones, depositaban la comida encima del cadáver, para lo que cabe imaginar como una colación un tanto desagradable. Sea como fuere, la Comepecados devoraba la comida y recibía además una suma de dinero. Se creía que todos los pecados que el moribundo hubiese acumulado durante su vida salían de él y pasaban a la Comepecados. De modo que la Comepecados se atiborraba de pecados ajenos.

Acumulaba tal cargamento que nadie quería saber nada de ella, como si fuera una sifilítica del alma, podría decirse. Incluso evitaban hablarle, salvo, naturalmente, cuando tenían que invitarla a otra comida.

—¿Y por qué era una mujer? —le pregunto.

Joseph sonríe, con esa sonrisa torcida que deja ver un lado de la dentadura, el que no tiene ocupado con la boquilla de la pipa. Una sonrisa irónica, lobuna, ¿porque ha captado qué? ¿Qué habré dejado traslucir esta vez?

—Yo me la imagino como una mujer, una vieja —dice—, aunque también podría ser un hombre, siempre y cuando estuviese dispuesto a comerse los pecados. Podría ser cualquier persona vieja y desvalida que no tuviese otro medio para subsistir, ¿no cree? Una especie de prostitución espiritual geriátrica.

Me mira sonriendo y recuerdo algunas historias que he oído sobre él, sobre él y las mujeres. Por lo pronto, ha estado casado tres veces. Sin embargo, nunca ha tenido nada que ver conmigo, aunque siempre que me ayuda a ponerme el abrigo se entretiene demasiado. ¿Por qué iba a importarme? No soy impresionable. Además, tiene por lo menos sesenta años y la chaqueta de punto es de lo más cutre, como dirían mis hijos.

—Daba mala suerte matar a la Comepecados —continúa— y probablemente gozara de otras prebendas. Lo cierto es que lo de la Comepecados tiene miga.

Joseph no es de los que aguardan en un silencio delicado

e indulgente cuando te quedas estupefacta o no se te ocurre qué decir. Si no le hablas, sin duda te hablará él y, por lo general, del tema más tedioso que le pase por la cabeza. Lo sé todo de sus arriates, de sus tres esposas y de cómo cultivar lirios de agua en la bodega; también lo sé todo de la bodega. Podría hacer de guía turística. Según dice, cree que para sus pacientes —nunca les llama «clientes», nada de medias tintas en el caso de Joseph— es saludable saber que él también es un ser humano, y bien sabe Dios que lo sabemos. Perora hasta que caes en la cuenta de que no le has pagado, de modo que le escuchas mientras habla sobre las plantas de su casa; si le pagas, no tiene inconveniente en escucharte mientras hablas de las tuyas.

Sin embargo, a veces dice algo sustancioso. Cojo la taza de café preguntándome si será esta una de esas ocasiones.

—De acuerdo —digo—. Le seguiré el juego. ¿Por qué?

—Es obvio —responde él, que vuelve a encender la pipa y exhala volutas de humo—. En primer lugar, los pacientes han de aguardar hasta que estén moribundos. Una verdadera emergencia vital, nada de falsificaciones ni de invenciones. No se les permite molestar hasta entonces, hasta que puedan demostrar que va en serio, podríamos decir. En segundo lugar, gracias a eso alguien consigue una buena comida. —Se echa a reír con tristeza. Ambos sabemos que la mitad de los pacientes no se molestan en pagarle, ni siquiera la parte que les sufraga la Seguridad Social. Joseph tiene la costumbre de atender a personas que nadie más se atrevería a tocar ni con pinzas, no porque estén demasiado enfermas, sino porque son demasiado pobres. Madres con una pensión asistencial; personas con grandes probabilidades de ser insolventes, como el propio Joseph. En cierta ocasión lo despidieron de un manicomio porque quiso implantar la autogestión.

»Y piense en el ahorro de tiempo —prosigue—. Un par de horas por paciente, y listo, en lugar de dos veces por semana durante años y años, con el mismo resultado al final.

—Todo un alarde de cinismo —le reprocho. En principio la cínica soy yo, pero quizá quiera superarme, obligarme a cederle esa parcela. El cinismo es una defensa, según Joseph.

—Ni siquiera sería necesario escucharlos —dice—. Ni una bendita palabra. Los pecados se transmiten a través de los alimentos.

De pronto lo veo triste y cansado.

—¿Insinúa que le hago perder el tiempo? —digo.

—No, el mío no, estimada amiga. Tengo todo el tiempo del mundo.

Lo interpreto como suficiencia por su parte, que es lo que menos soporto. No obstante, me abstengo de tirarle el café a la cara. No me enfurezco tanto como me habría enfurecido en otros tiempos.

Hemos dedicado mucho tiempo a mi irascibilidad. Y todo porque la realidad me parecía demasiado insatisfactoria; esa era mi historia. Tan incompleta, tan inconsistente, tan absurda y tan interminable. Quería que las cosas tuviesen sentido.

Creía que Joseph intentaría convencerme de que en el fondo la realidad era una maravilla y luego trataría de adaptarme a ella, pero no lo hizo. Al contrario, se mostró de acuerdo conmigo, de buenas a primeras y con entusiasmo. Decía que en muchos aspectos la vida no era más que una mierda. Eso era axiomático.

—Imagínela como una isla desierta —dijo—. Está usted atrapada en ella y no tiene más remedio que decidir cómo arreglárselas.

—¿Hasta que me rescaten?

—Olvídese del rescate.

—No puedo.

Esta conversación tiene lugar en el despacho de Joseph, que está tan descuidado como él y huele a ceniceros sin vaciar, a pies, a suciedad y a aire viciado. Pero también tiene lugar en mi dormitorio, el día del funeral. El de Joseph, que no tenía todo el tiempo del mundo.

—Se ha caído de un árbol —me comunicó Karen. Vino a decírmelo en persona, en lugar de llamar por teléfono. Joseph no se fiaba de los teléfonos. Decía que en todo acto de comunicación la mayoría de los mensajes eran no verbales.

Karen estaba en mi puerta, hecha un mar de lágrimas. Era también una de las suyas, una de nosotras; lo conocí a través de ella. Ahora formamos una red; es como recomendar un peluquero, lo hemos ido pasando de mano en mano, como el ojo o el diente proverbiales. Mujeres inteligentes con maridos separables o hijos aquejados de genialidad con tics nerviosos; mujeres inteligentes con vidas trastornadas, exultantes al encontrar a alguien que no nos dijera que nos había perjudicado ser tan inteligentes y que deberíamos hacernos una lobotomía. La inteligencia era un activo, sostenía Joseph. Solo teníamos que fijarnos en lo que les pasaba a las tontas.

—¿De un árbol? —repetí, casi a voz en grito.

—Sesenta pies de altura, de cabeza —explicó Karen. Rompió a llorar de nuevo. Me dieron ganas de zarandearla.

—¿Y qué puñetas hacía subido a un árbol de sesenta pies?

—Podarlo. Estaba en su jardín. Le quitaba la luz a los arriates.

—¡Qué imbécil! —exclamé. Estaba furiosa con él. Era una deserción. ¿Con qué derecho trepaba a la copa de un árbol de sesenta pies, poniendo en peligro nuestras vidas? ¿Acaso los arriates significaban para él más que nosotras?

—¿Qué vamos a hacer? —dijo Karen.

«¿Qué voy a hacer?» es una pregunta. Siempre puede sustituirse por «¿Qué voy a ponerme?». Para algunas personas viene a ser lo mismo. Busco en el armario lo más negro que tengo. Lo que me ponga será la parte no verbal de la comunicación. Joseph lo advertirá. Tengo el horrible presentimiento de que cuando llegue a la capilla ardiente lo encontraré amortajado con la horrible chaqueta amarilla de punto y las horteras zapatillas granates de piel.

No tenía que haberme preocupado por el negro. Ya no es obligado. Las tres esposas visten tonos pastel: la primera, azul; la segunda, malva, y la tercera, la actual, beige. Sé mucho de las tres esposas gracias a los días malos en que no me apetecía hablar.

Karen también está, con un vestido estampado con motivos indios, sollozando para sí. La envidio. Quiero sentir dolor, pero no acabo de creer que Joseph haya muerto. Es como si nos gastase una broma pesada, de la que quisiera que extrajésemos una enseñanza. Falsificaciones e invenciones. «De acuerdo, Joseph —deseo gritar—, lo hemos entendido, ya puede levantarse.» Pero no ocurre nada, el féretro sigue cerrado, no salen de él volutas de humo para indicar que hay vida.

Lo del féretro cerrado ha sido idea de la tercera esposa. Cree que es más digno, oigo por radio macuto, y probablemente sea cierto. El féretro es de madera oscura, de buen gusto, sin adornos ostentosos. Nadie ha preparado una comida para colocarla en el ataúd, nadie ha comido en él. Ninguna persona vieja y desvalida engulle nabos y puré de patatas junto con los gravosos secretos de la vida de Joseph. Ignoro qué debía de tener Joseph en su conciencia. Sin embargo, lo considero una omisión: ¿qué ha sido entonces de los pecados de Joseph? Se ciernen sobre nosotros, sobre las cabezas inclinadas, mientras un pariente de Joseph, a quien no conozco, nos habla de lo buena persona que era.

Tras el funeral volvemos a casa de Joseph, a la casa de la tercera esposa, para lo que antes llamaban el velatorio. Ahora no: es un refrigerio, con café y refrescos.

Los arriates están bien cuidados, gladiolos en esta época del año, algo marchitos y un poco mustios. La rama del árbol, la que se partió, sigue en el césped.

—No puedo quitarme de la cabeza la idea de que en realidad no estaba allí —dice Karen mientras recorremos el sendero.

—¿Dónde? —pregunto.

—En el féretro.

—Por el amor de Dios, no empieces. —Tolero, aunque a duras penas, experimentar yo misma esa especie de ficción sentimental, siempre y cuando no la verbalice—. El muerto al hoyo, habría dicho él. Hay que ocuparse del aquí y el ahora, ¿recuerdas?

Karen, que en una ocasión intentó suicidarse, ha asentido con la cabeza y se ha echado a llorar de nuevo. Joseph es un experto en suicidas potenciales. Todavía no se le ha suicidado nadie.

—¿Cómo lo consigue? —le pregunté una vez a Karen. No lo sabía porque el suicidio no era una de mis adicciones.

—Hace que parezca aburrido —contestó ella.

—Eso no puede ser todo —le dije.

—Hace que imagines cómo debe de ser estar muerto.

Los asistentes van de un lado a otro en silencio, en el salón y en el comedor, donde está la mesa, dispuesta por la tercera esposa con una tetera grande de plata y un jarrón con crisantemos, rosas y amarillos. Que no sea demasiado fúnebre, la imagino pensando. Sobre el mantel blanco hay tazas, bandejas, galletas, café y pasteles. No sé por qué los funerales abren el apetito, pero así es. Si podemos masticar quiere decir que estamos vivos.

Karen está a mi lado, zampándose una porción de pastel de chocolate. Al otro lado está la primera esposa.

—Espero que no sea usted una de las chifladas —me suelta de sopetón. No la conocía, me la había señalado Karen en el funeral. Se limpia los dedos con una servilleta de papel. En la solapa azul claro lleva un broche de oro en forma de nido, con huevos y todo. Me recuerda el instituto: faldas de fieltro con bordados de gatos y teléfonos sobrepuestos, un mundo de reproducciones.

Sopeso mi respuesta. ¿Ha querido decir «clienta» o me pregunta si por casualidad estoy realmente loca?

—No —contesto.

—Ya me lo parecía a mí —dice la primera esposa—. No tiene pinta. Muchas lo estaban. Tenía el consultorio atestado. Yo temía que se produjera un incidente. Cuando vivía con Joseph, siempre se producían incidentes, llamadas telefónicas a las dos de la madrugada, siempre quitándose la vida, echándosele encima, no se imagina las cosas que pasaban. Muchas eran devotas suyas. Si les hubiese ordenado que le pegasen un tiro al Papa o algo así, lo habrían hecho sin pestañear.

—Todo el mundo le tenía en gran estima —digo con tacto.

—¡Qué me va a decir a mí! —exclama la primera esposa—. Algunas lo consideraban un dios. Aunque la verdad es que a él le tenía sin cuidado.

La servilleta de papel no sirve; se chupa los dedos.

—Demasiado empalagoso —dice—. Lo ha traído ella. —Señala con la cabeza a la segunda esposa, que es más delgada que la primera y pasa a nuestro lado, como desorientada, en dirección al salón—. Todo para ti, le dije al final. Solo quiero paz y tranquilidad hasta que me toque empezar a criar malvas. —A pesar de lo empalagoso que es el pastel, se sirve otra porción—. Ella tuvo la absurda idea de que varias pacientes se levantasen para dar pequeños testimonios acerca de él durante la ceremonia. ¿Es que ha perdido el juicio?, le dije. Es su funeral, pero yo que usted tendría bien presente que algunos asistentes estarán bastante más cuerdos que el resto. Por suerte me escuchó.

—Sí —digo. Tiene un poco de chocolate en la mejilla. No sé si debería advertírselo.

—Hice cuanto pude —prosigue—, lo que no fue mucho, pero en fin… Le tenía cariño, en cierta manera. No se borran diez años de una vida así como así. Las galletas las he traído yo —añade, un tanto ufana—. Es lo menos que podía hacer.

Miro las galletas. Son blancas, con forma de estrellas y de

lunas, y están adornadas con azúcar coloreado y bolitas plateadas. Me recuerdan la Navidad, las fiestas. Es el tipo de
galleta que se preparan para complacer a alguien: para complacer a un niño.

Llevo ya bastante rato. Miro alrededor en busca de la tercera
esposa, la anfitriona, para despedirme de ella. Al fin la locali-
zo, está junto a una puerta abierta. Llora, lo que no ha hecho
durante el funeral. A su lado está la primera esposa, que le
coge la mano.

—Lo conservo todo tal cual —dice la primera esposa, sin
dirigirse a nadie en particular. Detrás de ella veo el interior
de la habitación, el estudio de Joseph, sin duda. Habría que
tener valor para dejar sin arreglar, sin limpiar, esa especie de
mercadillo. Por no mencionar las begonias medio marchitas
del alféizar. Pero ella no necesitará armarse de valor, porque
Joseph sigue en esta estancia, inacabado, un enorme cajón de
cabos sueltos. Se niega a ser empaquetado y desechado.

—¿Qué es lo que más odia? —pregunta Joseph, en mitad
de la explicación sobre cuáles son los mejores bebederos para
pájaros que pueden ponerse en el jardín. Naturalmente, sabe
que no tengo jardín.

—No lo sé —digo.

—Pues debería averiguarlo. Cuando yo tenía ocho años
alimentaba un odio infinito hacia el chico que vivía al lado.

—¿Por qué? —le pregunto, contenta de haberme librado.

—Me quitó el girasol. Crecí en un suburbio, ¿sabe? Teníamos un poco de terreno delante, pero no era más que ceniza apelmazada. Aun así, conseguí que creciera un girasol raquítico, Dios sabe cómo. Me levantaba temprano todas las mañanas solo para mirarlo. Y el muy cabroncete lo arrancó. Por pura maldad. He olvidado muchos desmanes posteriores, pero, si mañana me topase con ese mamón, lo apuñalaría.

Estoy tan sorprendida como Joseph desea que esté.

—No era más que un niño —digo.

—Y yo también. Los primeros son los más difíciles de perdonar. Los niños no tienen piedad; ha de inculcárseles.

¿Intenta Joseph demostrar una vez más que es un ser humano, o debo tratar de entender algo acerca de mí misma? Quizá sí, quizá no. En algunas ocasiones las historias de Joseph son parábolas, pero en otras son mera palabrería.

En el vestíbulo, la segunda esposa, la de las mechas malva, me aborda por sorpresa.

—No se cayó —me susurra.

—¿Cómo dice? —pregunto.

Las tres esposas tienen un aire de familia —son rubias y de curvas inciertas—, pero esta tiene algo más, un fulgor en la mirada. Tal vez sea la pena, o tal vez Joseph no siempre lograse separar claramente la vida privada y la profesional. La segunda esposa exhala un tufillo a clienta.

—No era feliz —añade—. Yo lo sabía. Seguíamos muy unidos.

Desea que deduzca que Joseph se tiró del árbol.

—Pues a mí me parecía que estaba bien —digo.

—Sabía disimular —afirma ella. Respira hondo, está a punto de hacerme una confidencia, pero, sea lo que sea, prefiero no oírla. Quiero que Joseph siga siendo como aparentaba: sólido, capacitado, prudente y cuerdo. No necesito su lado oscuro.

Vuelvo al apartamento. Mis hijos se han marchado de fin de semana. No sé si debería molestarme en preparar la cena solo para mí. No merece la pena. Doy vueltas por el minúsculo salón, recogiendo cosas. Ya no son de mi marido: como corresponde al medio divorciado, ahora no vive aquí.

Uno de mis hijos ya está en la edad del pavo, el otro no, pero ambos dejan sedimentos cada vez que cruzan una habitación. Objetos variopintos: calcetines, libros de bolsillo abiertos y puestos boca abajo, sándwiches mordisqueados y, últimamente, colillas de cigarrillos.

Debajo de una camiseta descubro la revista de Hare Krishna que mi hijo menor trajo a casa la semana pasada. Temí que fuese un acceso adolescente de obsesión religiosa, pero no, les entregó un cuarto de dólar porque le dieron pena. De pequeño enterraba todos los pájaros que encontraba muertos. Llevo la revista a la cocina para tirarla a la basura. En la portada hay una imagen de Krishna tocando la flauta, rodeado de doncellas adorantes. Tiene el rostro muy azul, lo que me hace pensar en los cadáveres: hay cosas que no son transculturales. Si la leyese, descubriría por qué la carne y el sexo son perjudiciales. No es una idea tan disparatada si se piensa bien: ya no habría más vacas aterrorizadas ni más divorcios. Una vida de abstinencia y de oración. Me imagino a mí misma en una esquina, llamando a un timbre, con ropas holgadas. Abnegada y distante, libre de pecado. El pecado es este mundo, dice Krishna. Este mundo es lo único que tenemos, dice Joseph. Es lo único con que podemos componérselas. No es gran cosa para ti. No te rescatarán.

Podría ir a la esquina a por una hamburguesa o pedir una pizza por teléfono. Me decanto por la pizza.

—¿Le gusto? —me pregunta Joseph desde su sillón.

—¿Qué quiere decir con si «me gusta»? —digo. Es al principio; no me he parado a pensar si Joseph me gusta o no.

—¿Le gusto? —insiste.

—Mire… —Hablo con calma, pero de hecho estoy enfadada. Más que una pregunta es una exigencia, y Joseph no tiene por qué exigirme nada. Ya me exigen demasiado en otras partes. Por eso estoy aquí, ¿no? Porque las exigencias de la demanda superan a las existencias—. Es usted como mi dentista. No me planteo si el dentista me gusta o no. No tiene por qué gustarme. Le pago para que se ocupe de mi dentadura. Usted y mi dentista son las únicas personas de este mundo que no estoy obligada a que me gusten.

—Si me hubiese conocido en otras circunstancias —insiste Joseph—, ¿le gustaría?

—No tengo ni idea —contesto—. No puedo imaginar ninguna otra circunstancia.

Estoy en una habitación por la noche, una noche sin nadie aparte de mí. Miro el techo, por el que se mueve lentamente la luz de los faros de un coche. Mi apartamento está en el primer piso. No me gustan las alturas. Antes siempre había vivido en una casa.

He soñado con Joseph. A Joseph nunca le interesaron mucho los sueños. Al principio reservaba para él, para contárselos, los que me parecían interesantes, pero siempre se negaba a decirme qué significaban. Me obligaba a mí a interpretarlos. Según Joseph, estar despierta era más importante que estar dormida. Quería que yo lo prefiriese así.

El caso es que Joseph estaba en mi sueño. Es la primera vez que aparece. Creo que le complacerá haberlo conseguido al fin, después de todos esos sueños acerca de preparativos para cenas en las que siempre acababa por faltar un plato. Pero entonces me acuerdo de que ya no está aquí para que pueda contárselo. Así toma por fin forma mi duelo: Joseph ya no está aquí para que pueda contárselo. Ya no queda en mi vida nadie a quien pueda contárselo.

Estoy en la terminal de un aeropuerto. El avión se ha retrasado, todos los aviones se han retrasado, puede que haya huelga, la gente se apiña y se arremolina. Algunos están enfadados, los niños lloran, algunas mujeres también, han perdido a alguien y se abren paso entre el gentío llamándolos a gritos, pero en otros lugares hay grupos de hombres y mujeres que ríen y cantan, han tenido la previsión de traer cervezas al aeropuerto y se van pasando las botellas. Trato de conseguir información, pero no hay nadie en los mostradores. De pronto reparo en que he olvidado el pasaporte. Decido coger un taxi para ir a casa a buscarlo; tal vez cuando regrese ya se haya solucionado el problema.

Me abro paso hacia las puertas, pero veo que alguien me hace señas. Es Joseph. No me sorprende verlo, aunque me extraña que lleve un abrigo de invierno, porque aún estamos en verano. Lleva también una bufanda amarilla y sombrero. Nunca le había visto ninguna de las dos prendas. Por supuesto, debe de tener frío, pienso. El gentío lo ha arrastrado hacia mí, ahora está a mi lado. Lleva unos gruesos guantes de piel y se quita el derecho para estrecharme la mano. La suya es muy azul, un azul liso de pintura al temple, un azul de libro ilustrado. Titubeo antes de estrechársela, pero él no me suelta la mano, me la retiene, confiadamente, como un niño, mientras me sonríe como si llevásemos mucho tiempo sin vernos.

—Me alegro de que hayas recibido la invitación —dice.

Ahora me lleva hacia una puerta. Hay menos gente. A un lado hay un quiosco de venta de zumo de naranja. Las esposas de Joseph están detrás del mostrador, las tres con idéntico uniforme, gorrito blanco y delantal con volantes, como las camareras de los años cuarenta. Cruzamos el umbral; dentro veo personas sentadas a mesitas redondas, en las que sin embargo no hay nada; al parecer están esperando.

Me siento a una y Joseph se acomoda frente a mí. No se quita el abrigo ni el sombrero, pero posa las manos sobre la mesa, sin los guantes; han recuperado su color normal. Hay un hombre de pie al lado, tratando de llamar nuestra atención. Muestra una tarjeta plastificada con símbolos: manos y dedos. Un sordomudo, deduzco, y cuando lo miro no despega los labios, claro está. Tira del brazo de Joseph enseñándole otra cosa: una flor grande de color amarillo. Joseph no lo ve.

—Mira —le digo a Joseph, pero el sordomudo se ha ido y una camarera se ha acercado. Me fastidia la interrupción, tengo mucho que contarle a Joseph y queda muy poco tiempo, el avión no tardará en despegar, oigo en la sala contigua el chisporroteo que anuncia el vuelo, pero la mujer se interpone entre nosotros, sonriendo con impertinencia. Es la primera esposa; detrás de ella, aguardan las otras dos. Coloca una bandeja grande encima de la mesa, entre Joseph y yo.

—¿Nada más? —pregunta antes de retirarse.

La bandeja está llena de galletas, galletas de fiesta infantil, con forma de estrellas y de lunas, decoradas con azúcar coloreado y bolitas plateadas. Parecen empalagosas.

—Mis pecados —dice Joseph. Su voz suena triste pero, cuando lo miro, veo que me sonríe. ¿Me estará gastando una broma?

Vuelvo a mirar la bandeja. Durante un momento siento

pánico: no es lo que he pedido, es demasiado para mí. Podría sentarme mal. Quizá debería decir que se la lleven; pero sé que no es posible.

Ahora recuerdo que Joseph está muerto. La bandeja flota hacia mí, no hay mesa, solo nos rodea un espacio oscuro. Hay miles de estrellas, miles de lunas, y cuando tiendo la mano para coger una empiezan a brillar.

Dar a luz

Pero ¿quién da? ¿Y a quién se da? Desde luego, tiene poco
que ver con el acto de dar, que implica algo que fluye, una
entrega suave, sin coacción. Pero en este caso apenas hay sua-
vidad, es demasiado fatigoso, el vientre como un pez retorci-
do, apretado, el ritmo acelerado del corazón, todos los músculos del cuerpo tensos y en movimiento, como la filmación a
cámara lenta de un salto de altura, el cuerpo sin rostro se
eleva, gira, pende un momento en el aire y luego —de nuevo
en tiempo real— la caída, el resultado. Quizá acuñase la expresión alguien que solo viese el resultado: en este caso, las
hileras de recién nacidos, como pulcros paquetes envueltos
con pericia en mantas, rosas o azules, con etiquetas pegadas
con cinta adhesiva a las cunas de plástico transparente tras la
luna de cristal.

También se dice «dar muerte», aunque en ambos casos se
trata de hechos, no de cosas. ¿Y «librar», como decían antes?
¿Quién libra qué? ¿Es a la madre a quien se libra, como a una
prisionera liberada? Por supuesto que no; tampoco se libra el

bebé a la madre como si de expedir un efecto comercial se tratase. ¿Cómo se puede ser destinatario y remitente al mismo tiempo? ¿Dónde está la esclavitud, dónde la liberación? El lenguaje, que farfulla sus arcaicas expresiones, es una de las muchas cosas que hay que volver a nombrar, expresar de otro modo.

Pero no seré yo quien lo haga. Estas son las únicas palabras que tengo, estoy atrapada con ellas, en ellas. (Esa imagen de las arenas bituminosas, viejo cuadro del Royal Ontario Museum, segunda planta, qué persistente es. ¿Me liberaré o seré absorbida hacia abajo, fosilizada, como un tigre con colmillos como sables o un lento brontosaurio que se aventuraron demasiado lejos? Las palabras chapotean a mis pies, negras, enfangadas, letales. Dejadme probar una vez más, antes de que el sol me alcance, antes de que muera de hambre o me ahogue, mientras pueda. Al fin y al cabo, es solo un cuadro, solo una metáfora. Mirad, puedo hablar, no estoy atrapada, y vosotros por vuestra parte podéis comprender. Por lo tanto, seguiremos adelante como si no hubiese ningún problema con el lenguaje.)

Este relato acerca de dar a luz no se refiere a mí. Para convenceros de que es así debería deciros lo que he hecho esta mañana, antes de sentarme a esta mesa: una puerta en lo alto de dos archivadores, una radio a la izquierda, el calendario a la derecha, artilugios mediante los cuales me sitúo en el tiempo. Me he levantado a las siete menos veinte y al bajar por las escaleras me he encontrado a mi hija, que subía, autónomamente según ella, en brazos de su padre. Nos hemos saludado con abrazos y sonrisas; luego hemos jugado con el despertador y la bolsa de agua caliente, un ritual que realizamos solo los días que su padre tiene que salir de casa temprano para ir a la ciudad. La razón de este ritual es hacerme la ilusión de que holgazaneo en la cama. Cuando al fin ha decidido que era hora de que me levantase, ha empezado a tirarme del pelo. Me he vestido mientras ella exploraba la báscula del cuarto de baño y el misterioso altar blanco del lavabo. La he llevado abajo y hemos librado la habitual batalla con su ropa. Ya lleva minitejanos y minicamisetas. Luego ha desayunado sola: naranja, plátano, un bollo, gachas de avena.

Hemos salido al porche a que nos dé el sol y de nuevo hemos reconocido y nombrado al perro, los gatos y los pájaros, arrendajos azules y jilgueros en esta época del año, que es invierno. Posa los dedos en mis labios cuando pronuncio esas palabras; aún no ha aprendido el secreto de formarlas. Espero su primera palabra: sin duda será milagrosa, algo que no se ha dicho todavía. Pero, de ser así, a lo mejor ya la ha dicho y yo, en mi trampa, en mi adicción a lo corriente, no la he oído.

En su parque he descubierto la primera cosa alarmante del día. Era una mujercita desnuda, hecha del plástico blando con que se fabrican esos lagartos, arañas y otras cosas oscilantes que la gente cuelga en la ventanilla trasera del coche. Se la regaló a mi hija una amiga que confecciona accesorios para películas; debía servir como accesorio, pero luego no se

333

utilizó. La niña la adoraba y gateaba con ella en la boca como un perrito con un hueso, la cabeza asomando por un lado y los pies por el otro. Parecía correosa e inocua, pero el otro día reparé en que la niña había hecho un desgarrón en el cuerpo con los dientes de leche. Metí a la mujer en la caja de cartón donde guardo los juguetes.

Pero esta mañana volvía a estar en el parque y le faltaban los pies. Ha debido de comérselos la niña y me he preocupado porque no sé si el plástico se disolverá en su estómago, no sé si es tóxico. Estaba segura de que tarde o temprano, en el contenido de los pañales, que examino con el consabido celo maternal, encontraría dos piececitos de plástico. He cogido la muñeca y, mientras ella le cantaba al perro junto a la ventana, la he tirado a la basura. No me apetece hallar una cabeza, brazos y pechos femeninos en los pañales desechables de mi hija, cubiertos parcialmente por zanahorias sin digerir, pellejos de uva, como los restos de un asesinato espantoso y demencial.

Ahora está durmiendo la siesta y yo escribo este relato. Por lo que he dicho, veréis que mi vida (pese a estas ocasionales sorpresas, recordatorios de otro mundo) es tranquila y ordenada, bañada por esa luz cálida y rojiza, esos reflejos azulados y superficies reflectantes (espejos, bandejas, cristales de ventana rectangulares) que tal vez os parezcan salidos de pinturas de la escuela flamenca; y, como esas pinturas, es realista en los detalles y un tanto sentimental. O por lo menos tiene un halo de sentimiento. (Ya tengo momentos de callada tris-

teza por las prendas de mi hija que se le han quedado pequeñas y ya no podrá ponerse. Me convertiré en una conservado-
ra de cabellos, guardaré cosas en los baúles, lloraré al ver
fotos.) Pero por encima de todo es sólida, aquí todo es solidez. Se acabaron las manchas de luz, los efectos cambiantes y
nebulosos de las nubes, las puestas de sol de Turner, los temo-
res imprecisos, lo inaprensible que tanto interesaba a Jeanie.

Llamo a esta mujer Jeanie por la canción. Ya no recuerdo
la letra, solo el título. La cuestión (porque en el lenguaje
siempre afloran esas cuestiones, esas reflexiones; por eso es
tan rico y glutinoso, por eso muchos han desaparecido bajo
su oscura y brillante superficie, por eso no deberíais nunca
intentar ver en él vuestro reflejo; os inclinaríais demasiado
sobre él, un mechón de cabello caería dentro y saldría convertido en oro, y, convencidos de que es de oro, lo seguiríais,
deslizándoos hacia brazos extendidos, hacia la boca que creéis
que se abre para pronunciar vuestro nombre, pero que, justo
antes de que vuestros oídos se llenen con puro sonido, for-
marán una palabra que jamás habéis oído…).

La cuestión, para mí, es el cabello. Yo no lo tengo castaño
claro, pero Jeanie lo tenía así. Es una diferencia entre nosotras. La otra cuestión es la fantasía; porque Jeanie no es real
del modo en que lo soy yo. Pero ahora, y me refiero a vuestro
tiempo, ambas tendremos el mismo grado de realidad, sere-
mos iguales: espectros, ecos, reverberaciones en vuestro cerebro. Por el momento Jeanie es para mí como algún día seré
yo para vosotros. De manera que es bastante real.

Jeanie va camino del hospital, a dar a luz, a librar. Ella no se entretiene en sutilezas sobre estas expresiones. Está sentada en el asiento trasero del coche, con los ojos cerrados y el abrigo echado encima como si fuera una manta. Hace los ejercicios respiratorios y mide las contracciones con un cronómetro. Lleva levantada desde las dos y media de la madrugada, cuando se bañó y comió un poco de gelatina de lima, y ahora son casi las diez. Ha aprendido a contar, durante las lentas respiraciones, en números (de uno a diez al inspirar y de diez a uno al espirar) que ve realmente mientras cuenta en silencio. Cada número es de un color diferente y, si se concentra mucho, de un tipo y cuerpo distintos. Van desde corrientes números romanos a ornados números de fantasía, rojos con volutas y puntos dorados. Es un refinamiento del que no se habla en ninguno de los numerosos libros que ha leído sobre el tema. Jeanie es una apasionada de los manuales. Tiene por lo menos dos estantes de libros acerca de todo, desde la construcción de armarios de cocina a la reparación de automóviles y el curado casero de jamones. No pone en práctica muchas de estas cosas, pero sí algunas, y en la maleta, junto con una toallita, un paquete de caramelos Life Savers de limón, unas gafas, una bolsa de agua caliente, polvos de talco y una bolsa de papel, lleva el libro que aconsejaba pertrecharse con todos estos objetos.

(A estas alturas quizá penséis que he inventado a Jeanie para distanciarme de estas experiencias. Nada más lejos de la verdad. En realidad, trato de acercarme a algo que el tiempo ha alejado. En cuanto a Jeanie, mi intención es sencilla: la estoy resucitando.)

Otras dos personas van en el coche con Jeanie. Una es un hombre, a quien llamaré A., por comodidad. Es A. quien conduce. Cuando Jeanie abre los ojos, al final de cada contracción, ve su cabeza ligeramente calva y sus hombros tranquilizadores. A. conduce bien y no corre demasiado. De vez en cuando le pregunta cómo se encuentra y ella le dice cuánto duran las contracciones y a qué intervalos se producen. Cuando se detienen a repostar, él compra café en vasos de plástico para llevar. Durante meses la ha ayudado con los ejercicios respiratorios, presionándole la rodilla como recomendaba el manual, y estará presente en el parto. (Quizá sea para él ese dar a luz, de la misma forma que se da una función teatral.) Han recorrido juntos el pabellón de maternidad del hospital, en compañía de un grupito formado por otras parejas como ellos: una persona delgada y solícita, la otra lenta y bulbosa. Les han mostrado las habitaciones, las dobles y las individuales, las bañeras para los baños de asiento, la sala de partos propiamente dicha, que daba la impresión de ser blanca. La enfermera era de color café con leche, con caderas y codos cimbreantes; se reía mucho mientras contestaba las preguntas.

—Primero les pondrán un enema. Saben lo que es, ¿verdad? Cogen una perilla llena de agua y les meten la cánula por detrás. Bien, los señores deben ponerse esto… y esto, encima de los zapatos. Y estos gorros; este para los que llevan el pelo largo y este para los que lo llevan corto.

—¿Y los que no tienen pelo? —pregunta A.

La enfermera mira la cabeza de A. y se echa a reír.

—Bueno, a usted aún le quedan algunos —contesta—.
No duden en preguntar lo que sea.

También han visto la película realizada por el hospital,
una película en color de una mujer que da a luz un... ¿es
posible que sea un bebé?

—No todos los bebés nacen tan grandes —dice la enfermera australiana que comenta la película.

Con todo, el público, la mitad del cual son mujeres embarazadas, no parece muy tranquilo cuando se encienden las
luces. («Si prefieres no ver las imágenes —le dijo una amiga a
Jeanie—, siempre puedes cerrar los ojos.») Lo que le inquieta
no es tanto la sangre como el desinfectante marrón rojizo.

—He decidido suspender todo esto —dice a A., y sonríe
para indicar que es una broma.

Él la abraza.

—Todo irá bien —dice.

Y ella lo sabe. Todo irá bien. Pero en el coche hay otra
mujer. Va en el asiento del acompañante y no ha vuelto la
cabeza hacia Jeanie ni ha dado muestras de reparar en su presencia. Al igual que Jeanie, se dirige al hospital. También ella
está embarazada. Sin embargo, no va al hospital a dar a luz,
porque las palabras, las palabras, son demasiado ajenas a su
experiencia —la experiencia que está a punto de tener—, de
modo que no pueden utilizarse para aludir a ella. Lleva un
abrigo de paño a cuadros beige y granate y un pañuelo en la

cabeza. Jeanie la ha visto antes, pero solo sabe que es una mujer que no quería quedarse embarazada, que no quería dividirse de esa manera, que no ha decidido pasar por esos suplicios, esas iniciaciones. No serviría de nada decirle que todo irá bien. La palabra que designa las relaciones sexuales no deseadas es violación. Sin embargo, no hay palabras en el lenguaje para designar lo que está a punto de sucederle a esta mujer.

Jeanie ha visto a esta mujer de vez en cuando durante su embarazo, siempre con el mismo abrigo, siempre con el mismo pañuelo. Naturalmente, al estar preñada se ha fijado más en otras embarazadas y las ha observado, las ha estudiado furtivamente. Pero no todas las embarazadas son como esta. Por ejemplo, no ha asistido a las clases prenatales del hospital, donde todas las mujeres eran jóvenes, más jóvenes que Jeanie.

—¿Cuántas piensan dar el pecho? —pregunta la enfermera australiana, de hombros recios.

Todas menos una alzan la mano. Un grupo moderno, la nueva generación, y la única del biberón, que tal vez (¿quién sabe?) tenga algún problema en los pechos, se avergüenza de sí misma. Las otras apartan la mirada con delicadeza. Por lo visto, de lo que más les interesa hablar es de las diferencias entre los pañales desechables. A veces se tumban en las esterillas y se aprietan la mano mutuamente mientras simulan contracciones y cuentan las respiraciones. Es todo muy alentador. La enfermera australiana les dice que no entren ni salgan de la bañera sin ayuda. Al cabo de una hora les dan un vaso de zumo de manzana a cada una.

Solo hay una mujer en la clase que ya ha dado a luz. Dice que asiste al curso para asegurarse de que en esta ocasión le pongan la inyección. La última vez se retrasaron y lo pasó fatal, fue un verdadero infierno. Las otras la miran con leve desaprobación. Ellas no van a pedir inyecciones, no piensan pasarlo fatal. Se pasa fatal si se adopta una actitud negativa, opinan todas. Los libros hablan solo de «malestar».

—No es malestar; es dolor, nena —dice la mujer.

Las otras sonríen con visible incomodidad y la conversación vuelve hacia los pañales desechables.

La vitaminada, la concienzuda, la muy leída Jeanie, que ha logrado evitar las náuseas matutinas, las venas varicosas, las estrías, la toxemia y la depresión, que no ha tenido trastornos del apetito ni vista borrosa…, ¿por qué la sigue entonces esa otra? Al principio fue solo un atisbo de vez en cuando, en la sección prenatal del sótano de Simpsons, en la cola del supermercado, en esquinas cuando iba en el coche de A.: el rostro demacrado, el torso hinchado, el pelo demasiado ralo recogido con el pañuelo. En cualquier caso, era Jeanie quien la veía a ella, no a la inversa. Y, si la otra sabía que seguía a Jeanie, no lo dejaba entrever.

A medida que Jeanie se ha ido acercando a este día, al día ignoto en el que dará a luz, a medida que el tiempo se ha adensado a su alrededor hasta convertirse en algo por lo que ella debe propulsarse, una especie de barro, tierra mojada bajo los pies, ha visto a esta mujer cada vez más a menudo, aunque siempre desde lejos. Según la luz, ha aparecido alternativamente como una joven de unos veinte años o como una mujer de cuarenta o cuarenta y cinco, pero Jeanie nunca ha dudado que se trata de la misma mujer. De hecho, nunca se le ha ocurrido pensar que la mujer no sea real en el sentido habitual (y quizá lo sea, originariamente, la primera o la segunda vez que la vio, tan real como la voz que produce un eco), hasta que A. se ha detenido ante un semáforo en rojo durante el trayecto al hospital y la mujer, que estaba en una esquina con una bolsa de papel marrón entre los brazos, ha abierto la puerta del asiento del acompañante y ha subido. A. no ha reaccionado, y Jeanie se ha guardado bien de decirle nada. Es consciente de que en realidad la mujer no está allí: Jeanie no está loca. Incluso podría lograr que la mujer desapareciese abriendo más los ojos, mirando con fijeza, pero solo desaparecería la forma, no la sensación. Jeanie no tiene miedo de esta mujer. Teme por ella.

Cuando llegan al hospital, la mujer se apea del coche y cruza la puerta mientras A. rodea el vehículo para ayudar a Jeanie a bajar del asiento trasero. No la ven en el vestíbulo. Jeanie pasa por el mostrador de ingresos con toda normalidad, sin la menor sombra.

Ha habido una epidemia de nacimientos durante la noche y el pabellón de maternidad está atestado. Jeanie aguarda detrás de una mampara a que le asignen habitación. Cerca alguien grita, grita y farfulla entre gritos, en una lengua que a Jeanie le suena a portugués. Se dice que para ellas es diferente, que es de esperar que griten, que si una no grita la tachan de rara, es un requisito para el alumbramiento. Sin embargo, sabe que quien grita es la otra mujer y que grita de dolor. Jeanie escucha la otra voz, también femenina, que conforta, tranquiliza: ¿la madre?, ¿una enfermera?

Llega A. y se sientan inquietos, oyendo los gritos. Finalmente llaman a Jeanie y va a «preparatorio» (le suena a ingreso en la universidad). Se quita la ropa —¿cuándo volverá a verla?— y se pone el camisón del hospital. La reconocen, le etiquetan la muñeca y le ponen un enema. Le dice a la enfermera que no puede tomar Demerol porque es alérgica, y la enfermera toma nota. Jeanie no sabe si es alérgica o no, pero no quiere tomar Demerol, ha leído los libros. Se propone resistirse a que le rasuren el vello púbico —sin duda perdería toda su fuerza si se lo rasurasen—, pero resulta que la enfermera no tiene especial interés en eso. Le dicen que las contracciones no son aún lo bastante frecuentes para tomarlas en serio, que incluso tendrá tiempo de almorzar. Se pone la bata y se reúne con A. en la habitación que acaba de quedar libre, toma sopa de tomate y una chuleta de ternera y decide dar una cabezada mientras él va a comprar provisiones.

Jeanie se despierta. A. regresa. Ha traído un periódico, varias novelas policíacas para Jeanie y una botella de whisky para él. A. lee el periódico y bebe whisky y Jeanie lee *Los primeros casos de Hércules Poirot*. No hay relación entre Poirot y el parto, que ahora se acelera, como no sean la cabeza de huevo de Poirot y los calabacines que cultiva con tiras de lana mojada (¿placentas?, ¿cordones umbilicales?). Se alegra de que los relatos sean breves; ahora camina entre contracción y contracción. Está claro que lo del almuerzo ha sido un error.

—Me parece que tengo parto de riñones —le dice a A. Sacan el manual y buscan las instrucciones acerca de la lumbalgia obstétrica, que es como saben que se llama en realidad. Es útil que todo tenga un nombre. Jeanie se arrodilla en la cama y apoya la frente en los antebrazos y A. le da masajes en la espalda. A. se sirve otro whisky en el vaso del hospital. La enfermera, de rosa, entra, mira, pregunta por la frecuencia de las contracciones y vuelve a salir. Jeanie empieza a sudar. Solo logra leer media página de Poirot, porque ha de ponerse a gatas de nuevo, inspirar y espirar mientras visualiza los números de colores.

La enfermera regresa con una silla de ruedas. Es hora de bajar al paritorio, dice. Sentada en la silla, Jeanie se siente como una estúpida. Piensa en las campesinas que dan a luz en los campos, en las indias que paren a orillas del río sin demasiados miramientos. Se siente decadente. Pero el hospital quiere que monte y, teniendo en cuenta que la enfermera es pequeñita, quizá sea preferible. ¿Y si Jeanie se desmayase? Después de toda su animosa cháchara. Una imagen de la menudita enfermera de color rosa, cual esforzada hormiga, acarreando a la grandota Jeanie por los pasillos, empujándola como a una enorme pelota de playa.

Al pasar ante el mostrador de recepción se cruzan con

una mujer a la que llevan en camilla, cubierta con una sábana. Tiene los ojos cerrados y un brazo conectado a un gotero. Algo va mal. Jeanie mira hacia atrás —cree que se trata de la otra mujer—, pero la camilla ensabanada queda oculta detrás del mostrador.

En la oscura sala de partos, Jeanie se quita la bata y la enfermera la ayuda a meterse en la cama. A. le trae la maleta, que no es una maleta, sino una bolsa de viaje, cuyo significado no le ha pasado inadvertido a Jeanie, hasta el punto de que experimenta la aprensión que le inspiran los aviones, incluido el temor a que se estrellen. Saca los caramelos Life Savers, las gafas, la toallita y los otros objetos que cree que necesitará. Se quita las lentillas, las coloca en el estuche y recuerda a A. que no deben perderlas. Ahora no ve ni jota.

En la bolsa lleva algo que no saca. Es un talismán que años atrás le regaló como recuerdo una amiga que viajaba con ella. Es un cristal azul opaco, redondeado y oblongo, con cuatro dibujos en forma de ojos amarillos y blancos. En Turquía, le dijo su amiga, se lo cuelgan a las mulas para combatir el mal de ojo. Jeanie sabe que probablemente el talismán no funcionará en su caso, porque no es turca ni una mula, pero se siente más segura teniéndolo en la habitación. Piensa apretarlo en la mano durante los momentos más difíciles del parto, pero por lo visto ya no queda tiempo para poner en práctica proyectos como ese.

Una anciana, una anciana gorda vestida de verde, entra en la habitación y se sienta al lado de Jeanie.

—Es un buen reloj —le dice a A., que está sentado al otro lado de Jeanie—. Ya no hacen relojes así. —Se refiere al reloj de bolsillo de oro, uno de los pocos caprichos de A., que está encima de la mesilla de noche. A continuación posa la mano en la barriga de Jeanie para notar la contracción—. Esto va bien —dice con acento sueco o alemán—. Esto es lo que yo llamo una contracción, no las de antes. —Jeanie no recuerda haberla visto—. Bien, bien…

—¿Cuándo voy a tenerlo? —pregunta Jeanie, una vez que ha dejado de contar y puede hablar.

La vieja se echa a reír. No cabe duda de que esa risa, esas manos tribales, han presidido miles de camas, miles de mesas de cocina…

—Aún falta mucho —contesta—. Ocho o diez horas.

—Pero ya llevo doce horas así —dice Jeanie.

—Bah, eso no ha sido nada —asegura la mujer—. No eran fuertes. Estas sí.

Jeanie se resigna a la larga espera. En ese momento no recuerda por qué ha querido tener un hijo. La decisión la tomó otra persona, cuyos motivos no están nada claros ahora. Recuerda el modo en que las mujeres que tenían bebés se miraban entre sí, con una sonrisa misteriosa, como si supiesen que había algo que ella ignoraba, el modo en que la excluían con toda naturalidad de su marco de referencia. ¿Qué era ese conocimiento, ese misterio? ¿O es que tener un hijo no era más inexplicable que tener un accidente de automóvil o un orgasmo? (Pero también estos eran imposibles de describir, fenómenos del cuerpo todos ellos. ¿Por qué habría de atormentarse la mente tratando de dar con el lenguaje adecuado para expresarlos?) Ha jurado que jamás hará eso a ninguna mujer sin hijos, que nunca participará de esas consignas y exclusiones. Ya es bastante mayor, lo ha soportado durante bastantes años, de modo que sabe lo molesto y cruel que es.

Pero —y esta es la parte de Jeanie que tiene que ver con el talismán escondido en la bolsa, no con la parte que desea hacer armarios de cocina y curar jamones—, en su fuero interno, espera un misterio. Algo más que esto, algo distinto, una visión. Al fin y al cabo, se está jugando la vida, aunque no es muy probable que muera. Aun así, algunas mujeres mueren. Hemorragias internas, shocks, insuficiencias cardíacas, un error humano, de una enfermera, de un médico. Ella merece una visión, merece que se le permita traer consigo algo de ese lugar oscuro al que ahora desciende rápidamente.

Durante un momento piensa en la otra mujer. Sus motivos tampoco están claros. ¿Por qué no quiere tener un hijo? ¿La han violado? ¿Tiene ya diez hijos? ¿Está en la miseria? ¿Por qué no ha abortado? Jeanie no lo sabe y, de hecho, ya no importa por qué. «No cruces los dedos», se dice Jeanie pensando en ella. Su cara, desencajada por el dolor y el terror, flota brevemente detrás de los ojos de Jeanie antes de alejarse hasta desaparecer.

Jeanie intenta tocar al bebé, como ha hecho otras tantas

veces, enviándole oleadas de amor, música y color a través de las arterias, pero descubre que ya no puede. Ya no siente al bebé como tal bebé, no siente sus brazos y sus piernas, no le siente moverse, dar pataditas, girarse. Se ha hecho un ovillo, es una esfera dura, ahora no tiene tiempo para escucharla. Ella lo agradece porque no está segura de si el mensaje sería positivo. Ya no controla los números, no logra verlos, aunque sigue contando mecánicamente. Comprende que no ha hecho los ejercicios adecuados, la presión de A. en la rodilla no era nada, tenía que haber hecho ejercicios para esto, sea lo que sea.

—Más despacio —dice A. Jeanie está ahora de costado y él le aprieta la mano—. Más despacio.

—No puedo. No puedo hacerlo. No puedo hacer esto.

—Claro que sí.

—¿Yo también haré eso?

—¿El qué? —pregunta él. Quizá no lo oiga: es la otra mujer, en la habitación contigua o en la siguiente. Grita y llora, grita y llora. «Me duele, me duele», repite una y otra vez mientras grita—. No, seguro que no —dice A. Así pues, a fin de cuentas hay alguien.

Llega una doctora que no es la suya. Quieren que vuelva a tumbarse boca arriba.

—No puedo —dice ella—. Así no quiero.

Los sonidos han remitido, apenas los oye. Se tiende de espaldas y la doctora la palpa con la mano enguantada. Algo húmedo y caliente fluye entre los muslos.

—Estaba a punto de romper —dice la doctora—. Solo he tenido que tocarlo. Cuatro centímetros —añade dirigiéndose a A.

—¿Solo cuatro? —exclama Jeanie. Se siente engañada; deben de haberse equivocado. La doctora dice que su doctora llegará a tiempo. Jeanie se enfurece. No han comprendido, pero es demasiado tarde para decirlo y vuelve a deslizarse hacia la oscuridad, que no es el infierno, que se parece más a estar dentro y tratar de salir. Fuera, dice, o lo piensa. Entonces flota, los números han desaparecido, si alguien la exhortase a que se levantara, a que saliera de la habitación, a que hiciese el pino, lo haría. A cada minuto que pasa vuelve a emerger, a respirar.

—No tan deprisa. No debes hiperventilar. Más despacio —dice A. Le frota la espalda, con fuerza, y ella le coge la mano y la dirige enérgicamente hacia abajo, al lugar adecuado, que deja de ser el lugar adecuado en cuanto la mano llega allí. Recuerda un relato que leyó una vez, acerca de unos nazis que ataban las piernas a las mujeres judías durante el parto. Hasta entonces no ha comprendido que eso podía ser mortal.

Aparece una enfermera con una jeringuilla.

—No quiero eso —exclama Jeanie.

—No sea tan dura consigo misma —dice la enfermera—. No tiene por qué soportar el dolor.

¿Qué dolor?, piensa Jeanie. Cuando no tiene dolor, no siente nada; cuando tiene dolor, no siente nada, porque ella desaparece. Eso, en definitiva, es la desaparición del lenguaje. «Luego no te acordarás de nada», le ha dicho casi todo el mundo.

—Es un analgésico suave —tercia la doctora—. No le administraríamos nada que pudiera perjudicar al bebé.

Jeanie no se lo cree. No obstante, la pinchan, y la doctora tiene razón, es muy suave, porque no parece hacerle el menor efecto, aunque más tarde A. le dice que se ha adormilado un poco entre las contracciones.

De pronto se incorpora. Está completamente despierta y lúcida.

—Toca el timbre ahora mismo —dice—. El niño va a nacer.

Está claro que A. no la cree.

—Lo noto, noto la cabeza —dice ella. A. pulsa el timbre. Aparece una enfermera y lo comprueba, y ahora todo se precipita, nadie está preparado. Salen casi corriendo, la enfermera empujando la silla. Jeanie se siente perfectamente. Mira los pasillos, lo ve todo borroso porque no lleva las gafas. Confía en que A. no olvide traérselas. Se cruzan con otra doctora.

—¿Me necesitan? —pregunta.

—No —contesta la enfermera con tono alegre—. Es un parto natural.

Jeanie comprende que aquella mujer debe de ser la anestesista.

—¿Qué? —dice, pero ya es demasiado tarde, están en otra

habitación, todo son superficies brillantes, extraños aparatos tubulares como en una película de ciencia ficción, y la enfermera le dice que se acueste en la mesa de partos. No hay nadie más en la habitación.

—Debe de estar loca —dice Jeanie.

—No empuje —dice la enfermera.

—¿Cómo? —exclama Jeanie. Es absurdo. ¿Por qué ha de esperar? ¿Por qué ha de esperarlos el bebé, si son ellos los que llegan tarde?

—Respire por la boca —le aconseja la enfermera—. Respire hondo.

Jeanie recuerda finalmente cómo hacerlo. Cuando la contracción ha terminado, utiliza el brazo de la enfermera a modo de palanca y se aúpa a la mesa.

Su doctora se materializa en la habitación como por ensalmo, ya con la bata de médico, más parecida a Mary Poppins que nunca.

—¡Apuesto a que no esperaba verme tan pronto! —exclama Jeanie. El bebé va a nacer cuando Jeanie dijo que nacería, aunque hace solo tres días la doctora aseguró que faltaba por lo menos otra semana. Jeanie sonríe jubilosa y ufana. No porque estuviese segura, pues había creído a la doctora.

La cubren con un mantel verde, son muy lentas y ella tiene la sensación de estar expulsando ya el bebé, antes de que estén preparadas. A. está a la cabecera de la cama, con bata, gorro y mascarilla. Pero ha olvidado traerle las gafas.

—Ahora empuje —le dice la doctora.

Jeanie se aferra con las manos, aprieta los dientes, la cara, todo el cuerpo, un gruñido, una sonrisa feroz, es un bebé enorme, una piedra, una roca, nota que los huesos se le sueltan, y una vez, dos, a la tercera se abre como la jaula de un pájaro que se volviese lentamente del revés.

Una pausa. Un gatito empapado se desliza entre sus piernas.

—¿Por qué no mira? —le dice la doctora, pero Jeanie sigue con los ojos cerrados. De todas maneras, sin las gafas no ve nada—. ¿Por qué no mira? —repite la doctora.

Jeanie abre los ojos. Ve al bebé, lo han dejado a su lado. El alarmante color morado del nacimiento ya remite. Un buen bebé, piensa, tan sinceramente como la anciana ha dicho: «un buen reloj», bien hecho, sólido. La niña no llora; solo parpadea ante la nueva luz. El nacimiento no es algo que le hayan dado, ni que haya cogido. Es algo que ha ocurrido para que puedan saludarse así. La enfermera hace cábalas sobre cómo van a llamarla. Una vez que ha arropado a la niña y la ha dejado junto a Jeanie, se va a dormir.

En cuanto a la visión, no ha habido tal. Jeanie es consciente de que no ha accedido a ningún conocimiento especial; ya está olvidando cómo ha sido. Está cansada y tiene mucho frío; tirita y pide otra manta. A. vuelve a la habitación con ella; su ropa sigue allí. Reina el silencio, la otra mujer ya no grita. Jeanie sabe que ha debido de ocurrirle algo. ¿Ha muerto? ¿Ha muerto el bebé? Puede que sea una de esas víctimas (cómo puede Jeanie estar segura de no contarse entre ellas) que sufren depresión posparto y nunca se recuperan.

—¿Ves? No había nada que temer —le dice A. antes de marcharse, pero se equivoca.

Por la mañana Jeanie se despierta al clarear. Le han advertido de que no se levante de la cama la primera vez sin la ayuda de una enfermera, pero decide hacerlo (¡campesina en los campos!, ¡india en la orilla del río!). Aún sigue bombeando adrenalina, también se siente más débil de lo que creía, pero tiene muchas ganas de mirar por la ventana. Le parece que ha estado dentro demasiado tiempo, quiere ver salir el sol. Siempre que se despierta tan temprano se siente un poco irreal, un poco inconsistente, en parte transparente, en parte muerta.

(Ha sido a mí, a fin de cuentas, a quien han dado a luz. Jeanie dio a luz y yo soy el resultado. ¿Qué pensaría de mí? ¿Estaría contenta?)

La ventana tiene dos cristales con una persiana veneciana entre ambos; se acciona con una manivela. Jeanie no había visto nunca una ventana así. Abre y cierra la persiana varias veces. Luego la deja abierta y mira hacia la calle.

Solo se ve un edificio. Es un edificio viejo de piedra, grande y victoriano, con un tejado de cobre oxidado que verdea. Es sólido, recio, oscurecido por el hollín, adusto, plomizo. Sin embargo, mientras mira el edificio, tan viejo y aparentemente inmutable, advierte que está hecho de agua. De agua y de una tenue sustancia gelatinosa. La luz fluye a través de él desde atrás (sale el sol), el edificio es tan delgado, tan frágil, que tiembla con el leve viento del amanecer. Jeanie piensa que si el edificio está de ese modo (un simple toque podría destruirlo, un ligero temblor de tierra, ¿cómo es posible que nadie se haya dado cuenta, que no se hayan adoptado medidas para evitar accidentes?), el resto del mundo debe de estar igual, la tierra entera, las rocas, la gente, los árboles; hay que protegerlo todo, preservarlo, cuidarlo. La enormidad de la tarea la desborda; nunca estará a la altura, ¿y qué sucederá entonces?

Jeanie oye pisadas en el pasillo. Piensa que debe de ser la otra mujer, con el abrigo a cuadros beige y granate y la bolsa de papel, que se marcha del hospital una vez que ha cumplido con su tarea. Ha visto a Jeanie salir con bien, ahora debe acechar por las calles de la ciudad en busca de su siguiente caso. Pero se abre la puerta y es una enfermera, llega justo a tiempo de sujetar a Jeanie, que cae al suelo, agarrada al borde del aparato del aire acondicionado. La enfermera la reprende por haberse levantado demasiado pronto.

Después le traen a la niña, sólida, consistente, prieta como una manzana. Jeanie la examina, ve que no le falta nada, y en los días sucesivos la cubren nuevas palabras, su pelo oscurece poco a poco, deja de ser lo que era para convertirse en lo que será.

Índice